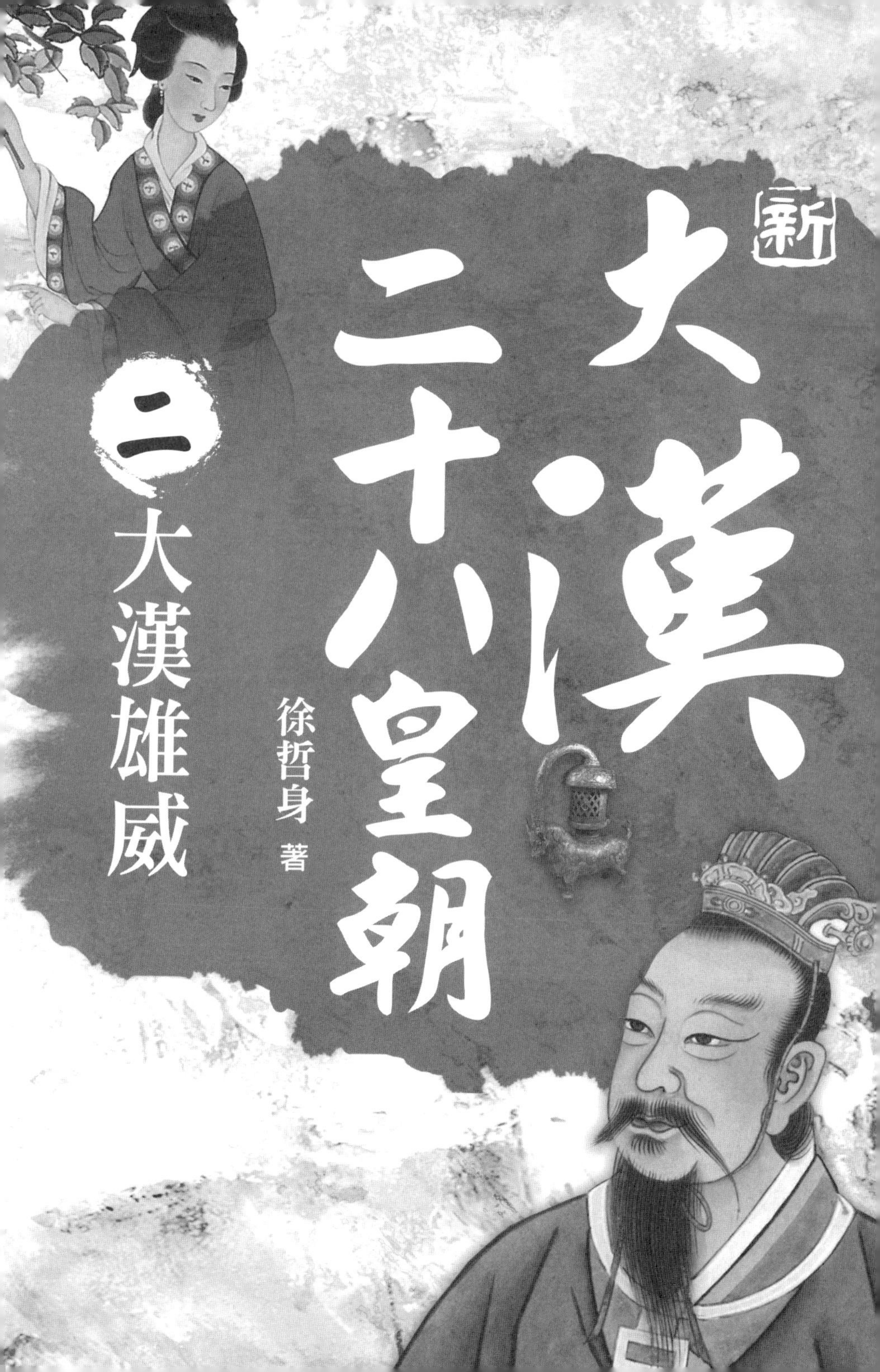
新大漢二十八皇朝
二
大漢雄威
徐哲身 著

目錄

目錄

第三十一回　咎由自取

那慎夫人自從重賞了袁盎之後，雖蒙文帝依舊寵眷，竇皇后仍是愛憐。但她自知謹慎，對於宮幃禮節已不肯隨便亂來，文帝自然益加歡喜。

一日，淮南王劉長入朝謁見。文帝僅有此弟，友愛之情，不下惠帝的相待趙王如意。當時惠帝不能保全如意，致令慘亡，其罪不在惠帝，因為宮中有一位活閻王呂太后在那兒。

現在呢，薄太后何等寬宏大度，看待別姬所出之子，真與自己所養的一樣。因此之故，劉長反而驕傲起來，弄得結果不良，死於非命。「養而不教」，古人已有戒言，薄太后與文帝二人恐也有點非是呢。

劉長是漢高帝的第五個兒子，其母便是趙姬。趙姬本是趙王張敖的宮人，那年高帝討伐韓王信，路過趙國，張敖出迎，雖然受了一頓謾罵，仍派宮人前往伺候高帝。高帝生性漁色，一夜不可離開婦人的。見了趙姬長得標緻，當然命她侍寢。一夕歡娛，趙姬即有身

孕。次日，高帝離趙，早把她忘記得乾乾淨淨。還是張敖因見趙姬曾經做過他的一宵小丈母，便將她安置別宮，撥人伺候。

後來趙相貫高等謀反，事連張敖，張氏宮中，不問上下，全行拘入獄中，趙姬也在其內。不料趙姬就在獄內生下一孩。獄官探知此子是高帝的龍種，趕忙申報郡守。郡守據情奏聞，久不得旨。

趙姬有弟名趙兼，因與審食其為友，於是備了厚資，往謁食其，託他設法。食其知道呂后醋性最大，不敢多嘴。一拒而不納。趙兼無法，只得老實回覆趙姬，趙姬怨恨交集，自縊而亡，及至高帝知道，已經很久了。高帝見子思母，倒也記起前情，便將此子留入後宮，扶養長成，出為淮南王，這就是劉長的出身來歷。

劉長到了淮南之後，即把母舅趙兼迎至。談起亡母之事，始知母氏慘死，乃是審食其所誤。每思殺死審食其，以報母仇，只因沒有機會，因循至今。那時已是文帝三年，遂借入覲為由，徑見文帝。又見文帝手足情深，寵愛備至，暗想此時若不殺死審食其，再待何時。

有一天，可巧是審食其的五十壽誕，文官武將，賀壽的塞滿了一堂。審食其當時接待眾官之後，入內再開家宴，妻妾團坐，大樂特樂。

他有一位最寵愛的姬人，名叫過天星，此人乃是呂太后宮中過宮人之女，其父為誰，無由考究。有人說：「就是審食其與過氏勾搭，生下天星的。」

那時審食其正在呂太后得寵的時候，所有宮人，誰不與他接近。一接而孕，不可勝數，此等孽報，也是應有之事。天星長大，呂后已死，審食其便將她作為愛姬。頭一年，已經生下一子，審食其愛她母子，自然加人一等。這天天星就在酒筵之上，奉承審食其道：「相爺生性忠厚，每次遇難呈祥，今天喜值大慶，真可稱得福壽雙全的了！」說著，忙花枝招展地敬上一杯。

食其邊接了酒杯，邊掀髯大笑，說道：「福壽二字，本是難得。我的福字呢，自然還不敢承認，獨有這個壽字，自知尚有幾分把握。為甚麼敢如此誇口的呢？我蒙故呂太后的眷愛，現在是過去之事，也不必瞞你們大家。我記得有一次，曾在呂太后之前罰過一個血咒。」

食其說到這裡，過天星忙又笑嘻嘻地問道：「相爺那時為固寵起見，那個血咒，想來必非等閒。」

食其聽了，復呵呵大笑道：「等閒雖非等閒，可是一個牙痛小咒。我當時暗忖了許久，我已位至侯相，莫說犯罪，自然有呂太后為我擔當，就是法無可赦，也須奉旨正法，決不至於身受別項非刑，所以我當時發了一個死在鐵椎之下的血咒。現在我已退職家居，非但不問國事，連大門之外也少出去。」

食其講到此地，先把眼睛向大家望了一望，始又接著說道：「你們大家替我想想看，我門不出，戶不出的，那個鐵椎如何會擊到我的頭上來呢！」

當時大家聽了，個個都笑答道：「我們想來，就是一個蚊子也飛不到相爺的頭上，不要說那種凶巴巴的鐵椎了。」

食其聽了，樂得把桌子拍得震天響地說道：「對囉，我的尊頭，除了諸位的玉臂，尚能接觸我的頭上外，其餘的鐵器，今生今世是可以不勞光臨的了。」

食其剛剛說完，忽見一個丫鬟飛奔來至席前稟報道：「御弟淮南王親來拜壽，已至廳上。」

過天星笑著岔口道：「是不是，連當今天子御弟都來拜壽，朝廷的思眷尚隆，相爺還要復職，也未可知呢。」

審食其一聽見淮南王親至，也顧不得再與愛姬說話，慌忙吩咐丫鬟道：「速速傳命出去，相爺親自出廳迎接。」

他話未完，已見淮南王不待迎接，走入內堂來了。

審食其見了，趕忙離座，迎了上去，口稱：「不知王爺駕臨，未曾遠迎，罪當萬死。」

說時遲，那時快，淮南王並不答話，手起一椎，早把辟陽侯前任左丞相那位審食其的尊頭，撲的一聲，擊得粉碎。

此時席間的婦女匆促之間尚未避去，驀見相爺死於非命，凶手又是御弟，一時不敢還手。只得一片嬌聲，抱了食其的屍身，號陶大哭起來。那時劉長一見目的已達，便一聲不語，大踏步地揚長出門去了。

審食其應了血咒，孽由自作，不必說他。

單說劉長，自知闖下人命，疾忙來見文帝。俯伏階前，肉袒謝罪。文帝不知何事，也吃一驚，忙問道：「御弟何為，速速奏上！」

劉長道：「臣母死於獄中，乃是辟陽侯審食其不肯奏聞所致。趙王如意，死得冤枉，也是審食其助紂為虐而成。至於審食其汙亂宮端的事情，人人皆知，臣也不必說了，臣因朝廷不正其罪，已經將他一椎擊死。但臣雖是為母報仇，終究有擅自殺人之罪，特來自首，願受明罰！」

文帝聽罷，躊躇半晌，揮令退去。

事為中郎將袁盎所聞，慌忙入諫道：「淮南王擅殺朝廷大臣，國法難容，陛下若置不問，恐怕釀成尾大不掉之禍，愛之適以害之呢。」

文帝道：「審賊之罪，罄竹難書，盈廷諸臣，坐視不問，有愧多矣。君毋言，去休可也！」

袁盎無奈，便徑入長樂宮奏知薄太后。

薄太后聽了，召入文帝道：「淮南王所為之事，情雖可原，法不可恕，皇帝若不治罪，綱紀何存！」

文帝聽了，唯唯而退，回宮之後，一面暗令劉長連夜回國，閉門思過；一面追究審食其的私黨，以堵人口。

朱建得了此信，仰藥而亡。有人報知文帝，文帝道：「朕並不欲殺他，他又何必畏罪自盡？」遂召朱建之子名和的入朝，授為中大夫之職。

次年文帝四年，絳侯周勃業已就國。因為膽小，每出巡視郡縣，必帶刀兵甲士。當下就有人密報文帝，說他謀反。

文帝本來因他功高望重，刻刻留心他的，一聽有人告他謀反，急命廷尉張釋之，派員把周勃拿到都中。審問時候，周勃不善口才，沒有辯供，釋之無法開脫，只得將他械繫獄中，讓他自去設法。周勃為人，倒還長厚，只有剛愎自用，是他短處，又因曾任丞相，不肯向獄官使用規費。

誰知獄官抱著皇親犯法與庶民同罪的老例，若無銀錢，便不肯優待，雖然未敢加他非刑，但是那種冷嘲熱罵的情況，已經使周勃不堪忍受。幸有他的兒子，名叫勝之的，其時已經攜了妻子，趕到都中，打聽得他的父親不肯花費使用，很受輕視。忙暗暗地備了千金送與獄官，托他格外照應，獄官見錢眼開，招待周勃就換一副面目。只因案犯謀反，關係重大，未便直接交談，即在當天晚上，由獄卒私下呈上一條。

周勃接來一看，乃是「以公主為證」，五個大字。周勃看了之後，因思我的長媳確為當今主上之女，不過平時對我來得異常驕傲，我也不甚加以禮貌，我的兒子與她常有反目情事，現在事急求她，恐怕未必有效。

周勃正在自忖自度的時候，可巧他的長子進獄省視，周勃只得囑咐兒子去求公主。

勝之聽了道：「公主平時藐視我們父子，兒子所以和她不甚和睦。此時事有輕重，兒子哪敢再存意見，父親放心，兒子出去辦理就是。」

周勃聽了，也無多話。

當下勝之別了父親，回到家裡，只見公主一個人坐在房內看書，見他進去，正眼也不去看他。勝之只得陪著笑容，走近公主的身邊，問她道：「公主在看什麼書？」

公主仍是不睬。

勝之一看，見公主所看的乃是《孝經》，勝之就借這個題目開場道：「公主別的書很多，何以單看《孝經》？照我就來，公主獨有此書，可以不必看它。」

公主此時已知勝之話中有話，始懶洋洋地抬起頭來，問勝之道：「為甚麼我不能看這本書呢？」

勝之微笑著答道：「孝經自然講的是個孝字，現在你的公公身繫獄中，無人援救，此

事除公主之外，誰有這個力量？公主到京以後，並不進宮去代公公疏通，豈非與此書的宗旨相反了麼？」

公主聽了道：「你們父子兩個，平日只當我是一根眼中之釘，大不應該。此事我去求我父親，這種小案，未必不准，即使不准，我還好去哭訴祖母。這些些的情分也是有的，無如你們府上，自恃功高，往往使人難堪，我實在氣憤不過，因此冷心。」

勝之聽了，笑答道：「公主此話，開口就說錯了。」

公主道：「怎麼我說錯了呢？你倒指教指教看！」

勝之道：「你與我不睦，乃是閨房私事，斷不可因為閨房私事，連堂上的事情也置諸腦後。」

公主聽了道：「照你說來，我不去替你父親疏解，便是不孝了。」

勝之道：「對嘍！公主打我罵我，都是小事，你的公公之事，哪可不管？」

公主聽至此地，臉上就現出得色道：「如此說來，你們周府上也有用得著我的地方麼？」

勝之道：「我為父親的獄事，自然只好求你。其實我與你二人又無冤仇，都是你平日驕氣逼人，使我無從親近，不能怪我，你若能夠救出我父，從此以後，我就做你的丈夫奴隸，我也情願的了。」

公主此時已有面子，便嫣然一笑道：「我只怕你口是心非，等得事情一了，你又要搭起侯爺公子的架子來了。」

勝之道：「公主放心，侯爺公子的架子無論如何大法，總及不上公主的架子呢。」

公主聽完，微微地瞪了勝之一眼，方始命駕入宮。

見了文帝，自然請求赦她公公之罪。誰知，文帝並不因父女之私，就寢謀反之事，公主一聽，語不投機，她也乖巧，便不多說，徑至她的祖母之前，伏地哭訴道：「孫女公公周勃，自從跟了去世祖父打定天下，忠心為國，直至如今。公公若有異心，嫡祖母當時斬淮陰侯韓信的時候，豈不留心，哪能還到現在？父皇不知信了誰人讒言，不念前功，貿然翻臉，孫女想來，國家功臣似乎不可過於摧殘的呢。」

此時薄太后本已得了薄昭之言，也說周勃並無異心，正要去責文帝疑心太重，冤屈功臣的時候，又見她的孫女哭得淚人一般，說得很是有理，便一面令公主起來，一面召入文帝。

文帝應召進見，薄太后一見文帝，竟把她頭上所戴的帽巾除了下來，向文帝面前一擲，大怒道：「絳侯握皇帝璽，統率北軍，奮不顧身，攻下呂產所管的南軍，這個天下才得歸汝，他那時不造反，今出就一個小小縣城，反想造反麼？」

文帝一見太后動怒，又知太后從來不肯多管閒事，若非查得切實，決不有此舉動的，

慌忙跪下道：「母后不必生氣，容臣兒即命廷尉釋放絳侯便了。」

薄太后聽了道：「這才不錯，非是為娘干涉朝政，絳侯人本忠厚，春秋又高，哪能受得這般驚嚇？況且汝是由王而帝，不比汝父自己打來的天下，對於功臣稍稍倨傲一點尚不要緊。」

文帝道：「母后教訓極是，臣兒敢不遵命！」

文帝說罷，退出坐朝，即將周勃赦免。

周勃出獄，喟然長嘆道：「我曾統百萬雄兵，怎知獄吏驕貴，竟至如此！」說著，入朝謝恩。

文帝自認失察，叫他不必灰心，仍去就國。周勃聽了，他自矢一番，趨出之後，謝過眾人，回國去了。

勝之因為公主救出其父，從此對於公主真心敬愛。公主也秉了嚴父慈母之教，對於公婆丈夫面上並不再拿架子，相親相敬，變為一個美滿家庭。

周勃回國之後，感激太后恩典，每思有以報答。一天，得了一處密信，知道淮南王劉長驕恣日盛，出入用天子警蹕，擅作威福，因思文帝只有此弟，若不奏明，預為儆戒，實非劉氏之福，於是密遣公主，入都報知文帝。

文帝聽了，貽書訓責。劉長非但不聽，竟敢抗詞答覆說道：「甘願棄國為布衣，守家真定。」

文帝見了覆書，知是怨言，又命薄昭致書相戒。其辭是：

竊聞大王剛直而勇，慈惠而厚，貞信多斷，是天以聖人之資奉大王也。今大王所行，不稱天資，皇帝待大王甚厚，而乃輕言恣行，以負謗於天下，甚非計也！夫大王以千里為宅居，以萬民為臣妾，此高皇帝之厚德也。高帝蒙霜露、冒風雨、赴矢石，野戰攻城，身被瘡痍，以為子孫成萬世之業，艱難危苦甚矣。大王不思先帝之艱苦，至欲棄國為布衣，毋乃過甚！

且夫貪讓國土之名，轉廢先帝之業，是為不孝！父為之基而不能守，是為不賢！不求守長陵，而求守真定，先母後父，是為不義！數逆天子之令，不順言節行，幸臣有罪，大者立誅，小者肉刑，是為不仁！貴布衣一劍之任，賤王侯之位，是為不智！

不好學問大道，觸情妄行，是為不祥！此八者危亡之路也！而大王行之，棄南面之位，奮諸賁之勇，常出入危亡之路，臣恐高皇帝之神，必不廟食於大王之手，明矣！昔者周公誅管叔，放蔡叔以安周；齊桓殺其弟以反國；秦始皇殺兩弟，遷其母以安秦；頃王之代，高帝奪其國以便事；濟北舉兵，皇帝誅之以安漢。周齊行之於古，秦漢用之於今。大王不察古今之所以安國便事，而欲以親戚之意，望諸天子，不可得也。王若不改，漢係大

王邸論相以下，為之奈何！夫墮父大業，退為布衣，所哀幸臣皆伏法而誅，為天下笑，以羞先帝之德，甚為大王不取也！宜急改操易行，上書謝罪，使大王昆弟歡欣於上，群臣稱壽於下，上下得宜，海內常安，願熟計而疾行之！行之有疑，禍如發矢，不可追已。

劉長看過薄昭之書，仍舊不改舊性。但恐朝廷真的見罪，只好先發制人，當下遣大夫但等七十人潛入關中，勾通棘蒲侯柴武之子柴奇，同謀造反，約定用大車四十輛載運兵器，至長安北方的谷口依險起事。

柴武即遣士伍，名叫開章的，往報劉長，叫他南聯閩越，北通匈奴，乞師大舉。劉長見了開章，獎他忠心，為治家室，並賞財帛爵祿。開章本是罪人，得了意外際遇，一面留在淮南做官，一面作書回報柴氏父子，不料書被關吏搜出，飛報朝臣。朝臣奏知文帝。

文帝尚念手足之情，不忍明治劉長之罪，僅命長安尉往捕開章，劉長膽敢匿不交出，密與故中尉簡忌商議，將開章暗地殺死，給他一個死無對證。又把開章屍身盛了棺木，埋葬肥陵，佯對長安尉說道：「開章不知下落，容異日拿獲解都。」

長安尉卻已查知其事，回都據實奏明文帝。文帝又另遣使臣，召劉長入都問話。劉長部署未定，不敢起事，只得隨使至都。

丞相張蒼，典客行御史大夫事馮敬，暨宗正廷尉等，審得劉長謀反有據，應坐死罪。

文帝仍舊不忍，覆命列侯吏二千石等申議，又皆復稱如法。文帝御筆親批，赦了劉長死罪，褫去王爵，徙至蜀郡嚴道縣卭郵安置，加恩准其家屬同往，並由嚴道縣令替他營屋，供給衣食。

劉長押上輜車，按驛遞解。行至雍縣，劉長忽然自盡。文帝得了雍令奏報，一慟幾絕。

第三十二回　緹縈救父

那文帝國聞得劉長中途自盡之信，一慟幾絕，當下把竇皇后與慎夫人等人嚇得手忙腳亂，一面急召太醫，一面飛報太后。太醫先至，服下什麼返魂丹　什麼奪命散之後，等得太后到來，文帝已經回過氣來了。

太后坐在榻旁，撫其背，勸說道：「皇兒不必如此！可將淮南王何以自戕，有無別故，仔細說與為娘聽了！大家商議一個辦法，只要使他瞑目，於公於私說得過去就是。」

文帝聽了，嗚咽答道：「臣兒方才知道吾弟是在中途餓死的，所有押解官吏不知所司何事，臣兒只有此弟，使他這般結果，於心實覺不安。」

太后尚未答言，那時中郎將袁盎可巧進來，一聽文帝之言，趕忙接口道：「陛下以為不安，只好盡斬丞相御史。」

太后聽了，也接口道：「丞相御史遠在都中，如何可以罪及他們？」

文帝道：「這麼沿途押解諸吏，難道目無所睹，耳無所聞，一任淮南王餓死的麼？臣兒必要重懲他們，方始對得起吾弟。」

太后見文帝要重懲沿途諸吏，一想這班官吏本有監視之責，淮南王活活餓死，斷非突然發生，不能預防的事情，疏忽之咎，卻是難免，因此不去阻攔。文帝便詔令丞相御史，按名拘至，竟至百數十人之多，一併棄市。

文帝辦了諸吏，又用列侯禮葬了劉長，即在雍縣築墓，特置守塚三十戶，並封劉長世子劉安為阜陵侯，次子劉勃為安陽侯，三子劉賜為周陽侯，四子劉良為東成侯。

文帝這般優待其弟，在情誼上可算無缺，在國法上大是不當，豈知當時民間還有歌謠出來，歌謠是：「一尺布，尚可縫；一斗粟，尚可舂，兄弟二人不相容！」等詞。

文帝有時御駕出遊，親耳聽見這等歌謠，回宮之後，便對竇皇后、慎夫人長嘆道：「古時堯舜，放逐骨肉，周公誅殛管蔡，天下稱為聖人。朕對御弟還是愛護備至，他的自戕，非朕所料，現在民間竟有是謠，莫非疑心朕貪淮南土地麼？」

慎夫人聽了，尚未開口，先將眼睛去望竇后。竇后見了，微笑道：「汝有甚麼意見，盡可奏明萬歲，倘若能使民間息了是謠，也是好事。我是向來想不出主意的，汝不必等我先講。」

慎夫人聽了，方向文帝說道：「這件事情，似乎也不煩難，陛下何不賜封御侄劉安仍為淮南王呢。」

文帝聽了，連連點頭稱是，即擬追謚劉長為厲王，長子劉安襲爵為淮南王。

慎夫人又進言道：「四侄劉良聞已亡過，不必再說，二侄劉勃、三侄劉賜，既是御弟親子，亦應加封，方始平允。」

文帝便將淮南土地劃分三國，以衡山郡、盧江郡，分賜二三兩侄，文帝辦了此事，心裡稍覺安適。

一天，接到長沙王太傅賈誼的奏報道：「淮南王悖逆無道，徒死蜀中，天下人民無不稱快，今朝廷反而加思罪人子嗣，似屬以私廢公，況且要防其子長大，不知記恩，只知記怨，既有憑藉，作亂較易，不可不慮。」

文帝不納，單把賈誼召入都中，改拜為梁王太傅。梁王係文帝少子，性喜讀書，頗知大禮，諸子之中最為文帝所鍾愛，故有是命，也是重視賈誼的意思。

誰知賈誼不甚滿意，他的心裡，以為必是召入內用，今為梁王太傅，仍須出去，於是大發牢騷，上了一篇治安策，要想打動文帝，如他心願。文帝見了那策，並不注意。賈誼見沒指望，只得陛辭起程。

文帝等得賈誼走後，又去把賈誼的那篇治安策細細一看，見內中分作數段，如應痛哭的一事，是為了諸王分封，力強難制；應流涕的有二事，是為了匈奴寇掠，禦侮乏才；應

長太息的有六事，是為了奢侈無度，尊卑無序，禮義不興，廉恥不行，儲君失教，臣下失馭等等。文帝看畢，只覺諸事都是老生常談，無甚遠見。惟有匈奴一事，似尚切中時弊，正想召集廷臣，採取籌邊之策。忽見匈奴使人報喪，召見之後，始知冒頓單于已死，其子稽粥嗣立，號為老上單于。

文帝意在羈縻，復欲與之和親，遂再遣宗室之女翁主，往嫁稽粥，作為閼氏。特派宦官中行說護送翁主，同至匈奴。中行說不願遠行，托故推辭。文帝道：「汝是燕人，朕知汝熟悉彼國情事，自應為朕一行。」

中行說無法，口雖答應，心裡大不為然。臨行之時，毫無顧忌，倡言於大眾之前道：「堂堂天朝，豈無人材，偏要派我前去受苦；朝廷既然不肯體諒，我也只好不顧朝廷，要顧自己了。」

大眾聽了，一則以為不願遠去，應有怨言；二則若去奏知朝廷，朝廷必定另行派人，誰肯代他前去，因此之故，大家向他敷衍幾句，讓他悻悻地去了。中行說到了匈奴，所謂閹人善諛，不知怎麼鬼鬼祟祟的一來，老上單于果被他拍上馬屁，居然言聽計從起來。

後來中行說倒也言而有信，不忘去國時候之言，所行所為，沒有一樁不是於漢室有損，於匈奴有益的事情。文帝知道其事，專使前去訓斥，誰知反被中行說對了使臣，大發一頓牢騷，並說：「且把漢廷送去禮物細細查看，若是真的盡善盡美，便算盡職；不然，一待秋高馬肥，便遣鐵騎踏破漢室山河，莫要怪他不顧舊主。」

當下漢使聽了，只氣得雙眼翻白，不過奈他不得，只好忍氣吞聲地攔了覆書，回報文帝。文帝聽了，始悔不應派中行說去的，但是事已至此，除了注意邊防之外，尚有何事可為呢，於是連日與丞相御史悉心籌議，仍是苦無良策，空忙幾天。

事為梁王太傅賈誼所聞，又上了一道對付匈奴三表五餌的秘計，文帝因他過事誇張，不願採用；復因匈奴僅不過小小擾邊，掠了牲畜即退，對於國家尚不致大傷元氣，便也得過且過，因循下去。

光陰如矢，轉眼已是文帝十一年了。

梁王劉揖因事入朝，途中馳馬太驟，偶一不留心，竟一個倒栽蔥摔下馬來。侍從官吏慌忙上去相救，已經氣絕。文帝痛他愛子跌斃，又把諸人統統斬首。賈誼既是梁王太傅，一面自請處分，一面請為梁王立後，並說淮陽地小，不足立國，不若併入淮南，以淮陽水邊的二三列城分與梁國，使梁國與淮南均能自固。

文帝依奏，即徙淮陽王劉武為梁王。劉武與劉揖為異母兄弟，劉揖既無子嗣，因將劉武調徙至梁，使劉武之子過繼劉揖為嗣，旋又徙太原王劉參為代王，並有太原。沒有幾時，賈誼因為梁王已死，鬱鬱寡歡，一病不起，嘔血而歿，年才三十有三。

賈誼本來不為文帝重視，他的病死，自然不在文帝心上。那時最重要的國事，仍是匈

奴擾邊，累得兵民交困，雞犬不寧。

文帝也恨廷臣沒有用，索性不與他們商量，還是與他愛妃慎夫人斟酌。當下慎夫人答道：「我想重賞之下，必有勇夫。陛下何妨詔令四方人民，不問男女，不管老幼，如因獻策可用者，賜千金，封萬戶侯。」

文帝點頭道：「只有此法，或者有些道理。」

次日，真的下詔求言。

當時就有一個現任太子家令的晁錯，乘機面奏道：「急則治標，緩則治本，治本之道，非一時可得，亦非一時可行。惟有治標之法，今為陛下陳之：現在防邊，最要的是得地形，卒服習，器用利三事。伏思地勢有高下之分，匈奴善於山戰，吾國長於野戰，自然要捨短取長。士卒有強弱之分，選練必須精良。操演必須純熟，毋輕舉而致敗。器械有利鈍之分，勁弩長戟利及遠，堅甲銛刃利及近，須因時而制宜。若能以夷攻夷，莫妙使降胡義渠等，作為前驅，結以恩信，助以甲兵，這也是以逸待勞之計。」

文帝聽畢，大為稱賞。

晁錯又說：「發卒守塞，往返多勞，不如募民出居塞下，使之守望相助，如此，緩急相資，方能持久，遠有納粟為官一事，可以接濟餉糧。」

文帝聽了，一一採用，當時確有小小成效，文帝便把他寵著無比。

有一天，文帝正與后妃飲酒。因見晁錯在側，便笑問他道：「爾所上諸策，經朕採用尚有成效，究竟爾師何人，諒來定是一位學者。」

晁錯奏道：「臣前任太常掌欽時，曾奉派至濟南，那時老儒伏生正在設館講學，臣即在他門下，專習《尚書》。」

文帝聽了，大樂道：「爾是此人門人，自然學有根蒂了，朕已忘記此事。」

原來伏生名勝，通《尚書》學，曾任秦朝博士，自始皇禁人藏書，伏生不能不取出藏書銷毀。獨有《尚書》一部，為其性命，不肯繳出，暗暗藏匿壁中。及秦末天下大亂，那時伏生早已去官，避亂西方，並無定址。直至漢有天下，書禁已開，才敢回到故鄉，取出壁間藏書，誰知紙受潮濕，半已模糊，伏生細細檢視，僅存二十九篇。後來文帝即位，首求遺經，別樣經書，尚有人民藏著陸續獻出，惟有《尚書》一經，竟不可得，嗣訪得濟南伏生，以《尚書》教授齊魯諸生，廷臣乃遣晁錯前往受業。

不過那時伏生年紀已大，髮脫齒落，發音不甚清晰。晁錯籍隸潁川，與濟南相距甚遠，方言關係，更加不能理會。幸而伏生有一位女兒，名叫羲娥，夙秉父訓，深通《尚書》大義，晁錯當時全仗這位世妹做了翻譯，方能領悟大綱，尚有數處不解，只好出以己意，隨便附會。其實伏生所傳的《尚書》二十九篇，已是斷章取義，半由伏生記憶出來，有無錯誤也不可考。晁錯得了雞毛就當令箭，其實廷臣都是馬上功夫居多，自然讓

他誇口了。

說到《尚書》，後至漢武帝時，魯恭王壞孔子舊宅，得孔壁所藏《書經》，字跡雖多腐蝕，可較伏生又增二十九篇，合成五十八篇，由孔子十二世孫孔安國考訂箋注，流傳後世。這且不在話下。惟晁錯受經伏生，雖賴伏女口授，應是伏生之弟子，後人附會，都說晁錯受業伏女，這是錯的。不佞考究各書所得，趁在此處為之表明。

伏女雖非晁錯之師，但她能夠代父傳講，千古留名，足為女史生色。那個時代，齊國境內還有一位閨閣名媛，更比伏女羲娥膾炙人口。此女是誰？就是太倉令淳于意之女緹縈。

淳于意是臨淄人，幼時曾夢見一位天醫星君對他說：「亂世初平，醫學最為緊要，汝須留心。」他就因此研究醫學，頗有心得。後聞同郡元里公乘陽慶，獨擅黃帝之學，且得古代秘方，他又前往自請受業。陽慶初尚拒絕，嗣見他殷殷向學，方始收其為徒。那時陽慶已經年逾古稀，無子可傳，遂將黃帝、扁鵲諸書以及五色診病諸法，一律傳授。

淳于意學成回家，為人治症，居然能夠預知人的生死，無論如何怪病，只要經他醫治，便會手到病除。於是時人求醫的，踵接而至，門庭如市，累得他自早至夜應接不暇，尚是小事，竟有豪門顯客，你要搶先，我不讓後，一天，互毆之下出了一場人命。雖經有力者代他解脫，金錢方面卻已花費不少。

他灰了心，便出門遠遊，以避煩囂。路過太倉地方，郡守閭公定要他做太倉縣令，他情不可卻，只得應命，做了一任，也無積蓄，未幾辭職，就在太倉住下。誰知又遇著一個退職閹官，硬要拜他為師，他惡此人心術不正，不敢招接，已經結下冤仇。

沒有幾天，鄰居老嫗病已垂危，求他診視，他按脈之後，對老嫗之子說：「此病是個不起之症，除非破腹洗心，方能有效，惟治後必要心痛三日，痛時切忌飲水。」老嫗自願如命。豈知醫治之後，老嫗心痛難熬，私下呷了幾口冷水，不到半日，癲狂而死。老嫗之子，本是那個退職閹宦的爪牙，便去力求閹宦，要他代母伸冤，那個閹宦正中下懷，就把淳于意押送有司問罪。有司還算念淳于意是位名醫，不辦死罪，僅讞肉刑。又因他曾任縣令，未忍增加刑罰，申奏朝廷，聽憑皇帝主裁。

那時正是文帝十三年，文帝見了此奏，即命將淳于意押送長安。淳于意本無子嗣，只有五個女兒，起解之日，都來送父，環繞悲泣，苦無救父之法。

淳于意見此情形，便仰天長嘆道：「生女不如生男，緩急毫無所用。」

淳于意說完此話，伯仲叔季四女仍是徒呼負負；獨有少女緹縈聽了，暗中自忖道：「吾父懊悔沒有兒子，無人救他，我卻不信，倒要拚拚性命，總要吾父不白生我們才好。」

她想完之後，草草收拾行裝，隨父同行。當時淳于意還阻止緹縈道：「我兒隨我入都，其實亦無益處，大可不必！」緹縈也不多辯。

一日到了長安，淳于意自然繫入獄中，待死而已。文帝尚未提訊淳于意，忽接其女緹縈上書為父呼冤。書中要語是：

妾父為吏，齊中嘗稱其廉平。今坐法當刑，亡傷，夫死者不可復生，刑者不可復屬，雖欲改過自新，其道莫由，終不可得！妾願沒入為官婢，以贖父刑罪，使得改過自新也。

文帝閱畢，不禁惻然。

可巧竇皇后、慎夫人等人，適得一盆奇花，即在御園清風亭上設下御宴，欲替文帝上壽。文帝入席之後，偶然談及緹縈上書救父之事。慎夫人道：「孝女救父，萬歲如何辦法？」

文帝道：「淳于意的獄事，情尚可原；今其女既願以身代父，朕當准許，但未知緹縈的相貌如何呢？」

慎夫人聽了，就將柳眉一豎道：「陛下此言差矣！緹縈既是孝女，哪得問她相貌美惡？婢子敢問陛下，是不是准否的標準，要有她的相貌中定意旨麼？」

文帝聽了，急以手笑指慎夫人道：「汝此語說得真是挖苦朕了，朕不是已經說過准她贖父麼？汝怎麼說朕似乎以她相貌美惡，方定准否呢！」

慎夫人道：「原來如此，陛下的准許，乃是准緹縈代父贖罪。她既有願為官婢之言，陛下莫非要以孝女作妃子麼？以婢子之意，天下不乏美人，緹縈無論如何美法，萬不可糟蹋孝女。」

竇皇后在旁接口笑道：「慎夫人之言，真是深識大體！她既聲請陛下另選美妃，更是情法兼盡。陛下何不准奏，做個有道明君呢？」

文帝聽了，呵呵大笑道：「你們二位都是聖后賢妃，朕也不敢自己暴棄，硬要學那桀紂。」

慎夫人不待文帝說，慌忙一面下席謝恩，一面便代文帝傳旨，不但赦免淳于意之罪，而且還免緹縈入官為婢。文帝原是一位明主，一笑了事，並不責備慎夫人擅自作主，連這天的一席酒，也吃得分外有興。

事為薄太后所知，讚許竇后、慎妃知道大理，皇帝從善如流，更是可嘉，一個高興，便扶了宮娥來至席間。文帝一見母后有興，自己今天所做之事且有面子，慌忙扶了太后入席，奉觴稱壽。薄太后入席之後，即命人取黃金二千斤，分賜竇后、慎妃二人，文帝反而沒賞。

文帝笑著道：「母后何故偏心，厚媳薄子，使臣兒也得點賞賜呢？」

薄太后聽了，也微笑答道：「皇帝幸納她們二人之諫，不然，為娘還要見罪，哪得希

望賞賜？」

慎夫人接口奏道：「太后也要獎許皇帝。皇帝果因不納諫言而妃孝女，就是太后見罪，似乎已經晚了。」

薄太后聽了道：「此言不無理由。」即賜文帝碧玉一方，又賜慎夫人明珠百粒。

次日，文帝又詔令廢去肉刑。那天詔上之語是：

詩曰：愷悌君子，民之父母。今人有過，教未施而刑已加焉；或欲改過為善，而道無由至。朕甚憐之！夫刑至斷肢體，刻肌膚，終身不息，何其痛而不德也！豈為民父母之意哉？其除肉刑，有以易之！

文帝下詔之後，便命廷臣議辦。

第三十三回　太子行凶

丞相張蒼等奉詔之後，議定刑律，條議上聞。原來漢律規定肉刑分為三種：一種謂之黥刑，就是臉上刺字；一種謂之劓刑，就是割鼻；一種謂之斷左右趾刑，就是截去足趾。這三種刑罰，不論男女少壯，一經受著，身體既是殘毀，還要為人類所不齒。雖欲改過自新，但是已受刑傷，無從恢復，成了終身之辱。當下所改定的是：黥刑改充苦工，即城旦舂之罰；劓刑改笞三百；趾刑改笞五百。笞臀雖是不脫肉刑，究竟受刑之後，有衣遮體，不為人見，除查案才能知道外，旁人可以瞞過。

漢朝第一代皇后呂雉，即受過此刑，總而言之，一個人不犯刑罰才好。刑餘之人，就是輕些，也不過百步與五十步的比較。當時這樣的一改，面子上雖是文帝的仁政，其實還賴孝女緹縈那句：「刑者不可復屬」的一語，誰知自從改輕肉刑之後，不到兩年，天下方慶文帝的聖德，宮中太子又犯了刑章。

先是齊王劉襄助誅諸呂，收兵回國，未幾棄世，其子劉則嗣立為王，至文帝十五年，

又復病逝，後無子嗣，竟致絕封。文帝不忘前功，未忍撤消齊國，但記起賈誼的遺言，曾有國小力弱的主張，乃分齊地為六國，盡封悼惠王劉肥六子為王：長子劉將閭，仍使王齊；次子劉志為濟北王；三子劉賢為菑川王；四子劉雄渠為膠東王；五子劉卬為膠西王；六子劉辟光為濟南王。六王同日受封，悉令就鎮。

惟有吳王劉濞鎮守東南，歷年已久，勢力充足，又因既得銅山鑄錢，復煮海水為鹽，壟斷厚利，國愈富強。文帝在位已十數年，劉濞並未入朝一次，是年遣子吳太子賢入覲，就與皇太子啟遊戲相爭，自取禍殃。皇太子啟與吳太子賢本為再從堂兄弟，素無仇怨，那時又奉父皇之命，陪同吳太子賢遊宴，自然格外謙抑。起初幾日，並無事端發生。盤桓漸狎，彼此就熟不知禮起來。

一日，吳太子賢喝得大醉，要與皇太子啟賭棋為樂，皇太子啟原是東道主人，哪有拒客所請之理，當下擺上棋盤，二人東西向的對坐。吳太子賢入宮時候帶有一位師傅，出入相隨，頃刻不離左右，於是吳太子賢的師傅站在左邊，東宮侍官站在右邊，各人心理都望自己主子占勝，雖屬遊玩小事，倒也忠心為主，參贊指導，不肯一絲放鬆。

兩位太子那時也凝神注意的，各在方罫中間，各圈地點，互相爭勝。皇太子啟不知怎的錯下一子，事後忙想翻悔改下，吳太子賢認為生死關頭，哪肯通融，弄得一個要悔，一個不許的時候，吳太子賢的師傅又是楚人，秉性強悍，自然幫著他的主子力爭。還有同來的一班太監，更是沒有腦筋的，大家竟將一件遊戲消遣之事當作爭城奪地的大舉起來，你一言，我一語，硬說皇太子啟理曲，一味頂撞，全無禮節。

皇太子啟究是儲君，從來沒有受過這般委屈，一時怒從心上起，惡向膽邊生，說時遲，那時快，皇太子啟順手提起棋盤，就向吳太子賢的腦門之上擲去。吳太子賢一時躲讓不及，當下只聽得「砰」的一聲，吳太子賢早已腦漿迸出，死於非命。

當時吳太子賢的師傅一見其主慘死，回國如何交代，一急之下，也不顧凶手乃是當今太子，他便大喝一聲，就用那個棋盤要想回擲皇太子啟起來。幸有東宮侍從各官拚命保護皇太子啟逃進內宮，哭訴文帝，文帝愛子心切，一面命他退去，一面召入吳太子賢的師傅溫語勸慰，命他從厚棺殮，妥送回吳。

劉濞見了，又是傷痛，又是氣憤，於是向文帝所派護送棺木的使臣大發雷霆道：「太子雖貴，豈能殺人不償性命？主上對他兒子犯了人命，竟無一言，只將棺木送回，未免太不講理！寡人不收此棺，汝等仍舊攜回長安，任意埋葬便了。」

使臣無法，只得真的攜回。

文帝聞報，無非從優埋葬了事，吳王自此心懷怨恨，漸漸不守臣節。有人密奏文帝，文帝國思此事，錯在自己兒子，吳王雖然不守臣禮，但是因激使然，倒也原諒他三分。吳王因兄文帝退讓不究，反而愈加跋扈，他的心理自然想要乘機造反，幸有一位大臣阻止，

方始暫時忍耐。這位大臣是誰？就是曾任中郎將的袁盎。

原來袁盎為人正直無私，不論何人，一有錯事，他就當面開發，不肯稍留情面，因此文帝惡他多事，用了一個調虎離山之計，把他出任隴西都尉，不久，遷為齊相，旋為吳相。照袁盎平日的脾氣，一為丞相，勢必與吳王劉濞衝突，何能相安至今？其中卻有一層道理。

他自奉到相吳之命後，有一個侄子，名喚袁種，少年有識，手腕非常靈敏，本為袁盎平日所嘉許的。袁種便私下勸他叔父道：「吳王享國已久，驕倨不可一世，不比皇帝英明，能夠從善如流。叔父遇事若去勸諫，他定惱羞成怒，叔父豈不危險？以侄之意，叔父最好百事不問，只在丞相府中休養。除了不使吳王造反之外，其餘都可聽之。」

袁盎聽了，甚以為然，相吳之後，果照袁種之言辦理。吳王本來懼他老氣橫秋，多管閒事；及見袁盎百事不問，只居相府，詩酒消遣，倒也出於意外。君臣之間因是融洽。迨皇太子啟擲死吳太子賢的禍事發生，袁盎早已料到吳王必要乘勢作亂，於是破釜沉舟地譬解一番。吳王因他近在左右，萬難貿然發難，只得勉抑雄心，蹉跎下去。此事暫且擱下。

單說匈奴的老上單于，自從信任中行說以來，常常派兵至邊地擾亂。其時漢室防邊之計，皆照鼂錯條陳辦理，總算沒有甚麼巨大的損失。沒有幾時，老上單于病死，其子軍臣單于即位，因感漢室仍遣翁主和親，不願開釁。無奈中行說再三慫恿，把中原的子女玉帛說得天花亂墜，使他垂涎，軍臣單于果被說動，遂即興兵犯塞，與漢絕交。

那時已是文帝改元後的六年冬月。匈奴之兵，兩路進擾：一入上郡，一入雲中。守邊將吏慌忙舉起烽火，各處並舉，火光煙焰，直達甘泉宮。

文帝聞警，急命三路人馬往鎮三邊：一路是出屯飛狐，統將係中大夫令勉；一路是出屯句註，統將係前楚相蘇意；一路是出屯北地，統將係前郎中令將武。並令河內太守周亞夫駐兵細柳；宗正劉禮駐兵霸上；祝茲侯徐厲駐兵棘門。

文帝還不放心，親自前往各處勞軍，先至霸上，次至棘門。只見兩處非但軍容不整，連那統將，日已過午，猶是高臥帳中，及見文帝御駕入內，方始披衣出迎。那種慌張局促之狀，甚覺可笑。文帝當場雖不見責，心裡很不高興。

嗣至細柳營，尚未近前，已見營門外面甲士森列，干戈耀目，彷彿如臨大敵一般。文帝便命先驅傳報，說是車駕到來。豈知那班甲士一齊上來阻住。先驅再三聲明，那班甲士始答道：「我等並非不敬天子，實因軍中以統將為主。若無統將命令，雖是天子，亦不敢違令放入。」

先驅回報文帝，文帝大讚亞夫的軍紀嚴肅，乃取出符節，命使先見亞夫。亞夫見了來使，親自出迎，謁過文帝，首先奏道：「臣曾有將令在先，軍中無論何人，不得馳驅，伏望陛下將車駕緩緩入營。」

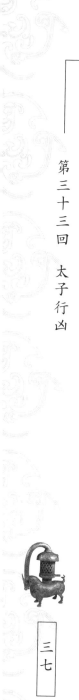

文帝依奏。入內之後，又見弓張弦，馬上轡，雖非禦敵，悉有準備，於是正想用手去拍亞夫之肩，獎許他的當口，突然幾個軍士急把兵器前來掩護主將的身體。亞夫見了，一面揮手忙令退去，一面又奏道：「這也是臣平日將令的一項，臣在軍中，不論誰何，不准近臣之身。」

文帝點頭答道：「這才稱得起是位治軍的真將軍呢！」

當下縱談一刻，即便出營，坐在車上，回視營門，肅然如故，另有一派軍威，乃語侍臣道：「像霸上、棘門兩處的兵士，恐怕敵人入營，他們主將被擒，大家尚未知曉呢！」

是日文帝回到宮中，把周亞夫治軍有方的好處，講與薄太后、竇后、慎妃等人聽了，當下竇皇后先說道：「周亞夫雖然軍令嚴肅，對於天子，究竟有些失儀。」

慎夫人道：「皇后所言，乃是太平時代，這末將在外，君命有所不受的那句話，又作怎麼樣解釋呢？」

薄太后插口道：「皇后的說話，乃是知禮；皇妃的說話，乃是知機，二人均有道理。」說著，便想取金賜與亞夫。

慎夫人道：「現在邊患未靖，且俟有功，再賞未遲。」

薄太后又以為是。

過了幾時，文帝接到邊吏奏報，說是匈奴聽得朝廷命亞夫為將，嚇得收兵回國去了。

文帝喟然道：「如此，可見命將的事情，不可不慎了。」即以黃金千斤賜與亞夫，並擢為中將。

原來周亞夫就是絳侯周勃的次子。周勃二次就國，未幾即逝，長子勝之襲爵。次子亞夫，為河內太守。就任之日，聞得素擅相術的老嫗許負，年紀雖大，還在代人看相，以定吉凶，特將她邀到署內，令她看相。

許負默視良久道：「君的貴相，豈止郡守！再俟三年，還有封侯之望。八年以後，出將入相，為第一等的人臣。可惜結果不佳！」

亞夫道：「君子卜凶不卜吉，我莫非要正國法不成。」

許負搖首道：「這卻不至如此。」

亞夫定要她說個明白，許負道：「九年過得甚快，何必老婦此時嘵嘵呢！」

亞夫笑道：「相已生定，即示先機，有何緊要？」

許負聽了，方始微笑答道：「依相直談，恐君將來餓死。」

亞夫聽了更大笑道：「此話我便不甚相信了，我兄現下承襲父爵，方受侯封，即使兄年不永，自有兄子繼續，那個侯封也輪不到我的身上。果如汝言，既封侯了，何致餓死？這就真正費解了！」

許負聽了，也笑答道：「老婦據相論相，故敢直言。」說著，即用手指亞夫口邊道：

「這裡有直紋入口，謂之餓死紋，法應餓死。但究竟驗否，人定勝天，能夠善人改相，也未可知。」

亞夫還是半信半疑。

說也奇怪，到了三年之後，勝之忽坐殺人罪，竟致奪封。文帝因念周勃有功，亞夫得封絳侯，至細柳成名，進任中尉，就職郎中，那個時候，差不多要入預政權了。又過年餘，文帝忽然得病，醫藥罔效，竟至彌留。皇太子啟入侍榻旁。文帝囑咐太子道：「環顧盈廷諸臣，只有周亞夫緩急可待；將來若有變亂，盡可使他掌兵，毋須疑慮。」

皇太子啟，涕泣受命。

時為季夏六月，文帝駕崩，享年四十有六。文帝在位二十三年，總算是位守成之主，惟遺詔令天下短喪不循古禮，是他的缺點。其餘行為，似無可以指摘之處。

文帝既崩，皇太子啟即位，是謂景帝。尊薄氏為太皇太后，竇氏為皇太后。又命群臣恭擬先帝廟號。當下群臣覆奏，上廟號為孝文皇帝，丞相申屠嘉等又言功莫大於高皇帝，德莫大於孝文皇帝，應尊高皇帝為太祖，孝文皇帝為太宗，廟祀千秋，世世不絕。景帝依奏。又奉文帝遺命，令臣民短喪，匆匆奉葬霸陵，是年孟冬改元，稱為景帝元年。

廷尉張釋之，前因景帝為太子時，與梁王共車入朝，經過司馬門未曾下車，曾有劾奏情事，今見景帝即位，防他記恨，自然心中忐忑不安，便去向老隱士王生問計。

王生善治黃老之術，名盛一時，滿朝公卿多半折節與交，釋之平時亦在其列。當時王生見釋之問計於他，他便高舉一足，笑向釋之說道：「我的襪線已破，爾先為我結好，再談此事。」

釋之素欽其人，並不嫌他褻瀆自己，真的長跪屈身，替他結襪，良久結成。王生又笑道：「爾的來意尚誠，且平日極端敬我，不得不為汝想一解難之策。」

釋之聽了大喜，問其何策。王生道：「汝既懼皇帝記起舊事，不如趁他沒有表示之先，自去謝罪。」

釋之聽了，果然依他之話，入朝面向景帝請罪。景帝口頭雖是叫他勿憂，朕於公私二字尚能分得清楚，其實心裡不能無嫌，不到半年，便將釋之外放為淮南相，另以張歐為廷尉。張歐曾為東宮侍臣，治刑名學甚有根蒂，素性又來得誠樸，不尚苛刻，群吏倒也悅服。

一天，景帝問張歐道：「汝作廷尉雖然為日無多，每日平均計算，可有幾件案子？」

張歐奏答道：「十件八件，未能一定，若是太多，也只好慢慢鞫問，急則恐防有冤屈的事情。」

景帝又問道：「男女犯法，都是一律治罪的麼？」

張歐道：「是一律的。」

景帝道：「朕思婦女以廉恥為重，裸體受笞，似乎不雅，朕想免去笞刑。」

張歐道：「從前丞相蕭何逝世，曹參繼職，不改舊法，因此有蕭規曹隨的美譽，我朝刑律，幾費經營，方有如此成績，似乎未可輕率更改。至於陛下恐怕婦女裸責貽羞，乃是帝懷仁厚，惟有罪者方受刑責，清白婦女何至來到公庭？凡到公庭受責的婦女，都是親自招供的，即使貽羞也不能怪人。」

景帝聽了，雖不廢去笞刑，卻也將應笞五百的減為三百，應笞三百的減為二百。張歐斷獄，又能持平，於是風聞四海，歌頌不息。

次年夏天，薄太皇太后無疾而終，葬於南陵。先是薄太后有一位侄孫女，曾經選入東宮，為景帝妃子，景帝並不鍾愛，只因太后面上，不好交代，敷衍而已。及景帝即位，不得不立她為皇后，更立皇子劉德為河間王，劉榮為臨江閔王，劉餘為淮陽王，劉非為汝南王，劉彭祖為廣州王，劉發為長沙王。長沙舊為吳氏封地。文帝末年，長沙王吳羌病歿，無子可傳，撤除國籍，因將其地改封少子。

這且不提。單說那位晁錯，他本是景帝為太子時的家令，因在文帝十五年獻策稱旨，授為中大夫之職。景帝即位，自然因為舊屬的情感，升為內史，屢參官議，景帝事事採納，因此之故，朝廷法令漸漸更變，盈廷諸臣，無不側目。丞相申屠嘉，更是嫉視，只因景帝寵眷方隆，無可如何。

一天，可巧拿著晁錯一樣錯處，正欲藉此問罪，於是連夜秘密辦好奏摺，以便次日上朝面參。雖知晁錯還要比申屠嘉佔先，一聽這個消息，馬上夜叩宮門，入見景帝，伏地口稱死罪，臣不能事奉陛下了。

景帝聽了，也吃一驚，問他：「何故如此？」

晁錯方才奏道：「內史署緊靠太上皇廟，臣因出入不便，私將太上皇廟的一道短垣拆除，築成直路，本待工程完竣，即來奏知，頃間有人密報，說道丞相屠嘉業已辦好參摺，明日上朝便要將臣問斬，是以臣連夜來見陛下，未知陛下能夠赦臣之罪否？」

景帝聽了，微笑道：「朕道甚麼大事，汝放心回去，朕知道就是。」

晁錯自然大喜，謝恩回署。

次日，景帝視朝，申屠嘉果然遞上一摺，請景帝立斬晁錯，以為大不敬者戒。

景帝略略一看，便把那本摺子退還申屠嘉道：「此是朕命晁錯如此辦的，相國不要怪他擅專！」

申屠嘉碰了一個暗釘子，於是滿面含羞地回至相府，不到三天，嘔血而死。

後有批評是：晁錯擅拆太廟，自然有罪，景帝偏袒倖臣，也非明主。申屠嘉身為相國，一奏不准，何妨再奏，若非謀亂等事，也只好順君之意，以便慢慢勸諫，引君為善，今竟一怒嘔血而死，他的度量未免太窄了。

這番說話，卻也講得公平。那時景帝一見申屠嘉已死，賜諡曰「節」，便升御史大夫陶青為丞相，升晁錯為御史大夫，當時就引動一個已黜之臣，上書辯冤。

第三十四回　西漢首富

丞相申屠嘉既死，忽然引動一個被黜之臣上書景帝，要想辯冤，誰知此人不辯倒還罷了，這一辯，更比不辯還要不妙。

此人究竟是誰呢？乃是文帝時代的一位寵臣，姓鄧名通，蜀郡南安人氏。本無才識，只有水裡行船，是他專長。後來遇見一個同鄉，正充文帝的內監，在宮中雖無權力，推薦個把小小官兒，似乎力尚能及，當下收了鄧通一份重禮，便代鄧通謀到一個黃頭郎的官銜——漢制御船水手，都戴黃色帽子，故有是稱——鄧通得了此職，倒也可謂幼學壯行，每日照例行事，他心中並不希望甚麼意外升遷，豈知時運來了，連他自己也意想不到。

先是文帝夜得一夢，夢見自己身在空中，距離靈霄寶殿不過數丈，正想騰身再上，不料力量不夠，幾乎掉下地來。那時忽見一個頭戴黃帽之人也在空中，見他無力上升，趕忙飛身近前。急用雙手托著文帝雙足，向上盡力一推，文帝方得升到天上。當時心感其人，俯視下面，僅見此人的一個背影，衣服下蓋似有一個極大的窟窿，正想喚他，耳邊已是雞

聲報曉，一驚而醒，文帝回憶夢境，歷歷在目，又暗忖道：「這夢非常奇突，此人既來助朕，必是江山柱石之臣。但是他的面貌姓名，一無所知，叫朕何處尋覓他呢？」

文帝想到這裡，沒有辦法，只得暫且丟過一邊。

這天視朝之後，便在各處遊玩，希望能夠遇見夜夢賢臣，也未可知。遊了一番，各處並無其人，後來行過漸臺的當口，遙見有百十名黃頭郎方在那兒打掃御船，文帝一見那班人所戴之帽，正與夢中所見的相符，不禁心中大喜，即吩咐內監道：「朕今天要點御船水手的花名，速去傳旨。」

內監雖然不知其意，只得諾諾連聲答應。頃刻之間，那班水手都已齊集一起。文帝又命未曾應點的，統統站在左邊，點過的站在右邊。文帝坐了臨時御案，點一名，就向他們身上由上而下地察看一名，及至全數點畢，只見帽子雖然同是黃色，下面衣蓋都是完全無缺，並未見衣有窟窿的水手，忙問左右道：「御船水手都齊全了麼？」

左右因問大眾，大眾答道：「還有一個，現請病假，因此未到。」

文帝道：「速將此人召來。」

等得此人扶病而至，文帝見了，命他背轉身去。那人聽了，大大一嚇，一時沒有法子，只得撲的跪下，老實奏道：「臣有重病，臥在寓中，匆匆應召，未曾更換衣服。」

文帝不待此人辭畢，仍命起來背立，誰知不看猶可，一看他的下面衣蓋，真的一個大洞，正與夢中所見，一絲不差。文帝既已覺到此人，也不多言，問過姓名，即擢為御船船監之職。這個船監，便是首領。鄧通忽逢奇遇，自然喜出望外。究竟怎麼有此奇遇，可憐連他自己也莫名其妙，幸而他雖沒有本事，卻有拍馬功夫，不到兩年，已升到大中大夫之職。

朝中各臣對於鄧通倒還罷了，獨有丞相申屠嘉大不為然。一天，可巧鄧通因事失儀，申屠嘉捉著把柄，立請文帝把他正法。文帝心有成見，哪裡肯聽，當下便向申屠嘉微微冷笑一聲，道：「相國未免太多事了，朕知盈廷諸臣，失儀的也很多，相國單單只注意鄧通一個，莫非因為朕太寵任他麼？」

申屠嘉聽了，慌恐免冠叩首謝罪，回家之後，只得另想別法，收拾鄧通。文帝背後也叮囑鄧通，以後須要遇事謹慎，不可被丞相拿著短處。鄧通原是拍馬人材，往後對於申屠嘉，非但不敢唐突，且去巴結，申屠嘉見他既已服軟，便即罷休。

又過幾時，文帝復擢鄧通為上大夫。

那時朝中一班公卿正在大談相術，許負以外，尚有吳曼珠、洪承嬌、廣元仙、文官桓諸人，都是精於相人之術，頗有奇驗。

文帝既寵鄧通，也將吳曼珠召入內廷，命她替鄧通看相。曼珠為霸上人，夫死守節，已有二十多年，平時以相術營生，言必有中，因而致富。某日，建造住宅，她所用的泥木

兩匠，都揀面有福相的才用。她說：「有福相的匠人，宅成之後，家可大富。」後來果然營業鼎盛，每日有十斤黃金的進益。她既富有，趨之者更是若鶩，連中郎將袁盎那般正直的人，也會十二分信她。

她那天入宮之後，見過文帝。文帝指鄧通語之道：「此是新任上大夫，對朕很為盡忠，汝可將他仔細一看。」

曼珠奉了聖諭，便將鄧通臉上端詳一番，當下搖著頭奏道：「鄧大夫之相，實在不佳。」

文帝道：「怎麼不佳呢？」

曼珠聽了，遲疑半晌道：「面有窮相，恐怕餓死。」

文帝聽了，大為不悅，叱退曼珠，憤然謂鄧通道：「朕欲富汝，有何繁難，就是天要餓死汝身，朕也要與天爭一爭呢！」說完，即下一詔，竟把蜀郡的嚴道銅山賜與鄧通，並准他私自鑄錢，等於國幣。

原來漢高帝開國，因嫌秦錢太重，每文約有半兩，即命改鑄莢錢，每文僅重一銖半，徑五分，形如榆莢之式。當時民間因為錢質太輕，物價陡然奇漲，白米竟售到每石萬錢。文帝乃改鑄四銖錢，並除去私鑄之令。

賈誼、賈山，次第上書諫阻，文帝不納，因此吳王劉濞，覓得故鄣銅山，自由設局大鑄，因而富已敵國。後來鄧通也有銅山鑄錢，與吳王東西對峙。當時東南多用吳錢，西北多用鄧錢，吳王尚有國用開支，鄧通乃是私人，入而不出，其富不言可知。

鄧通既已暴富，當然感激文帝。

一天，文帝忽然病痔，潰爛不堪，膿血污穢，令人掩鼻，每日號叫痛楚，聲不絕口，醫藥無效，巫卜無靈。上自太后，下至妃嬪，無法可想，乃懸重賞，若能醫癒文帝之痔者，富貴自擇。

為日既久，一無應命之人。鄧通見此情形，自然雙眉深鎖，嘆氣不已。他的愛妾麻姑問他道：「君已富貴至是，尚有何愁？」

鄧通始將文帝患痔，無法止痛之事告之。麻姑聽了道：「妾有一法，對於此症，平日屢試屢驗，惟恐君不肯做，若是肯做，必有九分把握。」

鄧通聽了，樂得不可開交，拉著麻姑的手，問她什麼法子，只要能夠立時止痛，我必定替你大置釵飾。麻姑聽了，笑答道：「君從前為黃頭郎的時候，不是應許過我百粒明珠的麼？至今尚未如約，現在又來騙我。」

鄧通道：「我現有銅山鑄錢，人稱活財神，你還愁甚麼？你快將法子教我要緊。」

麻姑聽了，尚未開言，忽雙頰泛紅雲，羞澀之態，不可言語形容。

鄧通見了大奇道：「你與我夫婦三年，恩愛已達極點，還有何事怕羞呢？你快快說吧。」

麻姑至是，始含羞說道：「妾前夫也患此症，應時痛得無法可治，妾偶然替他吮去痔上膿血，誰知真有奇效，吮的當口，非但立刻止痛，大約三四十次之後，其病霍然而癒，不過吮的時候既腥且臭，其味難聞，勢必至於噁心，若噁心就不能夠吮了。」

鄧通聽了道：「他是皇帝，又是我的恩人，這點事情，哪好再嫌骯髒。」說完，連夜出府入宮。

當下就有內監阻止他道：「鄧大夫不得進入寢宮。皇后皇妃吩咐過的。」

鄧通發急道：「我是前來醫主上病的，不比別樣事情，你們哪好阻我？」

內監一聽，慌忙報了進去。慎夫人忙站至窗口問鄧通道：「皇上已經痛得昏厥數次，鄧大夫若是尋常之藥，仍恐無益。」

鄧通隔窗奏道：「娘娘且讓臣進房，再當面奏。」

慎夫人知道鄧通素為文帝寵任之人，便讓他進去。

鄧通進房，看見文帝躺在御榻，真的痛得已是奄奄一息，那時也顧不得再去與后妃行禮，趕忙走至榻邊，向伺候的宮女道：「諸位請將萬歲的被服揭開，幫同褪去下衣，我要用口吮痔。」

鄧通尚未說完，薄太后、竇皇后、慎夫人三個在旁聽得，連忙岔嘴道：「這個法子尚未用過，或者有效，也未可知，不過褻瀆大夫，於心未免有些不安。」

鄧通一面客氣幾句，一面便去用嘴替文帝吮痔。

說也奇怪，他只吮了幾口，文帝已經可以熬痛。先時是閉著眼睛，側身朝裡睡的，此時知道有人用嘴吮他痔上的膿血，復用舌頭舐了又舐，隨吮隨時止痛，不便動彈，單問慎夫人道：「吮痔的是誰？」

此時鄧通嘴上因有工作，當然不能奏對。慎夫人趨至榻前，向文帝說道：「替陛下吮膿血的是上大夫鄧通。陛下此刻毋須多問，且讓他吮完再說。」

文帝聽了，便不言語。直待鄧通吮畢，文帝痛既止住，身上如釋重負，始回轉頭來，向外對鄧通言道：「你如此忠心，總算不負朕的提拔，你就在此專心辦理此事，所有后妃，毋庸回避。」

鄧通當夜連吮數次，文帝自然歡喜，復問鄧通道：「你說，何人對朕最為親愛？」

鄧通道：「父子天性，臣想最親愛陛下的人，自然是皇太子了。」

文帝聽了，尚未答言，可巧太子啟進來問疾，文帝便命太子候在榻前。過了一陣，痔上的膿血又長出來了，文帝就命太子替他吮痔。太子起初嫌憎骯髒，不肯應命，後見竇后暗暗示以眼色，只得跪在榻前，嘴對文帝肛門，去吮痔上膿血，只吮了一口，馬上一個噁心，嘔吐起來。

文帝見了，面上已現怒色。慎夫人知趣，忙藉故使太子退出。

太子出去，悄悄立派內監探聽吮痔之事，是由何人作俑，內監探明回報，太子記在心上，後來即位，首先就把鄧通革職，並且追奪銅山。鄧通不知景帝怪他吮痔獻媚，把他革職，反疑申屠嘉與他作對。平常每向朋從吹牛，他說只要丞相一走，他就有復職希望，故而一見申屠嘉逝世，馬上上書辯冤，還想做官。景帝本來恨他，不去問他死罪，還是看在先帝面上，及見他不知悔過，竟敢上書瀆奏，於是把他拘入獄中。

審訊時候，鄧通始知有人告他私鑄銅錢。鄧通雖是極口呼冤，問官仰承上意，將他的家產統統充公，僅剩了妻妾三個光身。一位面團團的富翁，一旦竟和乞丐一樣。

還是館陶公主，記著文帝遺言，不使鄧通餓死，略為周濟。誰知又為內監盡入私囊，鄧通分文不能到手，後來真的餓死街上，應了曼珠之言。

那時朝中最有權力的，自然就是鼂錯。一天暗暗上了一本密奏，請削諸王封地，並以吳王劉濞為先。景帝平日念念不忘的就是此事，今見鼂錯此奏，正中下懷，即命廷臣議削吳地。

吳王劉濞聞知其事，乃謂群臣道：「皇帝當年打死寡人之子，寡人正想報仇，他既前來尋事，寡人只好先發制人了。」

於是聯絡膠西王劉卬。劉卬又糾合齊、菑川、膠東、濟南諸國，劉濞又自去糾合楚、閩越、東越諸國，一共起事。

當時諸侯共有二十二國，與劉濞共圖發難的不過七國，哪裡是地廣兵多天子的對手？景帝便命周亞夫為將。亞夫原是將才，昔日已為文帝所許，率兵出伐。不到三月，果然吳王劉濞兵糧不足，一戰死之。其餘六國，也是景帝另派之將所平。景帝既平亂事，理應重賞晁錯才是，誰知景帝怪他存心太毒，諸王之反，說是他激變的，一道密旨竟將晁錯腰斬。晁錯自命博學多才，死得這般可慘，一半是他聰明誤用，一半是景帝殘忍不仁，兩有不是，不必說它。

是年，景帝立其子劉榮為皇太子。劉榮本是景帝愛妃栗氏所出，年雖幼稚，因母得寵，遂為儲君，當時的人都稱他為栗太子。其母栗氏，一見其子已作東宮，遂暗中設法，想將皇后薄氏擠去，使得自己正位中宮。薄皇后既是無出，又為景帝所不喜，不過看太皇太后薄氏面上權立為后，原是一個傀儡，一經栗氏傾軋，怎能保住位置？挨到景帝六年，薄后果然被廢。

當時宮中諸嬪總以為繼位正宮的人，必是栗氏，豈知事有不然，原來景帝的妃嬪，除了栗氏之外，最受寵的還有一對姊妹花，王氏姝兒、櫻兒二人，二人之母，名叫臧兒，為故燕王臧荼的孫女，嫁與同鄉王仲為妻，生下一子二女：子名王信，長女名娡，小字姝兒，次女名息姁，小字櫻兒。不久，王仲病歿，臧兒不安於室，挈了子女，轉醮長陵田家，復生二子：長名田蚡，幼名田勝。姝兒長成，嫁與金王孫為婦，亦生一女，名喚帳

鉤。臧兒平日最喜算命，每逢算命，無不說她生有貴女。

一天姝兒歸寧，可巧有一位名相士，名叫姚翁的，為同邑某富翁聘至。臧兒因與富翁的僕婦為友，輾轉設法，始將姚翁請到她的家裡。姚翁一見姝兒，大驚失色道：「此地怎有這位貴人，將來必作皇后，且生帝子。」

續相櫻兒，亦是貴相，不過不及乃姊。當下臧兒聽了，暗想：「姝兒已嫁平民，怎會去做皇后，難道金婿將來要做皇帝不成？本朝高祖雖是亭長出身，後來竟有天下。可是金婿貌既不揚，才又不展，如何能夠發跡。」

臧兒想了半天，明白轉來，方才曉得姚翁無非為騙金錢，信口雌黃而已，於是便將這事丟開。

姝兒在家住了幾天，依然滿心歡悅。回到夫家，忙對其夫金王孫笑說道：「我在娘家，有一位姚翁，乃是當今的名相士。他說我是皇后之命，異日還要生出帝子呢！」

金王孫本是一介平民，人又忠厚，聽了他妻之言，嚇得慌忙雙手掩了耳朵道：「我的腦袋尚想留著吃飯，我勸你切莫亂說，造反的事情，不是玩的。」

姝兒被她丈夫這般一說，一團高興也只得付諸流水。她雖然打斷做后思想，可是她卻生得貌可羞花，才堪詠絮。每日攬鏡自照，未免懊悔所適非人。

有一天，姝兒赤了雙足，方在田間下秧，忽來一個無賴之子，調戲她道：「我聽見人說，金嫂是位皇后之命，今天還在這裡撩起雪白大腿赤足種田，如何能夠為后？不如嫁我為妻，定能達到目的。」

姝兒明知此人調戲自己，故意問他道：「難道你會做皇帝不成？」

無賴子聽了，輕輕地答道：「我想前去作盜，成則為王，敗則為寇，皇帝就是做不成，平頭王總做定了的。」

姝兒見他滿口胡言，俯首工作，不去睬他。

無賴子沒有意思，即在身邊摸出一只翡翠戒指，朝姝兒臉上一揚道：「你看此戒的翠色好麼？你若中意，可以奉贈。」

姝兒本是赤窮人家，婦女又以珠翠為性命的，一見此戒，翠色可愛，頓時換了一副笑容答道：「你肯見贈，我當以自織的細布相報。」

無賴子聽了，便將姝兒誘至荒塚旁邊，並坐談天道：「此戒足值百金，本來非我所有，前日邑中某富翁做壽，我去磕頭，無意之中拾得的。」

姝兒一聽此戒價值昂貴，心裡更加豔羨道：「你說贈我，我怕你有些捨不得罷！」

無賴子答道：「你不必用激將法，我是有心贈你的。」說著，真的把那只戒指遞到姝兒手內。姝兒平生從未戴過這種貴重東西，一時接到手內，便情不自禁地向無賴子嫣然報以一笑。

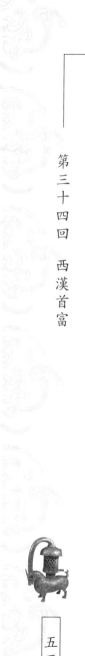

無賴子就在此時，趁她一個不防，一把擁入懷中，強姦起來。姝兒力不能抗，叫喊出來，更是害臊，心中幾個念頭一轉，早已失身於這個無賴子了。

次日，邑中小兒便起了一種歌謠道：「一只翠戒易匹布，荒塚之旁委屈赤足婦，皇后匆自誤！」

姝兒聽了，羞得躲在家中，不敢再往田間工作。好在那只戒子卻也價值不貲，以之遮羞，還算值得。

過了幾時，事為金王孫所知，責她不知廉恥。本想將她休回娘家，後又愛她美貌，不能割愛，模糊了事。

姝兒雖為其夫所容，卻被鄰人訕笑，正是無以自解的時候，邑中忽然到了幾位過路的內監。姝兒探知其事，急急歸寧，去與臧兒商酌。

第三十五回　金屋藏嬌

三椽草屋，斜日沉沉；一帶溪流，涼泉汩汩。滿樹蟬聲，藉薰風以入耳；半窗水影，搖翠竹而清心。雞聲犬吠，村裡人家；鼎沸煙香，畫中佛像。卻說此時一位半老徐娘，方在喃喃念經，旁立一個標緻少婦，正在與之耳語。

這位徐娘，就是臧兒。她見姝兒忽又歸寧，免不得看她總是一位后相，滿心歡喜的，用手一指，叫她稍歇，因為自己口裡正在念經，無暇說話，誰知姝兒已等不及，急把嘴巴湊在她娘耳邊，嘁嘁喳喳地說了一會。

臧兒尚未聽完，早已喜得心花怒放，也顧不得打斷念經是罪過的，即攔斷她女兒的話頭道：「我兒這個法子，妙極無疆，倘能如願，恐怕你真是皇后希望。只是我們娘兒兩個，衣衫襤褸，窮相逼人，如何能夠見得著那幾位過路的公公呢？」

姝兒微笑道：「事在人為，即不成功，也沒什麼壞處。」

臧兒聽了，就命次女櫻兒看守門戶，自己同了姝兒一徑來至邑中。打聽得那幾位過路

公公，住在邑宰衙內，於是大著膽子，走近門前。臧兒此刻只好暫屈身分，充作候補皇后的僕婦，向一個差役問道：「請問大師，我們王姝兒小姐有話面稟此地住的公公，可否求為傳達？」

那班差役，話未聽完，便鼓起一雙牯牛般的眼珠，朝著臧兒大喝道：「你這老乞婆，還不替我快快滾開！你知道此地是什麼所在？」

臧兒嚇得連連倒退幾步，正想再去央求那班如狼似虎的差役，不防身後忽又走來一個差役，不問三七二一的，從後面雙手齊下，左右開弓，把臧兒打上幾個耳光。

可憐臧兒被打，還不敢喊痛，慌忙掩了雙頰，逃至姝兒面前，方始嗚咽著埋怨姝兒道：「都是你要做甚麼斷命黃猴不黃猴，為娘被他們打得已經變為青猴了。」

姝兒聽了，急把她娘掩面的雙手拿了下來，一看，果是雙頰青腫，眼淚鼻涕掛滿一臉，只得一面安慰她娘幾句，叫她站著莫動。一面親自出馬，走近一位差役面前，萬福了幾萬福道：「有勞大師，替我傳報進去，說是民女王娡，小字姝兒的，要想求見內監公公。」

那個差役，一見姝兒長得宛如天仙化人一般，便嬉皮笑臉地答道：「你這個女子，要見公公作甚？這裡的幾位公公，乃是過路客官，前往洛陽一帶，選取美貌民女去的。此地並不開選，我們怎敢進去冒昧？」

姝兒一聽此地並不開選，未免大失所望。一想這位差役，倒還和氣，我何妨再拜託拜託他看。因又問那個差役道：「我明知此地不開選秀女，不過想見他們，另有說話面稟。」

那個差役聽了，也現出愛莫能助的樣子道：「並非不肯幫姑娘的忙，委實不便進去傳報。」

姝兒聽了，正擬再懇，忽聽鈴聲琅琅，外面奔來一匹高頭大馬，上面騎著一位內監。停下之後，一面正在下馬，一面把眼睛盯了她的面龐在看。

姝兒此時福至心靈，也不待差役傳報，慌忙迎了上去，撲的跪在那位內監面前道：「民女王姝，想求公公帶往都中，得為所選秀女們燒茶煮飯，也是甘心。」

那位內監本已喜她美貌，至於姝兒並非處女，內監原是門外漢，自然不知，當下便點點頭道：「此地雖不開選，俺就破個例兒，將你收下便了。」說著，把手一揮，當下自有內監的衛士將姝兒引進裡面去了。

臧兒一個人遵她女命，站著不動。站了半天，未見她的女兒出來，想去探聽呢，怕吃耳光，不敢前去；不去探聽呢，究竟她的女兒何處去了，怎能放心。

她正在進退維谷之際，忽聽得有幾個閒人聚在那兒私相議論道：「這件事情，真是稀奇，選取秀女，必須處女，此是老例；今天所選的那個王姝，她明是嫁了姓金的了，且已生有女兒，一個破貨怎的選作秀女，這不是一件破天荒的笑話麼！」

臧兒聽畢這番議論，喜得心癢難搔，便自言自語道：「我佛有靈，也不枉我平時虔心供奉，現在果然保佑我女選作秀女，我想無論如何總比嫁在金家好些。」

她想完之後，連尊臉上的腫痛也忘記了。回家之後，即把她的女婿叫來，老實告知，姝兒已經選為秀女。當下金王孫聽了，自然不肯甘休，臧兒只給他一個陰乾。金王孫沒法，只得去向縣裡告狀。縣官見他告的雖是岳母臧兒，其實告的是內監，甚至若是選中，被告便是皇帝，這個狀子，如何准得？自然一批二駁，不准不准。金王孫既告狀不准，氣得不再娶婦，帶了他的女兒金帳鉤，仍舊做他的莊稼度日，往後再提。

單說姝兒那天進署之後，就有宮人接待。次日，跟著那班內監徑至洛陽。未到半月，已經選了四五百名，額既滿足，出示停選，當下自有洛陽官吏貢獻秀女們的衣穿。那時正是夏末秋初的天氣，單衣薄裳，容易置辦，辦齊之後，內監便率領這幾百名秀女入都。

一天行至櫟陽城外，早有辦差官吏預備寓所。姝兒因為天氣燥熱，白天趕路的時候，數人一車，很是擠軋，滿身香汗，濕透衣襟，所以一到寓所，想去洗澡，又因人眾盆少，一時輪不到自己，偶然看見後面有個石池，水色清游，深不及膝，只要把腰門一關，甚是幽靜，她便卸去上下衣裳，露出羊脂白玉的身體。

正在洗得適意的當口，忽聽空際有人喚她名字，疾忙抬頭一看，見是一位妙齡仙女。她因身無寸縷，恐怕褻瀆上仙，一時不及揩抹，急急穿好衣褲，那位仙女已經踏雲而下。

姝兒伏地叩首，口稱：「上仙呼喚凡女名字，有何仙諭吩咐？」

只聽得那位仙女道：「我乃萬劫仙姑是也。頃在仙洞打坐，一時心血來潮，知你有難，因此前來救護。」

姝兒聽了，連連磕著響頭道：「上仙如此垂憐凡女，凡女異日稍有發跡，必定建造廟宇，裝修金身，不敢言報。」

萬劫仙姑道：「這倒不必，你可回房，毋庸害怕，孽畜如來纏擾，叫牠永不超生。」

仙姑說完這話，忽又不見，姝兒望空復又拜了幾拜，急回她的那間房內燃燈靜坐，不敢睡熟。直到三更，並無動靜，她想天上仙姑何至說謊，料定不久必有變異，因有仙姑保護，故不害怕。又過許久，覺得身子有些疲倦，正想和衣而臥的當口，忽見萬劫仙姑又站在她的面前道：「你且安睡，我在外床，略一打坐。」

姝兒聽了，不敢違命，自向裡床睡下，留出外床，只見仙姑盤膝而坐，閉目無聲。

誰知就在此時，姝兒陡覺一陣異香鑽入她的鼻中，她的心裡忽兒淫蕩起來。正在不能自制的時候，不知怎的一來，那位仙姑已經化作一位美貌仙童，前來引誘姝兒。

姝兒也不拒絕，正思接受那位仙童要求的事情，突然聽得一個青天霹靂，那個仙童忽又變為一個虬髯道人，又見那個道人，頓時嚇得縮做一團，跪在床前，高舉雙手，向空中不迭地亂拜，口裡跟著連叫：「仙姑饒命！可憐小道修煉千年，也非容易，從此洗心滌

處，改邪歸正便了！」

姝兒此時弄得莫明其妙，還疑是夢中，急急抬頭朝窗外一看，只見萬劫仙姑坐在簷際，一臉怒色，對著那個道人。姝兒一見仙姑已在發怒，想起方才自己大不應該，要去接受仙童的要求，不恥之狀，定為仙姑所知，倘然責備起來，實在沒有面子。

誰知她的念頭尚未轉完，又見那個道人轉來求她道：「小道不應妄想非分，致犯天譴，好在皇后未曾被汙，務請替我求求仙姑，赦了我罪！」

姝兒倒也心軟，真的替那道人力向仙姑求情。仙姑居然未能免俗，看在候補皇后面上，竟將道人赦了。那個道人一聽仙姑說出一個赦字，慌忙大磕其頭之後，倏的不見。姝兒正想去問仙姑，那個道人究竟是妖是人的當口，忽見空中飛下一張似乎有字之紙，再看仙姑，亦失所在，急把那紙一看，只見上面寫的是：

該道修煉千年，雖是左道旁門，將受天職，只因良心不正，輒以壞人名節為事。今日原思犯爾，俾得異日要挾求封，爾亦不正，幾被所誘。嗣後力宜向善，尚有大福，勉之！

姝兒閱畢，不禁愧感交並，忙又望空叩謝。一個人睡在床上，重將那紙看了又看，看到大福二字，芳心得意，不可言狀。

直至雞唱三次，方始沉沉睡去。沒有多時，宮人已來喚她起身上路。姝兒察看宮人情形，夜間之事似乎未知，她也嚴守秘密，不敢招搖。

不日到了都中，那時文帝尚未升遐，景帝還是太子時代，姝兒卻被撥入東宮服役。也是她的福運已至，一晚，她去替太子篩茶，篩罷之後，正擬退出，忽見太子極注意的朝她看了幾眼。她一個不防，也會紅雲滿靨，羞得香汗淋漓起來。

少頃，她漸漸地定了神，就在肚內暗忖道：「我的丟了丈夫，離了女兒，自願應選，來至深宮，無非想應那位姚翁之話；此刻太子既在癡癡地看我，未必沒有意思，我何不獻媚上去。這件事情，乃是我王姝兒的生死關頭，錯過幾會，悔已遲了呢。」

她這般的想罷之後，於是就把她的那一雙勾人眼波，盡向太子的臉上一瞄一瞄地遞了過去。一則也是她的福命，二則也是她長得太美，三則剛剛碰見太子是位色中餓鬼，四則宮人雖多，那個敢去引誘太子，若被太后、皇后等查出，非但性命難保，還要族誅。姝兒初進宮來，不知就裡，居然被她膽大妄為如了心願。姚翁之言，真是有些道理。

當下太子忽見姝兒含情脈脈，送媚殷殷，心裡一動，便還報了她一笑，跟著問她道：「汝是哪裡人氏？何日進宮？怎的我從前沒有見你？」

姝兒聽了，尚未答言，先把眼睛向四處一望。太子已知其意，又對她說道：「我的宮中沒有閒人，汝膽大些說就是了。」

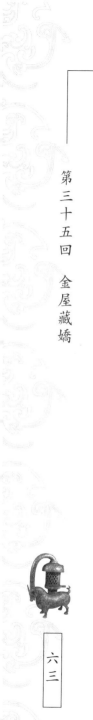

姝兒聽了，站近一步，卻又低著頭，輕輕地說道：「奴婢槐里人氏，母親王氏早已寡居，因為家寒，自願應選入宮服役，撥到此間，尚未旬日。奴婢原是一個村姑，未知宮儀，進宮之後，心驚膽戰，生怕貽誤，尚求太子格外加恩！」

太子聽畢，見她言語玲瓏，癡憨可愛，便將她一把抱到懷中，勾著她的粉項，與之調情起來。

姝兒本是老吃老做，自然拿出全副本領，一陣鬼混，太子早入她的迷魂陣中。太子一看左右無人，就想以東宮作陽臺，以楚襄自居了。

姝兒一見太子入彀，反因不是處女，害怕起來，不敢答應。太子從未遭人拒絕過的，此時弄得不懂，再三問她，姝兒只是低首含羞不語。太子情急萬分，沒有法子，只好央求姝兒。姝兒至是，方始說出不是處女。太子聽了笑道：「這有何礙！」於是春風一度，已結珠胎，十月臨盆，生下一女。姝兒既為太子寵愛，宮中的人便改口稱她為王美人。

姝兒又為希寵起見，說起家中還有一妹，也請太子加恩。太子聽了，急令宮監多帶金珠，前往臧兒家中聘選次女櫻兒。臧兒自然滿口答應。櫻兒聽見乃姊享受榮華富貴，今蒙姊姊不忘同胞，前來聘選，心裡又是感激，又是歡喜。臧兒囑咐數語，便命櫻兒隨了宮監入都。

進宮之後，太子見櫻兒之貌雖遜乃姊，因是處女，卻也高興，當夜設上盛筵，命這一對姊妹花左右侍坐，陪他喝酒。酒酣興至，情不自禁。姝兒知趣，私與太子咬上幾句耳朵，戲乞謝禮，太子笑著推她出房道：「決不忘記冰人，快快自去安睡。」

姝兒聽了，方始含笑退出。是夜太子與櫻兒顛鸞倒鳳之事，毋須細敘。

次年櫻兒養下一男，取名為越，就是將來的廣川王。姝兒一見其妹得子，哪肯甘休，不久腹中又已有孕，誰知生下地來，仍是弄瓦，不是弄璋，害得姝兒哭了幾天。太子寬宏大量，連連自認辦理不周，說道：「要使姝兒三次懷胎，定是男子。」

姝兒倒也信以為真，豈知生了下來，又是女的。直至景帝即位的那一年，一天晚上，景帝夢見一隻赤彘從天而降，雲霧迷離，直入崇芳閣中。次晨醒來，尚見閣上青雲環繞，儼然一條龍形，急召相士姚翁入問。

姚翁笑道：「此夢大吉，必有奇胎，異日當為漢朝盛世之主。」

景帝大喜，索性問姚翁道：「朕宮中后妃甚多，應在何人身上，君能預知否？」

姚翁道：「臣不敢懸揣，若出后妃一見，亦能知之。」

景帝即將后妃統統召至。姚翁一見姝兒，慌忙跪下賀喜道：「王美人尚記得臣昔年的說話麼？」

姝兒聽了，笑容可掬地答道：「君的相術，真是奇驗。」一面以黃金百斤賜與姚翁，一面將從前看相之事，一句不瞞的奏知景帝。景帝聽畢，甚為驚駭，也賜姚翁千金。

姚翁道：「陛下皇子雖多，似皆不及王美人第四胎的男胎有福。」

當夜景帝就夢見一位神女，手捧一輪紅日，贈與王美人。景帝醒來，即將此夢告知王美人。誰知王美人同時也得一夢，正與景帝之夢相同。二人互相言罷，各自稱奇不迭。

王美人即於這夜又與景帝交歡，一索而得。次年七夕佳朝，王美人果然生下一子，聲音宏亮，確是英物。景帝是夜又夢見高祖吩咐他，王美人所生之子，應名為彘。景帝醒後，即取王美人新生之子為彘。嗣因彘字取名，究屬難聽，乃改名為徹。

說也奇怪，王美人自從生徹以後，竟不再孕。妹子櫻兒又連生三男，除長男越外，二三四三子，取名為寄、為乘、為舜，後皆封王。這且不提。

且說王美人生徹的時候，景帝早奉薄太皇太后之命，已娶薄氏的內侄孫女為后。宮中妃嬪雖然不知其數，都非王美人的情敵。獨有栗妃，貌既美麗，生子又多，景帝一時為其所惑，私下答應，將來必立其子榮為皇太子。嗣因王美人之子徹，生時即有許多瑞兆相應，景帝又想毀約，立徹為皇太子，於是遷延了兩三年之久，尚難決定。後來禁不住栗妃屢屢絮聒，又思立幼廢長，到底非是，決計立榮，並封徹為膠東王，以安王美人之心。

那時館陶長公主嫖，為景帝胞妹，已嫁堂邑侯陳午為妻，生有一女，名叫阿嬌。因見榮已立為太子，思將阿嬌配與太子，異日即是皇后。詎知栗妃當面拒絕，長公主這一氣，非同小可。

王美人聞知其事，忙去竭力勸慰長公主。長公主恨恨地道：「彼既不識抬舉，我將阿嬌配與徹兒，也是一樣。」

王美人聽了，自然暗喜，但嘴上謙遜道：「犬子不是太子，怎敢有屈阿嬌？」

長公主道：「這倒不然，廢立常事，且看我的手段如何。」

王美人急將此事告知景帝，景帝因為阿嬌長徹數歲，似乎不合。王美人又將長公主請至，想她去向景帝求親。那時徹適立景帝之側，長公主戲指宮娥問徹道：「此等人為汝作婦，可合意否？」

徹皆搖頭不願。長公主又指阿嬌，問徹道：「她呢？」

徹聽了笑答道：「若得阿嬌為婦，當以金屋貯之。」

此言一出，非但長公主、王美人聽了笑不可抑，連景帝也笑罵道：「癡兒太老臉了！」當下就命王美人以頭上的金釵賜與阿嬌，算是定婚。

王美人既已結了這位有力的親母，沒有幾時，景帝竟將榮廢去，改立徹為皇太子。栗妃一得這個消息，那還了得，便像母夜叉的一般，日與景帝拚命。

景帝本是一位吃軟不吃硬的君王，一怒之下，一面立把栗妃打落冷宮，一面既立王美人為后。可憐栗妃費了好幾年的心血，方將薄后擠去，豈知后位不能到手，反將寵愛二字斷送。

第三十六回　解語花

栗妃初入冷宮的當口，她只知道景帝怪她過於潑辣，猶以為像這點點風流罪過，不久即能恢復舊情，心裡雖然憂鬱，並未十分失望。

一夕，她一個人覺得深宮寂寂，長夜漫漫，很有一派鬼景，便問她那隨身的宮娥金瓶道：「金瓶，此刻什麼時候了？」

金瓶答道：「現正子時，娘娘問它作什麼？」

栗妃聽了，又長嘆了一聲道：「咳！我想我這個人，怎麼會到這裡來的呢？從前萬歲待我何等恩愛！不說別的，單是有一天，我因至御花園採花，被樹椏枝裂碎皮膚，萬歲見了，心痛得了不得，頓時把我宮裡的宮人內監，殺的殺，辦的辦，怪他們太不小心，鬧了許久，方才平靜。我那時正在恃寵撒嬌的當口，所以毫不覺著萬歲的恩典。誰知現在為了太子的事情，竟至失寵如是。我既怨萬歲薄情，又恨那個王婢，專與我來作對。此時不知怎的，只覺鬼氣森森，極為可怖，莫非我還有不幸的事情加身麼？」

金瓶聽了，自然趕著勸慰道：「娘娘不要多疑！娘娘本是與萬歲朝朝寒食，夜夜元宵，熱鬧慣的，此時稍事寂寞，自然就覺得冷清非凡了。其實宮中妃嬪甚眾，一年四季，從未見著萬歲一面的，不知凡幾，娘娘哪裡曉得她們的痛苦呢？以婢子愚見，最好是請娘娘親自書一封悔過的書函，呈與萬歲，萬歲見了，或者能夠回心轉意，也未可知。」

栗妃聽了，連連搖頭道：「要我向老狗告饒去，這是萬萬辦不到的事情，死倒可以的。」

金瓶聽了，仍是勸她不可任意執拗。栗妃哪裡肯聽。

她們主僕二人互相談不多時，已是東方放白，金瓶一見天已亮了，忙請栗妃安歇。栗妃被金瓶提醒，也覺得有些疲倦，於是和衣側在床上，隨便躺著，一時沉沉入夢。夢見自己似乎仍是未曾失寵的光景，她正在與景帝並肩而坐，共同飲酒。忽見幾個宮人接二連三地報了進來，說是正宮娘娘駕到，栗妃心裡暗想，正宮早已被逐，候補正宮當然是我。我在此地，何得再有正宮前來？

她想至此處，正待動問宮人，陡見與她並坐的景帝，早已笑嘻嘻地迎了出去。不到一刻，又見景帝攙了一位容光煥發，所謂的正宮娘娘一同進來，她忙仔細朝那人一看，並非別人，正是與自己三生冤家的那個王美人。她這一氣，還當了得。

那時不知怎的一來，忽然又覺景帝攙手進來的那個新皇后王美人，一變而為太后裝束，景帝不知去向，一同站著的，卻是另一位威風凜凜的新主。她以為自己誤入別個皇宮，慌忙回到自己宮裡，仔細一看，仍復走錯，卻又走到冷宮裡來了，連忙喊叫金瓶，叫了半天，只見門簾一動，一連跳進十數個男女鬼怪，個個向她索命道：「還我命來！還我命來！」

她再細細一看，那班鬼怪都是她自己平日因為一點小過打死的宮娥內監，她嚇得掙出一身冷汗，急叫：「金瓶何在？金瓶何在？」又聽得耳邊有人喊她道：「娘娘醒來！莫非夢魘了麼？」她被那人喊醒，睜睛一看，喊她的正是金瓶，方知自己仍在冷宮，不過做了一個極長與極可怕的噩夢，忙將夢中之事告知金瓶。

金瓶聽了道：「日有所思，夜有所夢。娘娘心緒不寧，故有此夢。」

栗妃聽了，正在默味夢境，忽聽有人在喚金瓶。金瓶走至門前，只聽得來人與金瓶喊喊喳喳地說了一陣。來人去後，金瓶回至栗妃身邊。

栗妃見金瓶的面色一陣青，一陣白，卻與方才很鎮定的臉色大相懸殊，栗妃此時也知夢境不祥，怕有意外禍事，又見金瓶態度陡異，不禁心裡忐忑不安地問金瓶道：「方才與你講話的是誰？到底講些甚麼？你此刻何故忽然驚慌起來？快快說與我聽！」

金瓶也知此事關係匪小，不是可以隱瞞了事的，只得老實告訴栗妃道：「方才來報信的人，就是王美人身邊的瑁瑁宮娥，她與婢子私交頗篤。她因王美人已經冊立為后，她也

有貴人之望。」

金瓶說至此地，還要往下再說的時候，陡見栗妃一聽此語，哇的一聲，吐出一口鮮血，跟著「砰」的一聲倒在地上，昏厥過去。

金瓶見了，嚇得手足無措，好容易一個人將栗妃喚醒轉來。只見栗妃掩面痛哭，異常傷感，金瓶趕忙勸慰道：「娘娘切莫急壞身子。常言說得好：『留得青山在，不怕沒柴燒』，娘娘惟有格外保重，從長設法補救才是。」

栗妃聽了，想想亦無他法，只得聽了金瓶之勸，暫時忍耐，希望她的兒子榮，或能設法救她。

過了幾天，一天傍晚，栗妃一個人站在階前，眼睛盯著一株已枯的古樹，心裡正在打算如何方可出這冷宮，重見天日的時候，忽見那株樹後隱約立著一個身穿宮裝的人物，起初尚以為是金瓶，便喊她道：「金瓶，你怎麼藏藏躲躲的，站在樹後？快快過來，我有話問你。」

誰知栗妃只管在對那人講話，那人仍舊站著一動不動。栗妃心下起疑，正擬下階走近前去看個明白，忽見那人的腳步也在移動，似乎要避自己的形狀。又看出那人，身體長大，宛如一個大漢子模樣，不過是個背影，無從看出面貌。栗妃暗忖，宮中並無這般長大的宮娥，難道青天白日，我的時運不濟，鬼來迷人不成。

栗妃此念一轉，又見那人似乎已知其意，有意回轉頭來，正與栗妃打了一個照面，給她看看。栗妃一見那人的面孔，狹而且長，顏色鐵青，七孔之中彷彿在流鮮血，宛似一個縊鬼樣兒，頓時嚇得雙足發軟，砰的一聲倒在階下。

那時金瓶因為栗妃好一會不見，正在四處尋覓栗妃。一聞有人跌倒的聲音，慌忙兩腳三步奔出一看，只見她的主人已經倒在地上，急忙跪在栗妃的身邊，用手把她拍醒。又見栗妃閉了雙眼，搖著頭道：「好怕人的東西，真正嚇死我了！」

金瓶邊扶她坐起，邊急問娘娘看見什麼。栗妃聽了，坐在階石之上，略將所見的說與金瓶聽了。金瓶聽了，心裡也是害怕，因為這個冷宮只有她們主僕二人，只得大了膽子道：「這是娘娘眼花，青天白日，哪得有鬼！」

金瓶話尚未完，忽聽得那株枯樹竟會說起話來道：「此宮只有你們二人，第三個不是鬼是誰呢？」

金瓶、栗妃兩個，一聽枯樹發言，直說有鬼，真是天大的怪事，自然嚇得兩個抱做一團，索落落的只有發抖之外，並沒二策。

還是栗妃此刻心已有悟，拚了一死，反而不甚害怕，並且硬逼著金瓶，扶了她到樹背後，索性看個分明。金瓶無奈，只得照辦。

誰知她們二人尚未走近樹前，那個宮裝的長大人物，早又伏在牆頭，扮了一副鬼臉，

朝著她們主僕二人苦笑。金瓶一見此鬼，嚇得丟下栗妃就跑。跑到房內，等了許久，不見栗妃跟著進來，無可如何，只得又一面抖著，一面走一步縮一步地來叫栗妃進房。誰知尚未踏下階級，陡見她的主子早已高掛那株能言的樹上，髮散舌出的，氣絕多時了。

金瓶一見出了亂子，慌忙奔出冷宮，報知景帝。景帝聽了，並無言語，僅命內監從速棺殮了事。不過因念栗妃既死，其子榮當給一個封地，令出就國。又因栗妃的少子閼，原封江陵，早已夭折，該地尚未封人，因即命榮前去。

榮奉命之後，自思生母業已慘亡，挨在宮中，一定凶多吉少，不如離開險地，倒也乾淨。又以他的國都設在臨江，嫌那王宮太小，就國之日，首先改造宮室。宮外苦無餘地，只有太宗文皇帝的太廟近在咫尺，遂將太廟拆毀，建築王宮。宮還未曾造成，經人告發，景帝聽了大怒，召榮入都待質，榮不敢不遵。及至長安，問官名叫郅都，本是那時有名的酷吏，景帝喜他不避權貴，審案苛刻，特擢廷尉。

榮素知郅都手段太辣，與其當堂被辱，不若自盡為妙。他既生此心，他的亡母栗妃當晚就來托夢給他，叫他趕快自盡，也算替娘爭氣。榮醒來一想，我娘既來叫我自盡，正合我意，若再耽擱，等到天亮，有人監視，就是要死也不能夠的了，於是解下褲帶，一索吊死，總算與他娘親同作縊死之鬼，不無孝心。景帝知道其事，也不怪監守官吏失察，只把榮屍附葬栗墓，算是使他們母子團圓。

這年就是景帝第一次改元的年分，皇后姝兒因為妹子櫻兒病歿，恐怕景帝身邊少人陪伴，凡是有姿首的宮娥彩女，無不招至中宮，俾得景帝隨時尋樂，無如都是凡姿俗豔，終究不能引起景帝興致。

一天，忽有一個身邊的宮人，名叫安琪的，聽見一樁異事，急來密奏王皇后道：「奴婢頃聞我母說起，現在上大夫卞周，有一個妹子，名喚蕓姝，生下地來，便能言語，因此時人稱她為『解語花』，那個蕓姝，年方二九，非但生得花容月貌，識字知書，最奇怪的是她的汗珠，發出一種異香，無論什麼花氣都敵不上它，民間婦女於是買通蕓姝的僕婦，凡是洗滌過蕓姝衣服的水，拿去灑在身上，至少有兼旬的香氣，馥鬱不散。後來蕓姝的嫂嫂知道此事，索性將蕓姝洗衣的水，裝著小瓶，重價出售，不到三年，已成巨富。蕓姝這人，除此以外，更有一件大奇特奇，從古至今沒人幹過的奇事，只是有些穢褻，奴婢不敢直奏。」

安琪說至此處，抿嘴微笑。王皇后當下聽了，笑罵安琪道：「奴婢怕些什麼！縱使穢褻，無非因她長得美麗，又有異香，逾牆越隙的，定是有人因而做出傷風敗俗之舉，你說我猜著沒有呢？其實既往不咎，娼妓入門為正，只要她以後為人知守範圍，也是一樣。」

安琪聽了，仍舊一個人哧哧地忍不住笑道：「娘娘猜錯了，據說她還是一位處子呢。」

王皇后聽了，更加不解道：「既是處子，足見是位閨秀，你這奴婢，何故出口傷人？

又說什麼穢褻不穢褻呢？」說著，便佯嗔道：「不准吞吞吐吐，照直說來就是。」

安琪聽了，一看左右無人，方才帶笑奏道：

「據說蕓姝美麗無倫，滿身肌肉，賽過是羊脂白玉琢成就的。平時的裝扮，翠羽明璫，珠衫寶服，恐怕補石女媧，巫山神女也不及她。可是她生平最怕著褲，長衣蔽體，倒也無人瞧破。我母某日，由她嫂嫂喚去服伺蕓姝之病，因此知道其事。好在她也不瞞我母。我母私下問她，她既羞且笑答道：『你且服伺我吃藥之後，陪我睡下，等我講給你聽便了。』

「當時我母要聽奇聞，趕忙煎好了藥，讓她服後，一同睡下。我母正要聽她講話，忽聞一陣陣的異香鑽進鼻孔之中，起初的時候，只覺氣味芬芳，心曠神怡罷了。後來越聞越覺適意，竟至心裡佚蕩起來，幾乎不可自遏，慌忙跳下床來道：『老身惜非男子，不然，聞了小姐奇香，也願情死！』

「蕓姝聽了，嫣然一笑道：『安媼何故與我戲謔！』我母正色答道：『老身何敢戲謔，委實有些情難自禁呢！』蕓姝硬要我母再睡，我母因為不便推卻，只得仍復睡下，勉自抑制。當下只聽得蕓姝含羞說道：『安媼只知我身有異香，殊不知我的不便之處，卻有一樁怪病，只要一穿小衣，即有奇臭，所以雖屆冬令，也只好僅著外衣。幸我深居閨中，尚可隱瞞。』

「我母道：『此病或是胎毒，何不醫治？』藝姝道：『有名醫士，無不遍請，均不知名。只是緹縈之父，說是非病。』我母聽了，又問她將來嫁至夫家，怎麼辦法，藝姝欷歔答道：『今世不作適人之想，老死閨中而已。』」

安琪說至此處，笑問王皇后道：「娘娘，你說此事奇也不奇？」

王皇后聽了，暗暗的大喜道：「此人必是國家的祥瑞，希世的尤物，天賜奇人，自然是我主之福。」

想完，急把藝姝暗暗召至，見她相貌，已與自己一般美貌，又見其毛孔之中微露汗珠，異香撲鼻，奇氣撩人，果然名不虛傳，復又將她引至密室，掀起長衣察看，兩腿潔白如玉，真的未著褻服。

王皇后正在察看藝姝的當口，只見藝姝笑容可掬，低首無言，嬌滴滴的令人更加可愛，王皇后急將景帝請至，笑指藝姝道：「陛下且看此人，比妾如何？」

景帝把藝姝上下端詳一番，也笑答道：「尹、刑難分，真是一對琪花瑤草。此人是誰？」

景帝正要往下再說，忽聞一陣異香鑽進鼻內，上達腦門，下入心腑，頓時淫心大熾，急問皇后道：「此人莫非是妖怪不成？何以生有撩人香氣？」

王皇后聽了，又笑答道：「妾因櫻妹亡過之後，陛下每常悶悶不樂，妾身馬齒稍長，

不能日奉床笫之事，因此四處尋覓美人，以備陛下消遣，此乃上大夫卞周之妹卞蕓姝，即譽滿長安的解語花便是。」

王皇后說完，又去咬了景帝耳朵說了幾句。景帝聽了，只樂得手舞點足蹈地狂笑道：「皇后如此賢淑，令朕感激不置。」說著，即以黃金千斤，美玉百件，賜與皇后，當下就封卞蕓姝為西宮皇妃。

蕓姝謝恩之後，含羞地奏道：「婢子幼有異疾，難著下裳；宮幃重地，似失閫儀，如何是好？」

景帝不待她說完，忙接口笑答道：「皇后薦卿，固然為的此異，朕的封卿，也是為的此異，愛卿若無此異，便與常人一般，還有何事可貴呢？」

說得蕓姝更是紅雲上臉，格外嫵媚起來。景帝當下越看越愛，即在皇后宮內，大擺筵席，以慶得人之喜。

可巧館陶長公主攜了阿嬌進來，王皇后戲問長公主道：「公主身上今日抹了什麼異味，何以滿室如此奇香呢？」

長公主不知就裡，連連笑答道：「我今天並未抹香，此種香氣究竟從何而來？」

景帝因見阿嬌在旁，恐怕皇后說出情由，若被阿嬌聽去，未免不雅，急忙示之以目，止她勿言。長公主見了，錯會意思，以為景帝與皇后二人有意戲她，便不依皇后道：「皇嫂吃得太閒，是否無事可做，竟拿我來作樂麼？」

景帝恐怕妹子介意，故意先命阿嬌走出，方把藝姝身有奇香的緣故告知長公主。說完之後，又令藝姝見過御妹。藝姝自知身有隱疾，恐怕公主與她戲謔，羞得無地自容，王皇后見她為難的情狀，索性高聲說道：「這是病症，有何要緊，皇妃勿憂！」說著，等得藝姝見過長公主之後，又正色將此事告知長公主。

長公主聽了，一邊笑著安慰藝姝，一邊趁她不防，撲的把她外衣掀了起來，藝姝趕忙搶著遮掩，已是不及，早被長公主所見。長公主突然見此粉裝玉琢的皮色，心裡也會一蕩，因有乃兄在前，忽又將臉紅了起來。

景帝本是一位風流之主，當時原有一種流言，說他們兄妹兩個似有曖昧情事，雖然沒有切實佐證，單以他與長公主隨便調笑，不避嫌疑，市虎杯蛇，不為無因。

當下景帝又向長公主笑道：「朕今日新封皇妃，你是她的姑嫂，賓主之分，你須破費見面之禮。」

長公主這人最會湊趣，所以能得景帝歡心，於是也笑答道：「應該應該！」說著，即命隨身宮人，取到雨過天青色的蟬翼紗百端，贈與藝姝皇妃道：「皇妃不要見笑，戔戔薄禮，留為隨便製作衣裳。」

長公主說到裳字，忙又微笑道：「皇妃既不著裳，以我之意，最好將外衣的尺寸加長

數尺，似乎既美觀而又合用。」

景帝聽了大喜道：「孔子寢衣，本是長一身有半，御妹方才所說服式，可名為垂雲衣。」嗣後漢宮中人競著此服，便是藝姝作俑。

當時還有那班無恥宮嬪，因思固寵起見，連無隱疾之人都也效顰不著褻服。甚至王皇后長公主諸人，偶爾興至的時候，居然也效藝姝所為，宮幃不成體統，景帝實有責焉。此事載於《漢史》「卞妃夙有隱疾」一語，即指此事，卻非不佞的杜撰。

景帝既得這位寵妃，從此不問朝事，只在宮中尋歡作樂，害得太后屢次嚴斥，並且宮內榜示內則數篇，欲思儆戒后妃，無如景帝樂此不疲，不過瞞了太后行事罷了。後人只知陳後主、隋煬帝二人風流太甚，不知景帝何嘗不是這般的呢。只因他們兩個是亡國之君，景帝是守成之主，成敗論人，實不公允。

第三十七回　餘桃啗君

當時景帝自從得了那位不愛著褲子的卞妃之後，專以酒色事事，不問朝政。轉瞬已是改元六年，丞相劉舍，雖非幹材，只因國家無事，故得敷衍過去。劉舍也自覺沒事可做，乃想了些更改官名的政見出來，條呈景帝。

當時景帝已將郡守改為太守，郡尉改為都尉，復減去侯國丞相的丞字，僅稱作相，於是劉舍為迎合上意起見，擬請改稱廷尉為大理；奉常為大常；典客為大行，嗣又改為大鴻臚；治粟內史為大農，嗣又改為大司農；將作少府改為將作大匠；主爵中尉改為主爵都尉，嗣又改為右扶風；長信詹事改為長信少府；將行改為大長秋；九行改為行人。景帝當即依議。不久，又改稱中大夫為衛尉。這等五馬販六羊的事情，總算是景帝改元以後的作為，又過幾時，景帝之弟梁王武，奏劾卸任丞相周亞夫謀反，立請將他正法。

景帝那時正忌亞夫，即把亞夫拘至，發交大理嚴訊。亞夫對簿之下，方知因為他的兒子替他預備後事，曾向尚方買得甲楯五百具，作為將來護喪儀器。亞夫事先本未知曉，入

獄之後，始由其子告知其事。亞夫當時自然也吃一驚，連忙申辯。

大理譏之道：「君侯所為，就算不反陽世，也是思反陰間。」

亞夫聽了大理揶揄之言，氣得瞠目結舌，不能對答，於是回到獄中，不肯飲食，一連餓了五天，絕食而斃，應了許負遺言。

景帝聞得亞夫餓死，也無恤典，僅封其弟周堅為平曲侯，使承絳侯周勃遺祀而已。王皇后的乃兄王長君，毫無功績，因為裙帶官兒，倒封蓋侯。丞相劉舍，就職五載，濫竽充數，景帝也知他真是沒用，將他免職，升任御史大夫衛綰為丞相。

這樣一年一年的過去，中間又改元兩次。到了後三年孟春，景帝忽得色癆之症，竟致崩逝。享年四十有八，在位一十六年。

遺詔賜諸侯王列侯馬各二駟，吏二千石，各黃金二斤，民戶百錢，出放宮人回家，不復役使，作為景帝身後的隆恩。太子徹嗣皇帝位，年甫十六，即位之後，好大喜功，就是比跡秦皇的漢武帝，當下尊皇太后竇氏為太皇太后，皇后王娡為皇太后，上先帝廟號為孝景皇帝，奉葬陽陵。

武帝未即位時，已娶陳阿嬌為太子妃，此時尊為皇后，又尊皇太后之母臧兒為平原君，連臧兒後夫所生之子田蚡、田勝，也封為武安侯、周陽侯；所有丞相御史等官，一概仍舊，並即日改元。

向來新帝嗣統，應在先帝逝世那年改元，以後雖活百歲，不得再有改元情事。自從文帝誤信新垣平侯日再中，始有二次改元之事。景帝別樣政治不及其父，只有改元三次，可稱跨灶之子。哪知武帝更是大好子孫，以為改元乃是美事，竟改至十數之多，豈不是一個絕大的笑話。幸而武帝喜歡讀書，雅重文學，一經踐阼，就頒下一詔，命各官吏舉薦賢良方正、直言極諫之士，於是廣川人董仲舒，菑川人公孫弘，會稽人嚴助，以及各地稍有文名的儒者，次第被選，盡得要位。這些事情，且不說它。

單說弓高侯韓頹當，平叛有功，未幾病卒，有一庶孫，名叫韓嫣，表字王孫。因他生小聰明，貌似美女，武帝為膠東王時，因見韓嫣的人物，年輕貌美，便把他召來，作為東宮侍臣。

一天，武帝因為私調宮娥，適被景帝撞見，當場一頓訓斥，還要罰跪悔過。幸有皇妃卞蕓姝緩頰，方始赦免。武帝當時回至東宮，自覺沒趣，正擬去尋韓嫣解悶，忽見韓嫣匆匆地獨向御園而去，武帝便悄悄地跟在韓嫣後面，看他去到御園何事。又因跟得太近，便要被韓嫣覺著，所以離開韓嫣約有半箭之遙。

等得武帝跨進園門，只見韓嫣一個人，已經爬到一座假山石上去了，武帝就隱在門後，偷看韓嫣上去究做何事。當時只見韓嫣撩起羅衫，褪下錦褲，頓時露出一個既白且嫩的玉臀，蹲下身去，痾起屎來。

武帝心裡暗笑道：「這倒是樁怪事，屋裡好好的廁所不去出恭，偏要來到假山石上大撒野屎。」

武帝一面好笑，一面心裡不禁一動，趕忙偷偷地輕手輕腳，走至韓嫣的背後。等他解完之後，正在束帶的時候，趁他冷不防的，急用手把他抱住。韓嫣決不防是武帝，以為必是東宮同僚與他戲耍，便大怒罵道：「哪一個狹促短命！」

韓嫣剛剛罵到這個「命」字，他的頭已經回了過來，見是武帝，趕忙一面撿起褲子，一面又陪了笑臉，對武帝道：「太子怎麼這樣不莊重！」

武帝聽了，也不待韓嫣再說第二句，即接口笑答道：「我見了你這個人，委實心癢難搔，自然便情不自禁地而有此舉。你莫多問！」說著，把手向一座牡丹亭上一指道：「快快跟我到那裡去，我有話與你說。」

韓嫣聽了一怔，復又把臉一紅道：「那末太子請先往，讓臣到荷花池畔洗手之後，馬上就來。」

武帝聽了，不肯獨自先去，卻與韓嫣一同走至池畔。自己停在一株柳樹底下稍待，只催韓嫣快快去洗。

韓嫣就蹲下池畔，正在洗手，武帝又悄悄地走近幾步，竊至韓嫣背後，出其不意，把韓嫣一推。說時遲，那時快，只聽得噗咚一聲，韓嫣早已跌入池中去了。幸而那時正是三伏，池水甚淺，故而不至滅頂。

那時武帝也已懊悔，慌忙俯身把韓嫣拖了起來。只見韓嫣拖泥帶水的一身污泥，哪裡還成人的模樣。武帝忙向他陪不是，道：「我的初意，無非想嚇嚇你的，不料一個失手，推得太重，你可不要怪我！」

韓嫣的生母，原是一位船娘出身，所以韓嫣自小就喜游泳，因此能識水性，當時聽了武帝之語，便一邊即用濕衣把臉上的污泥揩淨，一邊答道：「太子與臣玩耍，臣怎敢見怪！」說著，又微笑道：「臣此時不成人形，還是且到牡丹亭上再說。」

武帝聽了，便同韓嫣來至亭內，就在那時，卻被武帝一陣鬼混，韓嫣已是忍辱含羞，做了武帝的寵臣了。

韓嫣又對武帝道：「我的肚子有些餓得慌，且讓我去摘些果子充饑。」

武帝聽了，似乎有話。韓嫣也不睬他，出了亭子，把眼睛四處一望，瞥見東北角上，有十幾株白玉桃，桃子結得滿樹，每個的大小，約有四寸圓徑，不覺大喜，趕忙奔到樹下，爬了上去，一連摘下七八枚。回到亭內，只見武帝似乎疲倦，橫在榻上閉著雙眼，方在那兒養神。

韓嫣便不去驚動他，自把桃子一枚枚地吃下。剛剛吃到最後的那一枚，陡見武帝坐了起來，走至他的面前，將他手上所吃剩的那半枚桃子搶到手裡，送至口邊，大嚼起來，邊

吃著邊還大讚道：「好桃子，怎麼有這樣鮮味？」

韓嫣笑道：「我這半枚吃剩的桃子，原是你自己搶去吃的，你異日可不要對於我，也學衛靈公，因為彌子瑕色衰愛弛，說是曾嘗食我餘桃者，那就無情了。」

武帝聽了笑答道：「你放心！我當效那魏王，異日即位的時候，必定詔令四方，敢言美人者族，這樣好麼？」

韓嫣聽了，方始現出滿意的一笑。

自從那天以後，武帝即與韓嫣同寢共食，恩愛異常。後來雖娶陳阿嬌，仍命韓嫣不離左右。踐位以後，並封韓嫣為承恩侯，並用柏至侯許昌為丞相，武彊侯莊青翟為御史大夫；復把太尉一職罷置不設。先是河內人石奮，少侍高祖，有姊能通音樂，入為宮中美人。石奮因得任為中涓，遷居長安。後來歷事數朝，累遷至太子太傅。因惡韓嫣無恥，迷惑武帝，一天，適見韓嫣與武帝同飲一隻酒杯，立刻正色奏請武帝斥退韓嫣，還要加上不少的迂腐之談。武帝念他三朝元老，敷衍使出。

韓嫣等得石奮走後，便向武帝撒嬌，當由武帝溫存一番，方才罷休。這天晚上，武帝即宿在靈芝殿內，命韓嫣侍夕。韓嫣偶然說起王太后，昔日曾嫁金王孫，生有一女，小名叫做帳鉤。武帝聽了愕然道：「你何不早言，朕既有這位親姊，當然要把她迎接入宮，以敘天倫之樂。」

次早起來，便帶同韓嫣率領文武大臣，以及禁衛軍，出了橫城門，即長安西門，浩浩蕩蕩地來到金氏宅前，方停御輦。

那時金王孫已經去世，僅剩女兒帳鉤一人，支持門戶。雖已招了一個女婿，又是呆大，既無遺產，開門七件，甚屬困難。平時度日，全靠對門一位鄰居李女稍稍資助，為數雖不甚多，幾年積成整數，也在百金以外。帳鉤心下不安，每語李女道：「妹妹的家境原也不裕，捨己救人，真是難得！但我男的不會賺錢，母親入宮，存亡未卜，所貸的錢，叫我何法奉還呢？」

李女叫她不必放在心上，並安慰她道：「瓦片尚有翻身之日，一個人哪裡說得定的呢？銀錢小事，我若想你歸還，我也不借給你了。」

帳鉤聽了，自然感激不盡。

這天帳鉤一個人正在家裡燒飯未熟的時候，忽聽得人喊馬叫，由遠而近，她便奔出廚房，站在門口想看熱鬧。不料那些人馬一近她的屋子，頓時團團圍住。並且有一位美男子，對同來的人說：「帳鉤必在屋裡。」

帳鉤一聽此言，方知那些人馬前來捉拿她的，這一嚇，魂靈早已出竅，一想：「往外不能逃走，只有躲到床下，不知可能倖免！」想罷之後，慌忙奔進屋內，急向床下一鑽，非但不敢出聲，真有連屁也不敢放一個。

那時那些人馬，早已擁進屋內，四處搜尋無著。鬧了半天，方在床下把帳鉤尋了出來，引至武帝面前，叫她跪下叩見萬歲。

帳鉤此時早已嚇得迷迷糊糊，身不由主，悉聽眾人擺佈。武帝一見金女，貌極像他，不禁心花怒放，親手扶她起來道：「姊姊，你莫嚇！母親現在已作太后，我也登基一年多了，姊姊隨我回宮，見過母親，便可長享榮華富貴，不必再過這個苦惱日子了。」說完，另用一乘車子，將帳鉤載回宮中。

那天王太后適患小病，臥在寢室，忽見武帝帶了一個民女進來，正待問武帝此是何人，又見武帝向她笑奏道：「臣兒來替母后賀喜，臣兒已將金氏姊姊尋進宮中來了。」

王太后聽了，摩挲雙眼，急向此女一看，不禁狂喜，就將帳鉤一把抱到懷內道：「果是我的帳鉤女兒來了。」

帳鉤在兩三歲的時候，就離開親娘，此時見了一位太后的母親，人生樂事，恐怕沒有再比這事為快樂的了，於是樂極而悲，一頭倒在王太后的身上嗚咽起來。

王太后一生雖無傷心之事，既見她的女兒哭得淚人兒一般，也會掉下幾點老淚。武帝見了，趕忙勸慰道：「今天是椿天大喜事，母后不可傷感！」

王太后聽了，點點頭道：「那麼皇兒可將三個姊姊召進宮來，好讓她們姊妹相見。」

武帝聽了，奔出宮去，立召三個姊姊進宮。等得武帝同了他三個姊姊來到王太后那裡，只見他的金氏姊姊早已打扮得如花似玉，很像一位皇姊模樣。各人相見之後，悲喜交集，毋庸細述。

武帝又知金女已經適人，忙把金婿召至。豈知這位金婿沒有福氣，就在第二天上得了一個急症，嗚呼哀哉！武帝又怕金女痛夫情切，太后便不開懷，除封金女為修成君外，並賜金銀田宅，令居長安，以便常常入宮，陪伴太后。

王太后見武帝姊弟情重，心裡一喜，也和武帝說著笑話道：「如此一來，皇帝豈不太事破費了麼？」

武帝聽了，也大笑不已。帳鉤便趁機向太后說道：「女兒在家，全虧鄰居李女借貸度日，方能苟延至今，李女相貌雖不齊整，但是很有福相，女兒想求母后將李女召進宮來，賜與皇帝弟弟為妃，這樣一來，女兒方算報了李女借貸之恩。」

王太后道：「皇帝現與皇后不甚和洽，替他多置幾個妃子，也是正理。」說完，即把李女召至，打扮停當之後，送至武帝宮中，傳諭太后懿旨，即夕成婚。皇后陳阿嬌聽見此事，氣得躲到一邊哭泣去了。

武帝細將李女一看，不覺大大地吃了一驚。你道為何？原來李女的相貌，既麻且黑還在其次，一口臭味，令人聞了便要噁心，因是太后所賜，不好拒絕，只得應應景兒了事。次晨起身，即將夜間不得已的事情告知韓嫣。

韓嫣笑道：「陛下眼睛太凶，只要別人稍有姿色的，無論男女，不肯放鬆。如今這個李女，也算報應。」

武帝笑罵道：「你倒說得刻薄，可惜此人是太后所賜，不然，朕便賞賜與你為妻，使你一世沒夫婦之樂，看你如何？」

韓嫣不待武帝說完，忙接口答道：「我已嫁了陛下，為人之婦，何能再去娶婦呢？」

武帝聽了，讚他忠心，更加寵眷。

武帝雖有韓嫣伴駕，但嫌陳后李妃皆不美貌，即日建造一座明光宮，選取燕趙佳人二千名納入其中，都是十五歲以上二十歲以下的。又恐散漫無稽，特立女監督率。

韓嫣復上條陳道：「建章、未央、長樂三宮，距離較遠，二千人數不敷分配，最好再選一萬六千人，分作數十隊，大者四五百人，小者一二百人，每隊以女官為隊長，秩比六百石。凡被陛下幸過的，記其時日，受孕的賜五百金，生子的賜千金，聰明伶俐的，爵拜容華充作侍衣之屬；年屆三十，悉出嫁之，再取少女填補。如是一來，陛下日作穿花蝴蝶，可以長居溫柔鄉了。」

武帝聽了大喜，一一依議。

一天，武帝忽見一個姓朱的隊長，年紀不過二十多歲，身邊一個女官，看去已有十七八歲，朱隊長呼之為女，不禁詫異起來，便問朱隊長道：「這個女官，是你的義女麼？」

朱隊長慌忙跪下奏道：「女官名叫恆姬，乃是隊長親生之女。」

武帝道：「你今年幾歲？朕意養她不出？」

朱隊長聽了，微笑奏道：「隊長現年四十有一，如何養她不出？」

武帝道：「這樣說來，你莫非有駐顏術不成？」

朱隊長聽了，將臉一紅道：「隊長幼遇異人，曾授房中術，因此不老。」

武帝聽了狂喜，即問其術。朱隊長囁嚅道：「萬歲要學，隊長斗膽不便口述，必須床上親授。」

武帝便命朱隊長隨至便殿，使之秘密傳授。不到數夕，盡得其術。從此可以三日不食，不能一夕無婦女侍寢。

韓嫣又想出種種助興之法，討武帝的歡喜。武帝重賞之下，並令韓嫣改作女裝，任為三宮的總隊長。韓嫣本像婦人模樣，一經改扮裝束，真的沒人知道他是膺鼎。於是就有不滿意他的人，私將韓嫣之事奏知太后。太后別事不管，只防武帝被人引壞，不是玩的，一聽此言，立把韓嫣召去，從頭至腳細細看過，復又再三盤問，竟至三個時辰之久。豈知韓嫣神色自若，對答如流。太后弄了半天，居然被他瞞過。

韓嫣退了出來，始露恐怖之色，對武帝道：「陛下快降一詔，以後有人再將臣事去到太后那兒搬弄是非的，誅三族。因為臣究是男子，若是常常召去盤問，難免不露馬腳，事

若敗露，連陛下也失面子。」

武帝聽了，不但降詔，還把私奏太后的那人藉故問斬。從此以後，再沒人敢與韓嫣作對的了。

第三十八回　絕世佳人

武帝既具御女之術，自是荒淫無度。當日最愛的除了韓嫣之外，尚有兩個女子：一個是李夫人，一個是仙娟。她們兩個，美與韓嫣相似，宮裡的人戲稱他們三人為福祿壽三星。

李夫人與仙娟的出身，都極卑鄙，且讓不佞一個個的敘來。

一天，武帝方與韓嫣飲酒取樂。因見樂官李延年執了樂器，前來侑酒，武帝道：「宮中詞曲，朕已聽厭，最好別出心裁，新制一闋。」

李延年聽了，即隨口歌道：「北方有佳人，絕世而獨立。一顧傾人城，再顧傾人國。寧不知傾城與傾國，佳人難再得！」

武帝聽了，搖首嘆息道：「世間安得有此佳人！」

其時平陽公主可巧隨了已晉封為竇太主的館陶公主，也來與宴，剛剛坐定，看見武帝正在搖頭，忙問何事。武帝因述李延年所歌的詞句。平陽公主聽了，微笑道：「誰說世間

沒有這等佳人？」說著，復以目視李延年道：「李樂官的女弟，恐怕還不止傾城傾國呢！」

武帝聽了，甚為驚異，急詢李延年道：「卿家既有如此寶物，何故秘而不宣？」

李延年聽了，慌忙免冠跪下奏道：「臣的女弟本也稍具姿首，因為不幸已墜風塵，如何敢以有瑕之璧進獻陛下呢！」

武帝道：「這有何礙？」立命召至，一見驚為天人，即封為夫人之職。以後宮中的人，均呼為李夫人。當天晚上，便命李夫人侍夕。

李夫人原是倚門賣笑的人物，自然另有一種特別的風味，武帝將她幸過之後，還抱了她笑道：「朕看卿的美麗，真與韓嫣是魯、衛之政，兄弟也。」

李夫人也含笑道：「奴婢自視不及韓總隊長多矣！他是男子，居然不抹粉而白，不塗脂而紅，人稱國色，洵非虛譽！」

武帝見李夫人並不妒嫉韓嫣，心裡更是高興。又笑答道：「這末卿也何妨洗去鉛華，以廬山真面示朕呢？」

李夫人聽了，真的下床，盡把脂粉洗去。回至床上，武帝見其未曾穿衣，宛似一樹雪裡寒梅，分外清潔，急將她擁人衾內，重上陽臺，一宵雨露，李夫人已經受孕。次年生下一男，是為昌邑哀王。

誰知李夫人產未三日，就奉諭旨召去侍宿，於是得了下紅之症。武帝一見李夫人為他所害，又覺抱歉，又是憐惜，連連召醫診治，已是不及。不到兩月，李夫人已是骨瘦如柴，沒有曩時的顏色了。

先是李夫人自知所患之病，是個不起之症，得病未久，就令宮人前去奏知武帝，請聖駕暫時不可進她的寢宮，既防藥味衝了御躬，又怕聖駕見了病人，反多煩惱，且容病癒，再當請罪承恩。武帝聽見李夫人傳奏的話，說得淒涼宛轉，不忍拂她意思，只得暫到別宮尋歡。無奈曾經滄海難為水，除卻巫山不是雲，那時宮人雖有一萬八千之眾，可是都被李夫人比下。幸而還有那位男妃韓嫣，否則真要食不下嚥，寢不安枕了。

武帝一夕，正與韓嫣同浴，忽見一個宮人上氣不接下氣地奔來啟奏，說是李夫人病篤。武帝一聽到病篤二字，頓時眼前一陣烏黑，砰的一聲，倒在浴盆外面去了。幸被韓嫣一把抱住，並由宮人等扶到榻上，韓嫣又湊著武帝耳朵連連地叫道：「陛下蘇醒！我帝蘇醒！」叫了好一會，武帝的魂魄方始悠悠地回了轉來。百話不說，只令宮人扶他立往李夫人的寢宮。雖經韓嫣拚命阻上，哪裡肯依，一時來至李夫人寢宮。

李夫人病雖萬分沉重，可是人甚清楚，一聽得武帝駕到，趕忙飭宮娥出去攔道阻止。武帝發急道：「夫人病已垂危，爾等尚不容朕去一視麼？」說完，一腳踢開跪在地上阻止他的宮娥，徑至李夫人的繡榻之前，問道：「夫人的清恙怎樣了？」

李夫人急以錦被蒙首謝道：「奴婢病臥已久，形貌毀壞，萬難再見陛下；惟有吾兒以

及兄弟，務望陛下照拂，奴婢雖在九泉，也感恩不盡了。」說至「了」字，泣不成聲，已無眼淚。

武帝聽了，心膽俱碎地道：「夫人病甚，殆將不起，見一見朕，囑託身後事情，豈不大佳！」

李夫人聽了，又在被內答道：「婦人貌不修飾，不見君父，奴婢實不敢以穢汙之容再見陛下。」

武帝又說道：「夫人但一見朕，朕將加賜千金，爾子不必說，連兄弟等也當尊官。」

李夫人道：「尊官不尊官，原是陛下的恩典，何必強欲一見，方肯尊官的麼？」

武帝聽了，仍請一見永別之面。李夫人見武帝纏糾不休，索性更把身子往衾內一縮，暗裡欷歔，不復有言了。武帝很覺不悅，旋即趨出。

等得武帝一走，李夫人的姊妹輩一擁上前，都來怪她道：「貴人與萬歲有仇麼？不然，萬歲說至如此，貴人決意不肯一見，其理安在？」

李夫人聽了，始答大眾道：「大凡以色事人的，色衰必定愛弛，愛弛必定恩斷，頃間萬歲死死活活必要見我一面，乃是因為我平日的容貌尚不甚惡的緣故，此刻我的容貌已如鬼怪，倘若一見了我這醜劣之貌，畏惡吐棄之不暇，尚肯追念我而加恩於我的兄弟麼？我的不使萬歲一見的理由，無非深望萬歲記念昔日容顏，或能施恩於我兄弟，也未可知。」

眾人聽了，方才佩服李夫人深有見地，各人自嘆不如。

等得李夫人死後，武帝果然被她料著，除從豐棺殮外，並畫了李夫人的小像懸諸甘泉宮裡。她的兄弟，各皆尊官；武帝還時時對了那張小像癡問道：「夫人，朕在此地看你，你怎麼一聲兒也不言語呢？」於是乃穿昆靈之池，泛翔禽之舟，並且自己作了歌曲，使宮中女伶歌唱。

一天，太陽已經西傾，涼風激水成聲，女伶歌聲尤其悽楚。歌的是《落葉哀蟬》之曲，道：

羅袂兮無聲，至墀兮塵生；
虛房冷而寂寞，落葉依乎重扃。
望彼美之女兮，安得感餘心之未寧！

武帝越聽越加愁悶，特命龍膏之蠟遍照舟內，悲啼號叫，不能自制，親隨的官眷見武帝如此模樣，怕他發癡，大家上去勸慰一陣，復進洪梁之酒，酌以文螺之卮。武帝飲了數爵，酒氣上升，方覺收去悲容，停舟上岸。是夕宿於延涼室，並命女伶侍寢。

武帝自己本來說過，一晚上不可沒婦女的，雖在悲戚之中，仍作採花之蝶。事畢，沉

沉睡去。忽見李夫人冉冉而至，笑容可掬的，授以蘅蕪之香。武帝受香大喜道：「夫人尚在人間麼？真把朕想煞也！」說罷，正想去抱李夫人，一驚而醒，始知是夢，手中香氣猶覺芬芳馥鬱，飛繞衣帶之間，直至一月以後，尚未消盡。當夜遂改延涼室為遺芳夢室，旋改為靈夢臺，每月祀祭。

有一天，齊人李少翁自來請見武帝，說道：「能將李夫人的魂魄召來入夢。」武帝大喜，到了晚上，李少翁擇了一間秘室，室內左右各置一榻，各懸白紗帳子，帳前燒著明蠟，陳上酒食，將武帝藏於右榻的帳子裡面。

到了三更時分，武帝遙見左榻的帳子內，陡然映出一位天仙般美貌女子的影子出來。仔細一看，正是他每日每夜心心惦記的那位李夫人。不覺大喜，正想下榻，奔至對面的床上，與李夫人講話，卻被李少翁一把拖住道：「陛下不可造次！此是李娘娘的魂魄歸來一見陛下以慰相思之苦，不比活人，可以把晤，陛下若至那榻，陰氣不勝陽氣，李夫人的魂魄便難久留。」

武帝沒法，只得遠遠注視，雖然不能握手談心，可是慰情也聊勝於無呢！

武帝當時作詩道：

是耶非耶？立而望之，偏何姍姍其來遲。

復作賦道：

美聯娟以修嫮兮，命天絕而弗長！
飾莊容以延佇兮，泯不歸乎故鄉。
慘鬱鬱其悶感兮，處幽隱而懷傷。
稅馬餘千上椒兮，掩修夜之不暘！

李夫人的魂魄直至次晨，方才隱隱淡去。當時有人說，李少翁探知武帝思念李夫人過度，防其發痼，乃取暗海所出潛英之石，石色甚青，石質輕如羽毛，夏則石冷，冬則石溫，本為不易多得之物。李少翁既覓得此石，遂刻作李夫人的形象，悄悄地置於白紗帳內，使武帝見她影子，宛如李夫人生時的模樣一般，心中悲苦方能略止。

還有一說，是李少翁用丹皮剪作人形，繪以彩色，映在帳裡，儼同演木人戲一樣。不過木人戲是有形的，皮影戲是影子罷了。當時科學猶未昌明，比方有人發明一件事情，即以神權附會其說，人人信以為真；況且武帝又在思念得迷迷糊糊之際，當然更不知道是假的了。近日四川盛行皮人影戲，據《蜀省文志》載著，便是李少翁的遺法。

當時武帝自從一見李夫人的魂魄之後，心中果覺安慰幾分。

復經竇太主、館陶公主代為覓到一位尤物，名叫仙絹，年僅十四，美貌絕倫，幼入娼寮，淫業鼎盛。單是一身白而且嫩的皮膚，使人一見，為之銷魂。武帝即以仙娟補李夫人之缺，每日同臥同食，頃刻不離。

一夕，武帝在衾中，看見仙娟的玉膚柔曼，撫摩著不忍釋手，便笑對她說道：「夫人以後穿衣著服，須要刻刻留意。」

仙娟不解武帝的語意，憨笑不答。武帝又笑著申說道：「愛妃的身上，生得宛似羊羔，若被衣上的纓帶拂著，肉上防有痕跡。朕的意思是愛卿身上，不准它受著一絲半毫的損傷，汝須知曉！」

仙娟聽了，方才明白，也含笑道：「奴婢素來不穿粗糙質料，正是此意。」

武帝次日，即命尚衣監定製紗娟宮衣三千襲，賜與仙娟。但是仙娟雖承武帝萬分寵愛，還嫌武帝的面貌不甚俊俏，於是常常去向韓嫣挑逗。有時竟令韓嫣與她當場換著衣服，男女之嫌毫不避忌。武帝那時心愛他們兩個，不啻拱璧。無論他們如何如何，皆不生疑。

可是仙娟的膽子越加大了，那時正是三伏天氣，武帝天天在清陰院裡，與韓嫣、仙娟二人調情作樂。

有一天晚上，武帝覺得沒事可做，很是無聊，仙娟已知其意，卻去咬著武帝的耳朵道：「陛下的待遇奴婢，何異雨露滋養小草，如此深恩，無從報答，惟有使那位快樂之神，須臾不離陛下左右才好。此刻陛下似乎有點煩悶，奴婢想出一法，擬請陛下同奴以及韓總隊長，去到御花園荷花池內捉魚為戲，定有特殊趣味。可惜韓總隊長究屬男子，一同下水，使奴婢未免有些難以為情罷了。」

武帝聽了，頓時胸間一爽的笑答道：「不礙，不礙！汝停刻入水的時候，心裡不要存著韓總隊長是個男子，只當他也是女身，自然不致害臊了。他的做人真是規矩，你還未知道呢。」

仙娟的此舉，本是她自己要去尋尋快樂，何嘗為武帝計，及聞武帝之言，正中下懷，於是用左手拉了武帝，用右手拉著韓嫣，滿面歡容，心花怒放地來至御花園荷花池邊，首將武帝全身的衣服脫去，請他先行跳下水去。

武帝在做太子的時候，常與韓嫣入池洗澡，日子既久，本已略識水性，此時仙娟叫他第一個下去，倒也鼓起興致。只聽得「噗咚」的一聲，武帝早已跳入池內，僅僅剩出兩隻臂膀以及腦袋在水面之上，大叫他們兩個道：「朕已佔先，汝等快快下來！」

此時韓嫣本是女裝，早將長衣卸去，正在要想脫下衣的當口，忽見仙娟一邊在解衣鈕，一邊向他傻笑，那種不三不四的尷尬面孔，定是下水之後，便有欲得而甘心之舉。

韓嫣為人，只以固寵為第一樁大事，至於對著那班嬪嬙宮娥等人，倒還不敢稍有其他的作為。武帝平日早已試驗過的，所以准他混在嬪嬙之內，毫不疑心。近來仙娟私下看上了韓嫣，武帝固然不防，韓嫣也未覺著。

及至此時，韓嫣方始看出仙娟的神情不對，忙心裡暗忖道：「這事不好，她現在也是主子的紅人，我若不允她的請求，她必定見怪。倘使夜夜在枕上告起狀來，我或者要失寵，也未可知。若是依了她呢，主子這人何等精細！只因從前曾經有兩三個宮人前來勾引我，我不為所動，主子愛我規矩，因此愈加信任。我現在果與仙娟有了私情，彼此舉動，斷無不破案之理，莫要我的百年長壽送在這個頃刻歡娛之中，那就大大的犯不著了。」

韓嫣想至此地，頗覺左右為難，好容易被他想出一個主意，等得仙娟下水之後，他便忽然假作失驚之狀地對武帝說道：「臣的兩腿昨夕好端端地生起濕毒瘡來。若去下衣，勢必奇癢，惟有穿了下衣下水奉陪的了。」說完這話，撲的跳入池中。

武帝聽了，倒還罷了，只把這位仙娟妃子，恨得銀牙緊咬，玉靨生青。既是不能達她在水中調情的目的，自然悶悶不樂，隨便在水裡瞎鬧一陣，便對武帝道：「奴已乏力了，陛下的興致盡了麼？」

武帝道：「起先要到池裡來玩耍本是你發起的，何以下來未久，你又說乏力要上去了呢？」

仙娟正要辯白幾句，尚未開口的當口，忽見韓嫣在水底下摸出一柄寶劍，慌忙游泳至武帝身邊，把那柄寶劍呈與武帝道：「此劍寒光逼人，似非等閒之物。陛下識得此劍之名否？」

武帝接到手內一看，乃是有名的干將劍，自從失落以後，很有多年不出現於風塵中了，當下武帝大喜過望，攜著此劍，同了韓嫣、仙娟兩個，一齊上來。大家穿好衣服，武帝就命韓嫣設宴於牡丹亭上，以慶得寶之喜。

樂官李延年一得這個喜信，趕忙拿了樂器，來至亭上，邊歌邊舞，以助武帝的興致。武帝又命仙娟與李延年對歌，仙娟歌了一闋，亭外的百花飛舞，樹上的眾鳥齊鳴。武帝見了，愈覺添上幾分喜色。

館陶公主知道此事，也來與武帝賀喜。武帝見了這位以姑母而兼丈母的雙料長輩，忙敬上一觴道：「明日無事，擬至侯府一遊。」

館陶公主道：「聖駕光臨，敢不掃徑以俟。」

大家談笑一會，館陶公主先行辭席回去。武帝又去召了許多妃嬪，前來席間歌舞。這天的一席酒，直吃到月上花梢，方始大醉地扶了仙娟回宮。次日起來，早將昨天所說要到館陶公主家裡去的事情，忘記得乾乾淨淨。

韓嫣私下問仙娟道：「主上今天不是要到竇太主府中去麼？我們可要提醒他呢！」

仙娟聽了，先把左右一看，見無外人，始向韓嫣搖搖頭道：「我們快莫提醒他，我的私意，最好是使主上勿與竇太主接近；若一接近，竇太主難免不替她女兒進言！主上現方寵任你我二人，皇后宮中，足跡不到的。」

韓嫣聽至此處，不待仙娟往下再說，趕忙答道：「我知道，我知道！仙妃莫憂，只要我不失寵，不是我誇口，斷不令帝后恢復夫妻之情就是了。」

仙娟聽了，也嫣然一笑道：「只要我不失寵，不是我誇口，斷不使你向隅就是。」

韓嫣道：「仙妃成全，沒齒不忘！」

仙娟佯嗔道：「你既和我同盟，怎麼昨天我要你下水捉魚，你為何又說生了瘡呢？」

韓嫣聽了，慌忙撩起褲腳管，將他的大腿送至仙娟的眼睛前頭道：「生瘡的事情可以假的麼？你不信，請你過目！」

仙娟真的細細一看，方始相信。

其實韓嫣在昨日夜間故意塗抹些藥末，以實其言。他那個以男裝女的把戲，連王太后都要被他瞞過，心思若不周密，怎能夠在宮中鬼混，不鬧亂子出來的麼？

這且不說。單說館陶公主當晚回府之後，一面悄悄地把她那位愛寵董偃支使出門，一面吩咐大辦酒筵，以備次日聖駕到來，好於席間乘間替她女兒陳后進言。

誰知次日一等也不來，兩等也不至，直到時已亭午，尚未見御輦臨門，趕緊飭人到宮裡去探聽，回來報道：「萬歲正與韓總隊長、仙娟妃子二人擊劍為戲，並無前來赴宴的表示。」

館陶公主聽了，又氣又悶。但也無法，只得飭人去把董偃尋回，所辦酒筵也只好自己與董偃兩個吃喝。

第三十九回　福禍無門

那時的竇太主，年已五十有餘，因為生性淫蕩，所私的標緻少年不知凡幾。自與董偃有了首尾以後，從前的那班姦夫一概拒絕，不使重溫舊夢。董偃之母董媪，向以賣珠度日，其時董偃年才十二，隨母出入竇太主家。竇太主愛他面目姣好，常常以果餌予之。

一天，竇太主笑對董媪道：「爾子面如冠玉，必定聰穎，與其隨爾仍作這項買賣，將來至多無非是一個富商罷了；不如留在我家讀書，異日長大，只要他對我忠心，一官半職，易同拾芥。」

董媪聽了，樂得向竇太主連連磕上幾個響頭道：「這是太主的天高地厚之恩，也是董氏祖宗積有厚德，方會碰見你這位救苦救難的現世觀音！」

竇太主聽了，笑了一笑，復給董媪黃金十斤，令她自去營生。

轉瞬六個年頭，董偃已經十八歲了，為人溫柔謹重，惟喜修飾。陳侯邸中，無大無小，莫不讚他。當下就有一位官吏，要他去充記室，每月薪水也有百金。董偃拒絕道：

「偃本家寒，蒙此間太主留養至今，寒則衣之，饑則食之，有病給藥，閒遊賜錢，如此大恩，負了必無好的收成。君侯見愛，只好容圖別報。」

竇太主知道此事，便謂左右道：「董偃倒是一個有良心的人，有了機會不就，我卻不可負他。」

竇太主說完此話，即日就令董偃暫充執轡之役。又恐怕他嫌憎賤役，不甚高興，特將他召至，當面吩咐他道：「此職雖賤，在我身邊不無好處，我慢慢的栽培你就是。」

董偃聽了，慌忙叩頭道：「臣蒙太主恩典，每思略伸犬馬之報，苦於沒有機會。太主現在命臣執轡，臣只望生生世世不離左右，方始心滿意足，至於其他富貴，並不在臣的心上。」

竇太主當初留養董偃的意思，原是別有用意，後來漸漸大了，只因自己是位公主，何能自貶身分，去就僕役，加之年齡相差有三十歲的大小，娶親早的，已可抱玄孫了，若去與他勾搭，勢必為家臣等人所笑，正在想不出法子的時候，一聽董偃不肯出去充作記室，已是滿心歡喜，嘉他不肯忘本，此刻又聽他這幾句情甘效死的忠言，復見貌又可人，頓時心猿意馬起來，老臉一紅，春意陡上眉梢，當下暗暗想出一個妙計，就笑容可掬地答道：「爾既願在我的身邊，那就更妙了，此刻我就要赴常太君之宴，爾替我執轡前往可也。」說完，竇太主自去更衣，董偃也退至自己的私室。

誰知竇太主裝扮已畢，嫋嫋婷婷地出了大門，坐在車上，等了許久，不見董偃出來駕馭，命人去催，仍舊未出。正想下車，親到董偃房裡，看他在做何事，忽聽一班家臣哄然笑語道：「董郎今日的裝束，這才不愧為侯府的執轡郎呢！」

眾人話猶未畢，只見董偃急急忙忙地衝開大眾，奔至車側，輕舒猿臂，一把將馬韁繩帶到手中，跟著一躍而上，早已坐在車轅，復將執轡之手向前一揚，那乘車子便得得如飛地往前去了。

竇太主一個人坐在車內，看見董偃滿身新衣，雖是車夫打扮，可比公子王孫還要漂亮萬分，方知董偃在內打扮，因此遲遲未出，於是越看越喜，越喜越愛。

行未數里，已至宮門橋邊。此橋因在宮門外面，原是禁地，除了王侯的車輛方准行走，平常人民都從別處繞道，所以橋之左右前後寂無人跡。竇太主等得車子正在下橋的當口，故作驚惶之狀，用手急向董偃的腰際一推，說時遲，那時快，董偃這人早已從車轅上一個倒栽蔥地摔在地上。

竇太主見董偃跌在地上，趕忙跳下車去，抱著董偃身子問道：「你可摔傷麼？這是怪我不好！我因陡見一隻蒼狗，嚇得推了你一下，不防闖此大禍。」

董偃聽了，急急坐了起來答道：「太主勿驚，此間都是草地，並未跌壞。只要太主勿被蒼狗嚇壞就好了！」說完，似乎就想跳上車去。

誰知身上皮肉雖未跌破，而腿骨節卻已受傷，前腳剛剛提起，陡覺一陣奇痛，後腳哪裡還能站住，只聽得撲的一聲，重又跌到地上去了。

竇太主見了，嘆息了兩聲，怪著董偃道：「我原知道你一定跌傷了的，你還說並未跌壞，足見年紀輕的孩子不知輕重，你現在切勿再動，讓我去就在附近喚一乘街車來，將你載回邸中，趕緊醫治。」

此時董偃已是痛得只是哼叫，僅把頭點上一點，算是答覆。

竇太主去了一刻，果然坐著一乘街車回來，當下便由車夫把董偃這人抱入車內，讓他臥好。竇太主只好暫時屈尊，坐在車轅之上，也不再去赴宴，仍向原路回家。

其實這天竇太后的赴宴乃是假的，她因無法親近董偃，詭作此說。又知道常太君住在城北，此去必經宮門橋，那裡四面無人，便好把董偃推跌在地，跌傷之後，勢必醫治，就在醫治的時候，借這題目親奉湯藥，製造愛情，如此一來，以後不怕董偃不真心誠意地感激她。

她這個法子，固然可以達她目的，可是董偃的這場意外跌傷，豈不冤枉呢？幸虧仍由竇太主將他服侍痊癒。痊癒之後，因而得親芳澤，總算尚不吃虧。

話既表明，再說那天竇太主回至邸中，下了街車，不令董偃再睡下房，命人扶到她的寢室，臥在她的床上，一面急召醫官前來醫治，一面對董偃說道：「今天之事，原是我害你的，所以要你睡在我的床上，我的心裡方才過意得去。」

董偃聽了垂淚道：「太主乃是無心，如何倒說過意不去？此床陳侯睡過以後，現在只有太主獨睡，家奴睡在此地，實在非禮。」

竇太主聽了，忽然將臉一紅，正擬答話，因見醫官已至，便不再說。及至醫官診過，說是傷了骨節，至少須兩三個月方能痊可，竇太主聽了道：「只要不致殘廢，日子多些，倒也不妨。」

醫官用藥去後，竇太主衣不解帶的，真個親自服侍。董偃阻止無效，只得聽之。

有一天晚上，眾人已睡，竇太主替董偃換過藥膏，問他道：「我覺得你的傷處業已好了一大半了，你自己覺得怎樣？」

董偃道：「從前痛不可忍，家奴因是太主親自服侍，熬著不敢喊痛，這兩天不甚疼痛。但是太主如此待我，不避尊卑，不嫌齷齪，家奴就是痊癒，恐怕福已折盡，也不會長命的了。」

竇太主聽了，實是心痛得不得了的答道：「你放心，我是一個寡婦，雖是天子姑母而兼岳母，身邊沒有一個親信之人，設有一個緩急，無人可恃；你好了之後，如不忘恩，我命你如何，你就如何，那才算得真正的報答我呢。」

董偃聽了，即伏枕叩頭道：「太主從小豢養我長大，就是不是如此待我，我也應該肝

腦塗地地答報大恩，現在這樣一來，實使我報無可報，怎樣好法呢？」

竇太主道：「你只要存有此心，不必一定實有此事，我還有教訓你的說話，等你傷癒之後，毋用再任執轡之役，只在我的身邊，做一個心腹侍臣就是了。不過我們邸中人多口雜，見我待你逾分，背後恐有閒言，你第一須待人和氣，不可露出驕矜之態；第二呢，不妨多給他們金錢，塞塞他們的嘴巴，你要用錢，我將錢庫的對牌交給你，最好你能與士大夫交遊，我更快活。」

董偃聽了，點點頭道：「太主教訓，我都理會得來，但願早日痊癒，也不枉太主服載我一場。」

竇太主聽了，微笑答道：「你最聰明，能夠合我心理，我便安心矣！」

過了幾天，董偃已經大癒，竇太主自然歡喜無限，又見董偃唇紅齒白，目秀眉清，依然不減以前的丰采，便去咬了他的耳朵問道：「我的這般相待，你知道我的心思麼？」

董偃因點點頭，低聲答道：「臣雖知道，惟恨烏鴉不敢眠鳳巢耳！」

竇太主聽了，紅了臉佯嗔道：「你這小鬼頭，倒會謙虛。我要問你，你這幾個月裡頭，是不是眠的鳳巢呢？」

董偃被詰，沒話可答，只得撒嬌，一頭倒在竇太主的懷裡。

竇太主這幾個月來，也算費盡一番心血，方才如願以償。

不佞對於此段文章不便描寫，卻有一首歪詩是：

一樹梨花壓海棠，為譏白髮戲紅妝。
當年陳邸稀奇事，才發新枝便受霜。

竇太主自從這天與董偃有私以後，索性不避嫌疑，竟將董偃留在房內，寢食與俱，情同伉儷。好在合邸之中都是她的家臣，況有金錢塞口，非但背裡毫沒閒言，並且當面恭維董偃為董君，從此不敢稱名。

董君又能散財交士，最多的一天，竟用去黃金百斤、錢百萬、帛千匹。竇太主知道，還說董君寒素，太不大方，可是董君業已內不自安，常憂得罪。

當時有一位名士，卻與董君十分莫逆。這位名士，就是安陵爰叔，便替他出了一個絕好主意，叫他入白太主，請太主將自建的那座長門園，獻與武帝作為宿宮，武帝果然大悅。

太主知道此謀出諸爰叔，乃以黃金百斤，命董君親自送與爰叔為壽。爰叔得金，未能免俗，謝而又謝。董君笑道：「謝可不必，最好乞公再出一謀，使我得見皇帝，既可出頭露面，暗中又能免人中傷，豈不大妙！」

爰叔聽了，也微笑道：「這有何難！君可請太主稱疾不朝，皇帝必定臨候，太主有所請求，皇帝對於病人之言，即不願意，也不致駁斥。」

董君聽了，連連拍案道：「妙計，妙計！公且聽我的好音可也！」

董君說完，又將爰叔之言轉告太主，太主聽了，自然依從。

武帝一聽太主有病，急排全副鑾駕來至太主邸中，一見太主病臥在床，花容慘淡，似有心事，便問道：「太主心中不適，如有所欲，朕當代為羅致。」

太主伏枕辭謝道：「臣妾幸蒙陛下厚恩，先帝遺德，奉朝請之禮，備臣妾之列，使為公主，賞賜邑人，隆天重地，無以塞責。一日，猝有不勝灑掃之職，先狗馬填溝壑，竊有所恨，不勝大願。願陛下時忘萬事，養精遊神，從中掖庭，回輿枉路，臨妾山林，得獻觴上壽，娛樂左右，如是而死，何恨之有！」

武帝大笑答道：「這有何難，不過朕的從臣多，恐怕太主破鈔耳！」

武帝回宮。太主次日假裝病癒，特地帶錢千萬，造宮與武帝遊宴，武帝因此約定次日親至太主家中，不料當晚與仙娟錦帳春深，弄得昏頭搭腦，第二天早已忘記罄淨，仙娟與韓嫣二人又不肯從旁提醒武帝，恐怕太主替皇后進言。其實太主倒是為的姦夫出頭的事情，至於她女兒的失寵，倒還不在她心上。

武帝一直過了幾天，方始忽然想著，急造陳邸，太主一見御駕到來，慌忙自執敝帚，膝行導入，登階就坐。

那時武帝已微聞董偃情事，甫經坐定，即笑謂太主道：「朕今日來，甚願一見主人翁。」

太主聽了，乃下殿卸去簪珥，徒跣頓首謝道：「臣妾無狀，有負陛下，身應伏誅，陛下不致之法，頓首死罪！」

武帝笑令太主戴著簪屐，速去引出董君來見，太主遂至東廂，將董君喚至，俯伏階下。

武帝見董君綠幘傅韝，面貌和婉，顧問太主道：「此即所謂董君者乎？」

太主謹答道：「此即臣妾家中庖人董偃是也。」

武帝命之起立，並賜衣冠器用種種，太主復代叩謝，跪進數觴，武帝不禁大樂。太主乃請賜將軍列侯從官，金錢雜繒，各人歡呼拜謝。

次日，太主導董君入宮與宴，巧值東方朔備戟殿下，及見董君傲岸無禮，乃解戟趨前劾奏道：「董偃負斬罪三，哪可赦宥？」

武帝道：「甚麼三罪？」

東方朔道：「以人臣私侍公主，一罪也，敗男女之化，亂婚姻之禮，有傷王制，二罪也；陛下富於春秋，方積思六經，留神王事，馳騖唐虞，折節三代，董偃不遵經勸學，反以靡麗為右，奢侈為務，是為國家之大賊，人主之大蜮也，實是淫首，三罪也。」

武帝聽了，默然良久，始答道：「朕知道了，往後命他改了就是！」

東方朔太息道：「陛下萬世之基，不可壞於此事。」

自此以後，董君便不得入宮遊宴了。但他雖然不得入宮，可是太主和他仍舊形影不離。

有一天晚上，已是深夜，一班丫鬟猶聽得太主房內尚有歌唱之聲，因為房門已閉，不便進去，大家都想偷看房內的把戲。

內中有一個人道：「我們何不把窗紙戳破一個窟窿，便可竊視。」

當下又有一個年紀稍長的道：「不可！不可！戳破紙洞，明天太主看見，必要查究。依我主張，可以偷至樓上，伏在天花板上，竊聽他們說話，也是一樣。」

大家聽了，吃吃暗笑，都以為然。於是一個個輕手輕腳的，同至樓上，把各人的耳朵緊貼在樓板上面。

只聽得歌聲甫停，床上的金子帳鉤已在震動，叮噹之聲不絕於耳，同時復聽得董君顫聲說道：「我久受太主厚恩，無可報答，此刻的區區微勞，無足掛齒！」

又聽得太主噗哧的一笑道：「你已浹骨淪髓的，將身子送與我了，我雖然沒有與你同年同月同日同時生，我但願與你同年同月同日同時死！」

又聽得太主說至此句，床上金鉤復又鳴動起來。

那班丫鬟聽到這裡，個個面紅耳赤，大家掩口葫蘆的，悄悄下樓歸房安睡。

次日大早，太主見董君操勞過度，懶臥不起，急召醫至，令開十全大補之方，董君一連服了數劑，方才強健如昔。

又有一天，正是三伏，董君臥於延清室內，用畫石為床。此石紋如錦繡，質量甚輕，出郅支國，上懸紫琉璃帳，側立火齊屏風，並列靈麻之燭，以紫玉為盤，如屈龍，皆用珍寶飾之，丫鬟遙立戶外，以羅扇輕輕扇之。

董君笑謂道：「有石有玉，尚須爾等扇扇，方才生涼麼？」

丫鬟聽了，個個抿嘴微笑。因為這等床帳器具，乃於塗國王進獻景帝，景帝轉賜與太主的，堂邑侯陳午在日，太主與他不甚恩愛，故未享受此等豔福，丫鬟自然更加不識這些寶物的妙處了，今既為董君說破，方不再扇。

董君以微賤出身，自蒙太主寵幸後，富堪敵國，享擬王侯，也是太主前世欠他的孽債，今世償還。可惜董君有福無命，年未三十，病瘵而亡。太主親視棺殮，痛不欲生。雖經武帝派人慰勸，仍未稍減悲戚，即在此年冬天，亦患瘵病逝世。臨終的時候，上書武帝，乞與董君合葬。武帝允之。及太主歿，果與董君葬於霸陵，倒合上那句「生同衾，死同穴」的風流豔語。

嗣後公主貴人，多逾禮制，便是自竇太主為始。

皇后陳阿嬌自從失寵以來，原望太主為其進言，等得太主亡後，影隻形單，還有何人顧問。

一天，忽由宮娥貴枝領進一個女巫楚服，自言有術能使皇帝回心轉意。陳后聽了，豈有不喜之理？急賜黃金百斤，令她從速作法。女巫即於晚間設位祭神，並出仙藥數丸請陳后服下，說是名叫如意丸。皇后服下之後，皇帝一聞此氣，一定視皇后為天仙化人，其餘妃子，不問男女，都以糞土視之了。女巫覆著男子衣履，峨冠博帶，自命具神仙風格，日與皇后同食同宿，相愛儼若夫婦。

事為武帝所聞，親自奔至皇后宮內，把女巫洗剝審視。誰知女巫乃是男體，形雖不全，即俗稱雌雄人的便是。武帝大怒，查問何人引進，宮娥貴枝無法隱瞞，只得直認不諱，自請恩賞全屍。

武帝聽了，冷笑一聲道：「你尚想全屍麼？你且等著！」說完，即令衛士把女巫與貴枝二人活釘棺中，再用火燒。

可憐貴枝睡在棺中，以為既是活葬，全屍二字總能夠辦到的了，誰知葬身火窟，變了一道青煙。武帝為人，最無信用，連鬼都要騙騙的，豈不可笑。

那時陳后自知罪在不赦，辯無可辯，幸虧總算做了數年夫婦，知道武帝心思，只有太后的言語尚有一句半句肯聽，急趁武帝正在處置女巫和貴枝的當口，飛奔的來至太后宮中，跪在地上，抱了王太后的雙膝，哭訴一番，只求救命。王太后倒也心軟，就把武帝召至，命他從輕發落。

武帝聽了，母命難違，僅把皇后的頭銜廢去，令居長門宮中悔過自省，陳后得保性命，確是太后的力量呢！

第四十回　鳳求凰

陳后自從入居長門宮中，終日以淚洗面，別無言語。她的身邊，卻有一個極聰明的宮娥，名喚旦白，前被貴枝所嫉，因此不敢露面。現在貴枝既死，也便頂補其缺。

一天夜間，她無端的做了一夢，彷彿陳后已經復位，且與武帝來得異常恩愛，念她服役勤勞，也已封為貴人。她心裡一樂，忽然笑醒轉來。

她一個人正在枕上回思夢境，陡聽得陳后似在夢魘，慌忙奔到陳后房裡，即將陳后喚醒，問道：「娘娘夢魘了麼？」

陳后被她喚醒，不覺很悽楚的說道：「我方才夢見萬歲忽來召我，方擬出宮，誰知驚醒是夢；我那時想想，我已待罪居此，哪裡再會重見天日，因此傷心。不料又被你喚醒，卻是一個夢中之夢。」說完，長嘆一聲，眼眶裡面，便像斷線般的珍珠，滾將出來了。

旦白道：「這就真巧了，奴才方才也做一夢，夢見娘娘已經復位，連我也……」

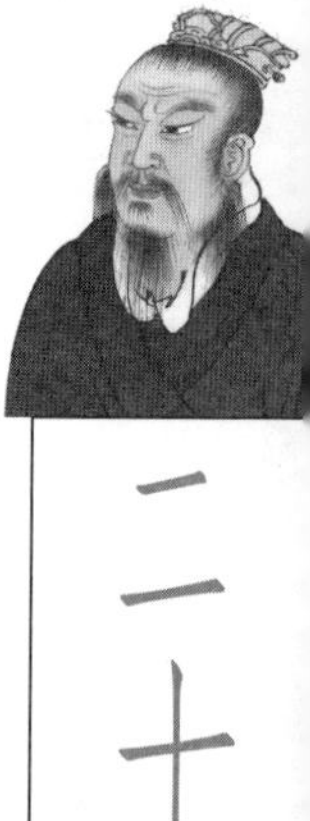

旦白說至此處，趕忙縮住。陳后道：「你有話盡講，何必留口？」

旦白聽了，忸怩了一會，始把夢中之事，一句不瞞地告知陳后。

陳后聽了道：「我若能夠復位，保你做個貴人，也非難事，但是……」

陳后說至此處，只把她的那一雙愁楚之眼呆呆盯著旦白，良久無語。

旦白道：「奴才想來，娘娘長居此宮，如何結局，總要想出一個法子，能使萬歲回心，我與娘娘方有出頭的日子。」

陳后聽了，連忙拿手掩了耳朵，又搖著頭道：「我被那個妖尼幾乎害了性命，我不是也因她說能使萬歲回心，才上她的當麼？」

旦白道：「已過之事，不必提它，我曉得蜀人司馬相如極有文才，所作詞賦，文情並茂，萬歲最愛文字，娘娘何不遣人攜了多金，去求他做一篇《長門賦》，敘其哀怨，萬歲能夠動心，也未可知。」

陳后聽了，點頭稱是。次日，即命一個心腹內監，攜了千金，逕往成都。

原來司馬相如，字長卿，四川成都人氏，才貌出眾，自幼即有璧人之譽。父母愛之，過於珍寶，呼為犬子，及年十六，慕戰國時的藺相如為人，因名相如。那時蜀郡太守文翁，吏治循良，大施教化，選擇本郡士人入都肄業，相如亦在其列。學成歸里，文翁便命他為教授，就市中設立官學，招集民間聰穎子弟，師事相如，讀書有成，都使為郡縣吏，或為孝弟力田。

蜀中本來野蠻，得著這位賢太守，興教勸學，風氣大開。嗣是學校林立，化野為文。後來文翁在任病故，百姓追念功德，立祠致祭。相如也往遊長安，納貲為郎，旋得遷官武騎常侍。

相如本是一個飽學之士，既膺武職，反致用違其長，遂辭職赴睢陽，干謁梁王。梁王愛他滿腹珠璣，是位奇才，優禮相待，相如因得與鄒陽枚乘諸子，琴書雅集，詩酒流連，暇時撰成一篇《子虛賦》，傳播出去，名重一時。

未幾梁王逝世，同人風流雲散，相如立足不住，只得回至成都。及進家門，方知父母都死，家中僅有四壁；又因不善積蓄，手無分文，於是變為一個身無長物的窮人。

偶然想起臨邛縣令王吉，是他的文字之交，乃摒擋行李，徑往相投。王吉一見故友到來，自然倒屣相迎。問起近狀，相如老實直告。

王吉原是清官，無錢可助，便想出一法，與相如附耳數語，相如甚喜。當下用過酒膳，即把相如的行裝命左右搬至都亭，請他小住，每日必定親自趨候。相如初尚出見，後來屢屢擋駕，王吉仍舊日日一至，並未少懶。附近居民見縣官僕僕往來，不知是何貴客，一時傳說不一，轟動全城。

臨邛第一家富紳，名叫卓王孫，次為程鄭兩家。一日，程、鄭二人來訪卓王孫道：

「都亭住的必是貴客，我們不可不宴他一宴，也好高抬你我的身價。」

卓王孫本是一個有名的勢利鬼，一聽此言，甚為得意。大家議定，就在卓府設席，宴請相如。並把他們三家之中的精華統統取出，擺設得十二萬分的華美。收拾停當，方發請柬，首名自然是司馬相如，次名方是縣令王吉，其他的都是本地紳士，不下百十餘人。

王吉聞信，喜其計之已售，立赴都亭，密告相如，叫他如此如此，相如大悅，依計而行。等得王吉別去，急將衣箱打開一看，並無貴重的衣服，幸有一件鷫鸘裘，原非等閒之輩所有的，還是他從前在睢陽的時候，梁王很為器重，每逢佳會，非相如作文不樂。有時直至深夜，方命內監伴送相如回寓。

有一夕，天忽大雪，梁王恐怕相如受寒，特將御賜的這一襲鷫鸘裘，借與相如一穿。只因裘太名貴，說明不便相贈，只好暫借。

誰知相如穿了回寓之後，次日正想送還，不料梁王忽得重病，竟致不起，相如樂得將此裘據為己有。平時乏資，百物皆去質錢，惟有此裘不忍割愛。有此緣故，所以相如竟有這一件名貴之裘。

相如穿上之後，照照鏡子，所謂佛要金裝，人要衣裝。相如本是一張標緻面孔，一經此裘點綴，愈覺得風流俊俏，華貴無倫，自己心裡也覺高興。

他正在大加打扮的當口，卓府傭人已經接二連三地來催請了。相如還要大搭架子，不肯即行。直至卓王孫親自出馬來邀，方始同至卓府。

那時王吉已在卓府門前相候，故意裝出十分謙卑的樣兒招待相如。相如昂然徑入，對於縣令，微微頷首而已。

眾紳爭來仰望丰采，見他果然雍容大雅，宛似鶴立雞群。回視自己，人人無不自覺慚愧。當下仍由卓王孫將相如延至廳上坐下。

王吉顧大眾道：「司馬公本不願光降，尚是本縣的情面，才肯屈尊呢！」

相如接口道：「鄙人孱軀多病，不慣酬應。自到貴地以來，只謁縣尊一次，尚望諸君原諒！」

大眾聽了，嚇得不敢冒昧恭維。

卓王孫因是主人，只得大了膽子，狗顛屁股，語無倫次地大拍一拍。談著，上過幾道點心，即請相如入席。相如也不推辭，就向首位一坐，王吉以下，挨次坐定。卓王孫以及程、鄭兩人，並在主位相陪。

這天的酒菜，無非是龍肝鳳腦；這天的談話，無非是馬屁牛皮，無用細述。

吃到一半，王吉笑謂相如道：「聞君素善彈琴，當時梁王下交，原也為此，我想勞君一彈，使大家聽聽仙樂。」

相如似有難色，禁不起卓王孫打恭作揖的定要相如一奏，並謂舍下雖是寒素，獨有古

琴尚有數張。

王吉忙攔阻道：「這倒不必，司馬公琴劍隨身，他是不彈別人的琴的。」說完，也不待相如許可，即顧隨從道：「速將司馬公的琴取來！」

須臾取至，相如不便再辭，乃撫琴調弦，彈出聲來。

這琴名為綠綺琴，係相如所素弄，憑著多年熟手，按指成音，自然雅韻鏗鏘，抑揚有致。大家聽了，明是對牛彈琴，一絲不懂，但因相如是位特客，又是縣官請他彈的，叮叮咚咚之聲，倒也好聽，頓時哄如犬吠，莫不爭先恐後地讚好。

相如也不去理睬大眾，仍是一彈再鼓的當口，忽聞屏後有環珮之聲響動，私下抬頭一看，正是王吉和他所計議的那位美人。

此人究竟是誰？乃是卓王孫的令嬡千金，萬古傳名私奔的祖師，卓文君便是。

文君那時年才十七，生得聰慧伶俐，妖豔風流，琴棋書畫，件件皆精。歌賦詩詞，門門皆妙，不幸嫁了一位才郎，短命死矣。

如此一位佳人，怎能經此慘劇？不得已由卓王孫接回娘家，嫠居度日。此時聞得外堂賓客，是位華貴少年，已覺芳心亂迸，情不自主，復聽得琴聲奇妙，的是專家，更是投其所好，於是悄悄地來至屏後，探出芳姿，偷窺貴客。

相如一見這位絕世尤物，因已胸有成竹，尚能鎮定如常，立刻變動指法，彈出一套

《鳳求凰》曲，借那弦上宮商，譜出心中詞意。

文君是個解人，側耳細聽，便知一聲聲的寓著情詞是：

鳳兮鳳兮歸故鄉！
遨游四海求其凰。
有一豔女在此堂，
室邇人遐毒我腸，
何由交接為鴛鴦？
鳳兮鳳兮從凰棲！
得托子尾永為妃。
交情通體必和諧，
中夜相從別有誰？

文君聽得相如彈到這裡，戛然終止，急將相如的面龐再仔細一瞧，真是平生見所未見的一位美丈夫，便私下忖道：「我久聞此人的才名，誰知不僅是位才子，真可稱為人間鸞鳳，天上麒麟的了。」

文君剛剛想至此處，只見一個丫鬟，將她輕輕地請回房去，又笑著對她說道：「這位貴客，小姐知道他是甚人？」

文君道：「他是當今的才子。」

丫鬟聽了，又傻笑道：「我活了二十多歲，從未見過這般風流的人物。聽說他曾在都中做過顯官，因為自己青年美貌，擇偶甚苛，所以至今尚無妻室。現在乞假還鄉，路經此地，縣令慕其才名，強留數日，不久便要回去了。」

文君聽了，不覺失聲道：「呀！他就要走了麼？」

丫鬟本由相如的從人出錢買通的，此刻的一番說話，原是有意試探，及見文君語急情深，又進一步打動她道：「小姐這般才貌，若與貴客訂結絲蘿，正是一對天生佳偶，小姐切勿錯過良緣！」

文君聽了一怔道：「爾言雖然有理，但是此事如何辦法呢？」

丫鬟聽了，急附耳叫她夤夜私奔。

文君記起琴詞，本有「中夜相從」一語，恰與這個丫鬟的計策暗合，一時情魔纏擾，也顧不得什麼嫌疑，甚麼名節，馬上草草裝束。一俟天晚，攜了丫鬟，偷出後門，趁著月光，直向都亭奔去。

都亭與卓府，距離本不甚遠，頃刻之間，即已走到。

那時司馬相如尚未就寢，正在胡思亂想，惦記文君的當口，陡然聽得門上有剝啄之聲，慌忙攜了燭臺親自開門。雙扉一啟，只見兩女魚貫而入，頭一個便是此事的功臣，文君的丫鬟；第二個便是那位有才有貌，多情多義的卓文君。

相如這一喜，還當了得！趕忙趨近文君的身邊，恭恭敬敬地作上一個大揖，文君含羞答禮。

當下那個丫鬟一見好事已成，便急辭歸。相如向她謝了又謝，送出門外，將門閉上，始與文君握手敘談，還未開口，先在燈下將文君細細端詳一番，但見她眉如遠山，面如芙蕖，膚如凝脂，手如柔荑，低頭弄帶，默默含情。相如此時淫念大動，也不能再看了，當即攜手入幃，成就一段奇緣。

女貌郎才，你憐我愛，這一夜的繾綣綢繆，更比正式婚姻還有趣味。

待至天明，二人起身梳洗。相如恐怕卓家知道，興師問罪，便不好看，索性逃之夭夭，與文君同詣成都去了。

卓王孫失去女兒，自然到處尋找，後來探得都亭貴客不知去向，轉至縣署訪問，縣裡卻給了他一個閉門羹。卓王孫到了此時，方才料到寡女文君定是私奔相如，家醜不可外揚，只好擱置不提。

縣令王吉，他替相如私下劃策，原是知道卓家是位富翁，若是貿然前去作伐，定不成

功，只有把相如這人抬高身價，使卓家仰慕門第，方好緩緩前去進言。事成之後，不怕卓王孫不拿出錢來，替他令坦謀干功名。誰知相如急不及待，夤夜攜了豔婦私逃，自思也算對得起故人的了。由他自去，丟開一邊。

惟有文君隨著相如到了成都，總以為相如衣裝華麗，必是宦囊豐富，誰知到家一看，室如懸磬，卻與一個窶人子一般，自己又倉猝夜奔，未曾攜帶財物，隨身首飾，能值幾何。可是事已至此，還有何說，沒奈何典釵沽酒，鬻釧易糧。不到數月，一無所存，甚至相如把所穿的那件鷫鸘裘，也抵押於酒肆之中，換了新釀數斗，肴核數事，歸與文君對飲澆愁。

文君見了酒肴，勉強陪飲。問及酒肴來歷，始知是鷫鸘裘抵押來的，不覺淚下數行，無心下箸。雖由相如竭力譬解，仍是無限淒涼。

文君繼見相如悶然不樂，停杯不飲，面現愁容，方始忍淚道：「君一寒至此，終非長策。妾非怨君貧乏，只愁無以度日。君縱愛我，終至成為餓殍而已。不如再往臨邛，向兄弟輩借貸銀錢，方可營謀生計。」

相如無法，只得依從。次日，即挈文君啟程，身外已無長物，僅有一琴一劍，一車一馬，尚未賣去，可以代步，方得到了臨邛，先向逆旅暫憩，私探卓家消息。

店主與相如夫婦並不相識，猶以為是過路客商，偶爾問及，便把卓家之事盡情告知他們道：「二位不知此事，聽我告訴你們，卓女私奔之後，卓王孫氣得患了一場大病；有人聽得卓女目下貧窮不堪，曾去勸過，說道：『女兒雖然不好，究屬親生骨肉，分財周給，也不為過。』誰知卓王孫聽了，盛怒不從，還說生女不肖，不忍殺死，只好任她餓死；若要我給他們分文，且待來世等語。」

店主說畢自去。相如聽完自忖道：「如此說來，文君也不必再去借貸了，卓王孫如此無情，我又日暮途窮，不能再顧顏面，索性與他女兒開起一爿小酒店，使卓家自己看不過去，情願給我錢財，方才罷休。」

主意已定，即將此意告知文君。文君聽了，倒也贊成，於是售脫車馬，作為資本，租借房屋，置辦器具，居然懸掛酒簾，擇吉開張。

相如自己服了犢鼻裙，攜壺滌器，充作酒保。文君嬌弱無力，只好當壚賣酒，頓時引動一班酒色朋友，擁至相如店裡，把盞賞花。有些人認得卓文君的，當面恭維，背後譏誚，吃醉的時候，難免沒有幾句調笑的言詞。

當下自然一傳十，十傳百，傳到卓王孫的耳中。初猶不信，後來親自去看，果是他的千金，羞得杜門不出。豈知他的親朋故舊都來不依他，並說你願坍臺，我們顏面有關，實不甘願，於是你一句，我一句的，逼得卓王孫無奈，方才撥給僮婢百人，連從前那個丫鬟也在其列。又給錢百萬緡，以及文君嫁時的衣飾財物，統統送至相如店中，相如一一笑

納，即把酒肆關閉，滿載而歸。

縣令王吉初見相如忽來開設酒肆，便知其中必有蹊蹺，也不過問。相如得財之後，亦不往拜，恐怕王吉要受嫌疑，彼此心照不宣而已。

相如回到成都，買田造宅，頓成富翁；且在園中建了一座琴臺，備與文君彈琴消遣。又因文君性耽曲樂，特向邛崍縣東購得一井，井水甘美，釀酒最佳，後人因號為文君井。

過了幾時，相如原有消渴病的，復因酒色過度，幾至不起，幸而有錢延醫調治，漸漸痊可，特作一篇《美人賦》以為自箴。

一天，忽奉朝旨，武帝因讀他的《子虛賦》，愛他文辭優美，特來召他，相如便別了文君入都，授為文郎。次年，武帝欲通西南夷人，特拜相如為中郎將，建節至蜀。太守以下郊迎，縣令負弩矢先驅，蜀中父老無不榮之。卓王孫大喜，欲以婿禮謁見，相如拒絕不納。還是文君說情，方認翁婿。

通夷事畢，相如辭職，住於茂陵。某日，因悅一個絕色女子，欲納為妾，文君作《白頭》四解以示絕，相如讀罷，涕淚交流，因感其情，遂罷是議。至於陳后派人至蜀，乞相如作《長門賦》的時候，是在文君已經當壚以後，未至都中獻賦以前。

相如那時並不希望這區區千金，只因陳后書函懇切，方始允撰。內監攜回都中，呈與陳后。陳后求人遞交武帝。武帝見了那賦，淚下不止，於是仍為夫婦如初，陳后自此謙和，反去巴結韓嫣、仙娟二人，他們二人因見陳后既不妒忌，便也不再從中播弄是非。

有一天，武帝幸平陽公主家，公主就在酒筵之上，喚出一個歌姬，名叫衛子夫的，命她自造詞曲，當筵歌舞。武帝聽了這種淫詞，欲心大熾，便向公主笑道：「此人留在公主府中，無甚用處，可否見贈？」

公主也笑答道：「陛下若欲此人，卻也可以，惟須把皇后身邊的那個旦白宮娥封為貴人，臣妾自當奉命。」

武帝不解道：「公主何故力為旦白說項？」

公主道：「旦白服伺皇后，頗為盡心，皇后托我轉求，故有是請。」

武帝依奏，即晚回宮，便將旦白封為貴人。

第四十一回　衛子夫

武帝既准平陽公主之奏，回宮即封陳后身邊的宮娥旦白為貴人。次日黎明，復至平陽公主家中，要公主踐約，好將歌姬衛子夫其人帶回宮去。

誰知因為時候過早，公主尚在高臥，武帝無奈，只得坐在外堂守候。武帝對於公主，如何這等遷就呢？內中卻有一段豔史，公主有恃無恐，所以不怕這位皇帝兄弟動怒。

原來公主本封信陽公主，自嫁與平陽侯曹壽為妻之後，乃改稱平陽公主。公主為王太后所出，與武帝為姊弟，僅長武帝兩歲，生得豐不見肉，瘦不露骨，當時在宮中的時候，已有美人之譽。

那時武帝還是太子，一天聽了韓嫣的指使，吃得大醉的，前去私調公主。其時公主獨處深宮，尚未壞樣可學，因此嚴辭拒絕，不為武帝所亂。乃嫁到曹侯府中，初則嫌憎夫婿不識枕上風情，次則看見竇太主豢養董偃，花朝月夕，淫樂為事，於是漸漸看了壞樣，也想私下搜羅幾個如意情郎，以備作樂。雖然不懼夫婿見責，卻怕武帝從旁吃醋，天子尊

敬，是不好玩的。既有這樁難題，必須先通此關，方能為所欲為，無人干涉。又知武帝早將愛她的心思淡了下去，若是自己進宮調戲皇帝，耳目眾多，深有不便。

好容易被她想出一個對症下藥的妙計，特用千金，向娼家買到一個衛子夫，來到府內，充作歌姬。更知衛子夫非但能房中術，且具特別才智，即將己意告知子夫。

子夫聞言，豈有不從之理？公主剛剛佈置妥帖，可巧陳后阿嬌正與武帝恢復感情，因納宮娥旦白之計，大收附己黨羽，好與韓嫣、仙娟一派對壘。想來想去，只有平陽公主可以做她幫手，遂遣旦白去與公主說通。公主樂得答應，故以子夫用餌，好叫武帝上鉤。

武帝一見子夫，眉分八字，妖豔奇淫，竟認作美在韓嫣、仙娟之上，故而公主請他先封旦白為貴人，武帝連忙允許，這天大早到來。

公主晚上因為子夫與她商量計策，直到東方放白，始行入夢。武帝既到，當下就有侍婢急來報告。公主聽了，方才慢慢的升帳，同與子夫兩個畫上八字眉，梳好雙飛髻，裝扮得真似天仙一般，且將子夫藏過，始命侍婢把武帝請入內堂。

武帝見了公主，開口就說戲話道：「曹侯現方奉命出征，公主夜間無人陪伴，應該倒枕就睡，何至此時香夢猶酣呢？」

公主聽了含笑答道：「臣妾近日骨軟筋疫，春睡甚濃，以致失迓聖駕。」

武帝道：「原來如此，朕當體貼公主之意，亟將曹侯召回便了。」

公主聽了，趕忙頻搖其頭道：「此人粗蠢若豕，哪堪承教！」

武帝道：「這也不難。」

公主不待武帝說完，忙接口道：「談何容易！今日臣妾料知御駕必定光臨，略備水酒，為陛下壽。」

武帝道：「酒可不必，請將衛姬見贈，即感盛情！」

公主聽了微笑道：「陛下今日必須在臣妾家中暢樂一天，夜間準令衛姬同歸可也。」

武帝聽了道：「公主賜宴，朕敢不遵！」

公主便將武帝引至園中藏春閣上，一邊擺上盛筵，一邊把衛子夫喚出侍宴。武帝便攜了子夫的手，走至窗前，並肩而立地閒眺園中景致。

此時正是暮春時候，豔陽天氣，園中萬紫千紅，似乎也在那兒爭妍獻媚，以助他們君臣的興致。武帝看了一會，看得十分出神，只聽得公主催他入席，始行回到席上。公主便與子夫兩個左右奉陪，殷勤把盞。

酒過三巡，公主笑向武帝道：「陛下如今尊為天子，日理萬機，還記得幼時常與臣妾捉迷藏之戲否？」

武帝聽了，喟然嘆道：「咳，怎不記得！可惜流光催人，再過幾時，朕與公主勢必至髮脫齒落，虛生人世了。」

公主道：「誠如聖論，臣妾也是此意，無如想不出一樁特殊的尋歡之事。」說著，以目視子夫道：「倒是她想出一法。」

公主說到這裡，笑謂子夫道：「汝可奏知萬歲，如以為可，不妨就在此間行之。」

子夫聽了，趕忙趨近武帝身邊，咬了一會耳朵。武帝聽了，樂得手舞足蹈，大讚道：「妙極！妙極！捉迷藏的玩藝，朕有十多年不鬧了，再加上諸人都是無葉之花，更有趣味。」說著，看了一看公主道：「但使公主向隅，未免有些對不起主人呢！」

子夫接口道：「公主雖然不便夾在裡面，可以請她老人家做一個監令官，何人違法，她便責罰何人。」

武帝拍手道：「此法更妙！」

公主紅了臉，笑著推辭道：「監令官須與她們有別，不能那般模樣，免失監令官的尊嚴。」

子夫笑道：「公主首先違法，陛下須要罰她三觥。」

武帝聽了，邊笑著，邊去親篩三大觥熱酒，強逼公主喝下。公主不敢不喝，喝下之後，不到三分鐘的辰光，早已頭重腳輕，爛醉如泥，不省人事。

子夫一面把昨晚預備好的美貌歌姬二十餘人，一齊喚入，叩見武帝之後，分列兩旁。

武帝急朝大眾細細一看，個個都畫著八字眉毛，長得雖然趕不上子夫，卻也都還妖豔，便命各人遵照子夫的辦法，又與子夫二人，幫同將公主如法炮製，不禁呵呵大笑。又催子夫速用醒酒湯，將公主灌醒。

公主醒了一看，直羞得無地自容。還想爭辯，已被子夫阻止道：「公主若再多說，萬歲又要罰你喝酒了。」

公主無奈，只得立在一張椅上，擔任監令之職。武帝與子夫二人，也和大家一樣。子夫又用一條綢巾，去把武帝的雙目紮住，請他先捉。子夫的辦法是，武帝捉著何人，何人算得頭標。得頭標的，武帝要如何便好如何。

武帝本是一位風流天子，淫毒魔王，不論甚麼大事，就是秦始皇也沒有做過的把戲，他也要幹幹，何況關在房內，與幾個女子取樂的小事呢？當時武帝便對大眾笑道：「爾等快跑，朕要動手捉人了。」

嘴內猶未說完，雙手就向空中亂摸。

那時子夫早同那班歌姬，一個個輕手輕腳，抿著嘴邊笑邊四散的亂跑。武帝一個人卻在中間亂轉。捉了半天，一個都沒有捉住。

其實那班歌姬，依她們的心理，只望武帝把自己首先捉住，便好如何如何，這樣一來，將來不是妃子，即是貴人，豈不比做這侯府歌姬，高升萬倍麼？只因公主早已吩咐過的，不准眾人被武帝捉住，只有她與子夫二人方有這個資格。暗中既有安排，試問武帝怎

樣能夠捉著呢？

武帝一時覺得有些乏力了，可巧一把將站著一動不動的那位平陽公主抱住，頓時連連大叫道：「朕捉住一個了！朕捉住一個了！」

公主不待武帝去除臉上所紮的那塊綢巾，忙也連聲大叫道：「我是監令，不能算數，不能算數。」

武帝哪裡肯聽，一面自將綢巾除去，一面笑對公主道：「這是天緣，公主何必推託！」

公主假裝發急道：「陛下不可造次，臣妾與陛下乃是一母所生的呢！」

武帝聽了，復大笑道：「我們劉氏原有老例，先帝與竇太主難道不是一母所生的麼？」

公主聽完，仍是假作羞得無可如何的形狀，趕緊俯伏地上，把她的腦袋不敢絲毫抬起。

武帝見她這般嬌羞，更覺可愛，當時便不管三七二十一的，一把將公主抱到榻上，做那真正的禽獸行為去了。

那時滿房中的那些歌姬，非但個個眼觀鼻，鼻觀胸的，不敢正視他們，連那位運籌帷幄的衛子夫，也恐羞了公主，故意走了開去。

誰知這座閣外，早已圍滿了不少的侍婢，都在那兒偷看裡面的把戲，看得要緊的關頭，也會悄悄暗笑起來，不過不敢出聲，僅僅乎微微噗哧噗哧的罷了。

內中還有一個十二三歲的小侍婢，因為身子短小，要求較大的抱她起來偷看。她又情竇未開，盡問別人，裡面嘻嘻哈哈的在幹甚事。

別個都抿了嘴，悄悄笑答道：「公主在與萬歲秘密奏事，你千萬不可對外人聲張！」

小侍婢便信以為真的道：「我看這件奏本，未必能准呢！」

別個問她：「你怎樣知道不准的呢？」

小侍婢道：「我見萬歲對著我們公主只是在那兒哼哼哼的，我卻知道哼的唧的便是不許可的表示，你們莫要欺侮我年紀小呢！」

大家聽她這話，險些兒要大笑出來了。

不言外面偷看，且說裡面一時完畢，子夫慌忙上去服侍他們二人，重整杯盤。武帝便與公主並肩坐著，同喝熱酒。

子夫又想出一樁特別玩法，道：「陛下可惜沒有攜帶飾物前來，不然，婢子還有一事，能使陛下大樂特樂。」

武帝道：「這有何難！朕命人回宮去取也可，就是向公主暫借也可。」

公主慌忙接口道：「臣妾之物，本是陛下所賜，何必說到借字？」說著，立命一個歌姬到她房內，取來百十件小巧玲瓏的飾物。

武帝又問子夫道：「飾物已到，汝打算如何玩法？」

子夫笑道：「請陛下將這等飾物，一面可向地上亂擲，一面准這班歌姬自由搶奪；她們既向地上亂爬亂搶，自然雙手據地，背脊朝天，宛似幾條野狗搶食。陛下看了，必定失笑。」

武帝聽了，果對兩旁分立的那班歌姬說道：「子夫所上條陳，爾等聽見否？朕所擲在地上的飾物，准汝等自由搶取，搶得多的人，還有重賞！」說完這話，便把飾物紛向地上亂擲。

你想公主的飾物，豈有不貴重的，況且搶得多的，尚有格外賞賜，於是大眾爭先恐後，紛紛的爬在地上，去搶飾物。

當時的情形，就像幾十隻蜻蜓，同在那兒點水一般。閱者閉目思之，是何景象？此等事實，並非不佞杜撰，載諸簡冊，可考可查。現在已成民主之國，人們不應再存帝王思想。不佞描寫宮幃穢史，完全是彰其罪惡，使人們心中痛恨專制君王的罪惡，殺無可赦，這也是不佞伸張民權的意思呢！

閒言敘過不表。

再說這夜武帝也不回宮，就命公主、子夫二人即在藏春閣上一同侍寢，次日方才帶了子夫回宮。

陳后、旦白二人，一見武帝攜了衛子夫回宮，暗暗歡喜，憑空多了兩個幫手，面子上不露動靜，設席賀喜而已。獨有韓嫣、仙娟兩個，陡見來了一位勁敵，此人的相貌，實在他們二人之上，若不設法除去，於己大有不利。首先便由韓嫣向武帝再三再四地說子夫這人生得太覺妖豔，不宜親近。

武帝聽了，笑答道：「爾與仙娟兩個，難道還不算妖豔麼？」

韓嫣道：「臣與仙娟妃子只知保重陛下身體為主，返衷自問，實是兩個忠臣，不比新來的這位衛妃，除了自己蠱惑陛下不算外，還要想出種種沒規矩的玩藝兒出來，使陛下名譽上，道理上，都有損害。」

武帝聽了，置諸不理，反勸韓嫣不必吃醋。韓嫣無法，又由仙娟上去進讒，武帝仍舊兩面敷衍，仙娟也只好慢慢地另想別法，以除敵人。

一天，韓嫣忽然打聽得建章宮中，有一個小吏，叫做衛青，乃是衛子夫的同母兄弟，新近進宮當差。他既一時推不倒子夫，要想從她母弟身上出氣。於是暗中吩咐從人，隨時隨地，只要看見衛青，硬加他一個私姦嬪嬙的罪名，將他捕來，由他發落。

誰知衛青早已有人通信，避了開去，反而因禍得福。

原來衛青與衛子夫，同母不同父，其母曾充平陽侯府中的婢女，嫁與衛氏，生有一男三女：子名長君，長女名君儒，次女名少兒，三女就是子夫。後來夫死，仍回平陽侯府中為傭。又與家僮鄭季勾搭上了，生下衛青。鄭季本有妻室，不能再娶衛媪。衛媪養了衛青

數年，無力澆裹，乃將衛青交與鄭季。鄭季義不容辭，只好收留，又因髮妻奇妒，卻使衛青自去牧羊。

衛青一日遇見一個老道，注視了他良久道：「小郎今日雖然牧羊，異日卻要封侯。」衛青聽了，心中暗喜。

又過數年，仍去尋找衛媼，替他設法。衛媼力求平陽公主。公主喚進衛青一看，見他相貌堂堂，即日用為騎奴。

那時衛氏三女皆已入都，長女嫁了太子舍人公孫賀；次女嫁了平陽家臣霍仲孺，生子名叫去病；三女子夫嫁一士人，因為犯奸，罰入娼家，已由平陽公主買去贈與武帝。衛青因恨鄭氏無情，仍去姓衛，自取一個表字，叫做仲卿。沒有幾時，便由公主將他薦入建章宮中，充作小吏。

他方以為既已入宮，不難慢慢地巴結上去，封侯縱不敢望，個把官兒或不煩難。不料有人通信，說是韓嫣命人捕他，叫他趕快避開。他一時無處可躲，不知怎的一弄，竟到武帝的廁所之中去了。

可巧武帝正來大解，忽見一人，疑為竊賊，親自審訊，方知就是寵妃衛子夫的介弟。問他：「何故不在建章宮中當差，躲在此處作甚？」

衛青也知韓嫣是位孌臣，不敢說出捕他之事，只說忽然病腹，不知此處卻是禁地，罪該萬死。

武帝那時正在寵幸子夫，頓時授衛青為中大夫之職，又有子夫暗中吹噓，不久，便升了上大夫。但他出身微賤，僅識之無，哪知政治；也是他的福星照命，忽有一個才與司馬相如相等的寒士前來投他。

此人是誰？姓朱名叫買臣，表字翁子，吳中人氏，性好讀書，不治生產。蹉跎至四十多歲，還是一個落拓儒生，食貧居賤，困頓無聊。家中只有一個妻子，不能養活，無法可想，只得丟下詩書，去到深山砍柴，挑往市上求售，易錢為生。

惟買臣肩上挑柴，口中咿唔不絕。有時那班買主當他是個癡漢，反而不敢照顧，自早至晚，一根柴草也沒售脫，每日回家，必被妻子咕嘰。一天，他又挑柴上市，他的妻子悄悄跟在後面。

他也並不知道，仍舊一邊蹣躅前行，一邊口中背誦詩文。他妻在後聽著，自然半句不懂，揣度情形，總是讀那饑不可以為食，寒不可以為衣的斷命書本，不由得火星亂迸，大喝一聲道：「你若再哼，老娘馬上和你拚命！」

豈知買臣聽了越念越響，甚至如唱歌一般，他的妻子見此情狀，頓時大發雌威，一把將買臣拖回家中，拍桌打凳地叫罵道：「我本是一位良家女子，要吃要穿，方嫁丈夫。現在你有早頓沒晚頓的，叫老娘怎樣度日？請你給我一條生路，我要別尋門徑去了！」

買臣嘆息道：「你勿急，相士說過，我年五十當富貴；今已四十多了，不久包你發跡就是。」

買臣還要往下再說，早被其妻一聲喝住道：「你會發跡，黃狗也不吃屎了。我一定要走，留著這個夫人位置，且讓有福氣的人前來風光罷！」

說完，大哭大鬧，不可開交。

買臣無奈，只得給她一張休書，任她自去。買臣仍操故業，讀書賣柴，行吟如昔。

一日，正是清明令節，買臣挑了一擔柴草，剛剛下山，陡遇一場大雨，把柴弄濕。不能售錢，還是小事；且將全身破衣弄得好像落湯雞的一般，未可奈何，走至一座墳墓之前，暫避風雨。

豈知天總不晴，腹中又餓，委實支撐不住，方在為難時候，忽見前面來了男女二人，挑著祭品，行近墓前祭掃起來。

買臣仔細一看，那個婦人，正是他的故妻，劈口就問他道：「君還沒有發跡麼？」

買臣愧不能答，正想逃走，免遭揶揄，又被其妻一把拖住，將祭畢的酒食分給一半與他。買臣此時也顧不得羞慚，到口就吃。總算有些志氣，吃完之後，不去交還婦人，卻去遞與那個男子，說聲奉擾，挑了柴擔掉頭就走，那位男子，就是他故妻的後夫。單看他能夠祭掃墳墓，家境似比買臣好得多了。買臣相形見絀，自然溜之大吉。

又過數年，買臣年屆知命，果是前時那個相士，順便帶他入都，詣闕上書，多日不見發落。買臣雖然待詔公車，可是無錢使用。幸遇邑人莊助，把他薦入衛青門下。

衛青原是腹儉，一切文字皆賴買臣代其捉刀，因此感激買臣，力在武帝面前保舉。武帝召入，面詢學術。買臣先說《春秋》，繼言《楚辭》，適合武帝意旨，遂拜為中大夫，竟與莊助同侍禁中，比那衛青僅小一級。

第四十二回　滑稽之聖

朱買臣雖然對答稱旨，拜為中大夫，不意釋褐以後，官運仍未亨通，屢生波折，甚至坐事免官，乃在長安寄食。又閱年餘，方得召他待詔。

那時武帝正在注意南方，欲平越地，遂令買臣獻策。越地乃是他的故鄉，所見所聞，自較他人為親切，於是被他取得銅章墨綬，竟作本地長官。或是老天因為買臣故妻嫌貧愛富，不念夫妻之情，特地造出這個機會，好使買臣回去氣氣他那下堂之妻。否則現在盛行的這齣《馬前潑水》之戲，便不能附會了。

話雖如此，當時買臣所獻之策，倒也切中時弊，只因那時東南一帶地方，南越最大，次為閩越，又次為東越。閩越王無諸，受封最早，還是漢高祖所封。東越王搖，以及南越王趙佗，受封較遲，搖為惠帝時所封，趙佗為文帝時所封。他們三國子孫，代代相傳，從未絕過。自從吳王劉濞敗奔東越，被他殺死，吳太子駒出亡閩越，屢思報復父仇，輒勸閩越王進擊東越。閩越王郢，乃發兵東侵，東越抵敵不住，使人向都中求救。

武帝召問群臣。武安侯田蚡首先說道：「越地遼遠，不宜勞師動眾。」

莊助聽了駁之道：「小國有難，天子不救，如何能撫萬邦？」

武帝當時以莊助之言為然，即遣他持節東行，到會稽郡調發戍兵，使救東越。

誰知會稽太守陽奉陰違，遷延不發。莊助本有符節在手，當場斬了一員司馬，太守始懼，方由海道出兵，前往救援。行至中途，閩越將官聞得漢兵將到，自行退去。

東越王屢次受創，恐怕漢兵一退，閩越仍要進擾，因請舉國內徙，得邀俞允，於是東越王以下，悉數遷入江淮之間。閩越王郢自恃兵強器利，既得逐走東越，復欲乘勢併吞南越。休養了三四年，真的侵入南越地境。

南越王胡，即趙佗之孫，一聽閩越犯邊，一面固守勿出應戰，一面飛報漢廷，略言兩越俱為藩臣，不應互相攻擊。

如今閩越無故侵臣，臣卻不敢還擊，惟求我皇裁奪。武帝覽奏，極口褒讚，說他知禮，不能不為他出師。當下便命大行王恢，以及大司農韓安國，二人都為將軍，一出豫章，一出會稽，兩路齊發，夾討閩越。

淮南王安上書諫阻，武帝不聽，並飭兩路人馬飛速進攻。閩越王郢，回軍據險，防禦漢軍。郢弟餘善，聚族與謀，暗擬殺郢謝漢，族人個個贊成。即由餘善懷刃見郢，趁郢未及防備，將郢刺斃，立刻飭人齎著郢的首級，獻到王恢軍前。王恢大喜，一面通知韓安國毋庸進攻；一面將郢的首級專人送至都中，候詔定奪。

武帝下詔退兵，並遣中郎將傳諭閩越，另立無諸孫繇君丑為王，使承先祀。不料餘善挾威自恣，不服繇王。繇王遣人入報。武帝以餘善誅郢有功，不如使王東越，權示羈縻，即派使冊封，並諭誡餘善，不准再與繇王相爭。餘善既得為王，總算聽命，武帝又使莊助慰諭南越。南越王胡謝恩之後，願遣太子嬰齊入都，備作宿衛。莊助遂與嬰齊同行，路經淮南，淮南王安迎接莊助等人入都，表示殷勤。

莊助本奉武帝面囑，負有順道傳諭淮南王之使命，淮南王也知前諫錯誤，惶恐謝罪，並且厚待莊助等人。莊助不便久留，回至長安。

武帝因他不辱使命，設宴賞功，偶然問及莊助家事，莊助答稱：「臣事陛下，屢荷天恩，於願已足；惟少時家貧，致為友朋富人所辱，迄今未免耿耿於心。」

武帝聽了，立拜莊助為會稽太守，有意使他誇耀鄉里，以吐當年之氣。誰知莊助蒞任以後，並無政聲，武帝正擬將他調回，適值東越王餘善屢征不朝，武帝盛怒，即欲征討。

朱買臣便乘機獻策道：「東越王餘善，向居泉山，負嵎自固，一夫守險，萬夫難越，今聞他南遷大澤，去泉山已五百里，無險可恃，倘若發兵浮海，真指泉水，陳舟列兵，席捲南趨，破東越似非難事。」

武帝聽完，凝思良久，陡然笑道：「汝言是也！」遂把莊助調回，拜朱買臣為會稽

太守。

買臣謝恩之日，武帝笑謂道：「富貴不歸故鄉，如衣錦夜行，汝今可謂衣錦榮歸了。」

買臣聽了，免冠叩首道：「此乃陛下之賜，臣當盡忠國事，不負此行方好。」

武帝又囑道：「此去到郡，亟治樓船，儲糧蓄械，待軍俱進，不得違誤。」

買臣奉命而退。

從前買臣曾經一度失官，無資賃屋，借寓會稽守邸中，那時守邸，即現在的會館，困守無聊，未免遭人白眼；此次既已榮任會稽太守，誠如武帝所謂，正好揚眉吐氣，他便藏著印綬，仍穿一件破舊衣服，傴僂其身，蹣跚其步，來至邸中。

可巧邸中坐著上計郡吏等人，方在置酒高會，見了買臣進去，並不邀他入席。買臣也不說明，低頭趨入內室，偏與邸中當差夫役一同吃喝。待至吃畢，方從懷中露出綬帶，隨風飄揚。

旋被一個夫役瞧見，趨至買臣身邊，引綬出懷，定睛一看，卻是會稽郡太守的官纓，一時尚難分別真偽，趕忙奔出告知大眾。

大眾都已爛醉，還說夫役見鬼，青天白日在說囈語。那個夫役發急道：「我也不知真假，但他懷著的那顆官印，上面確是會稽郡太守官印字樣。你們快去看一看呢，倘是真的，豈不是得罪貴人了麼？」

當下就有一個素來瞧不起買臣的書吏，他聽了夫役說得這般活龍活現，嘴上雖是不肯相信，可是他的那一雙穿著官靴的尊腿，早已不聽他的支配，自由行動的提腳，就往朱買臣所在之地奔去。頃刻趨出，對了大眾急得搖著頭，頓著腳的自怨自艾道：「不得了，了不得！朱買臣果真做了會稽郡太守了！」

大眾一聽此言，也顧不得再去問他細情，頓時你搶我奪的奔去稟知守邸郡丞。守邸郡丞大怪眾人，不應簡慢貴官，急忙穿戴衣冠，吩咐眾人排班肅立，自己親自進去，恭請買臣出來受謁，買臣方始徐徐踱到中堂。

眾人猶恐慌張失儀，各皆加意小心，拜倒地上。買臣僅僅微彎其腰，算是答禮。眾人剛剛拜畢，外面已經擁滿了賀客，以及迎接買臣上任的人員，買臣分別接見之後，登車自去。

還有那班勢利小人，趕著變了笑臉，恭維買臣，要想跟去到任，派些差使，雖被買臣一口拒絕，甚至諷譏得無縫可鑽，也無半句怨言。這是世態炎涼的例子，毋庸細敘。

單講買臣馳入吳境，吏民夾道歡迎，真個萬人空巷。

吳中婦女尤喜看會觀燈，那天一聽新任太守到來，又是本地人做本地的官，愈覺稀奇，一時爭先恐後，仰望丰采，把一條大街幾乎塞得水洩不通。

此時買臣坐在輿中，正在得意洋洋的時候，一眼瞥見他的那位下堂故妻張氏，也在人

叢之中，伸頭縮腦地看他，不禁想起舊情，念那墓前分食的餘惠，便命左右呼她過來，停下官輿，細詢近狀。

可憐這位張氏，哪裡還能答話，既羞且悔，珠淚紛紛而已。買臣也長嘆了一聲，命她且俟接印以後，來衙再談。張氏聽了，含羞退去。

過了幾天，買臣諸事已畢，方問近身家人，那個張氏曾否來過？家人等覆道：「夫人……」

那個家人剛剛說出夫人二字，忙又縮住，改口道：「那位張氏早已來過多次，家人等因見主人沒有閒空，不敢引她進見。」

買臣尚未答話，又見一個家人接口道：「那位張氏早上候至此刻了。」

買臣即令喚進。張氏到了此時，自知貴賤懸殊，況且後夫又充衙中公役，此刻不是婦隨夫貴，乃是婦隨夫賤了，只得老老臉皮，雙膝跪下。

買臣叫她起來站著道：「前事不必再談，爾的後夫既是衙中公役，我當揀派優差，使你不致凍餒便了。」

張氏尚未開口，又已雙淚交流，低聲答道：「我已懊悔無及，務望念我與你二十餘載夫妻之情，將我收留身邊，作妾作婢，悉聽尊便。」

買臣聽了，很是慨嘆一會，方始搖頭道：「下堂之女，潑水難收，你應該知道，但我既有今日，可以將你夫婦留居後園，你個人的衣食，由我供給。」說完，立命左右將她帶出，以後毋須再來相見。

張氏無法，只得跟了左右出去，回至寓中，一把扭住後夫的前襟大罵道：「都是你這天殺的害我！老娘若不嫁你，此刻豈不是一位現成夫人。」

她的後夫道：「這事不能怪我，我娶你的當口，你早已與朱家脫了關係的。」

張氏不待後夫說完，陡的飛起一腿，可巧踢在後夫的下部，只聽得哎唷一聲，已沒氣了。

張氏一見鬧了人命，急忙托人告知買臣，求他搭救。買臣聽了，也吃一驚，因是命案，無法幫忙，一口謝絕。張氏見沒指望，自己想想，就算不去抵命，活著也無趣味，便趁衙役尚未來捕捉的時候，趁早一索子吊死了事。

後人演劇，附會其詞，竟演出朱買臣真在馬前潑水，張氏一頭碰死。其實潑水難收的事情，乃是太公望的故事，本與朱買臣無關。當時朱買臣對於張氏，僅引這個古典，並未實做，不知後人如何張冠李戴，弄到他的頭上。

不佞編撰這部《漢宮》，事事根據正史，兼採古人雜記野史，以及各省省府縣誌，不敢面壁虛構，即此一段，就可證明。

現在再說當時朱買臣聽得張氏畏罪自盡，自然將她從優棺殮了案。至於朱買臣如何置

備船械，如何助討東越，不必細述。

單講武帝聽得朱買臣到任以後，所施政績卻比莊助為優，倒也放心，便將出兵的事情概付廷臣主持，自己仍在宮中與后妃取樂。

有一天，正與陳后、韓嫣、仙娟、子夫、旦白等人，同在槐蔭院裡，大玩捉迷藏的當口，忽見新封的一位美人，名叫馮吟霞的，笑嘻嘻地拿著一封書走來，向他說道：「奴婢奉了陛下之命，整理奏牘，忽見此書的詞句十分詼諧。細查上書之人，方知就是東方朔。奴婢久知此人是個滑稽派的首領，並且曾經遇著異人，授他長春不老之術。照奴婢的愚見，陛下與其以捉迷藏消遣，弄得精疲力倦，何不把此人召至。正經的呢，向他學些延壽之方；玩笑的呢，命他講些笑話，以消長晝。據古人傳說，一個人每天能夠大笑三次，比服補藥十劑，還要有益呢！」

武帝尚未答言，衛子夫因見吟霞這個主張很有道理，忙把她手裡的那一封書接來一看，只見上面寫的是：

臣朔少失父母，長養兄嫂。年十二學書，三冬文史足用；十五學擊劍；十六學詩書，誦二十二萬言；十九學孫吳兵法，戰陣之具，鑼鼓之教，亦誦二十二萬言；凡臣朔固已誦四十四萬言，又嘗服子路之言。臣朔年二十二，長九尺三寸，目若懸殊，齒若編貝，勇若孟賁，捷若慶忌，廉若鮑叔，信若尾生，若此可以為天子大臣矣。臣朔昧死再拜以聞。

子夫讀完此書，不禁笑不可抑地對武帝說道：「我們快快停了這個捉迷藏的把戲，准照馮美人的主意，速將東方朔召來。」

武帝聽了道：「東方朔的笑話，朕已聽厭了的，爾等既是要聽，將他召入也無不可。」

一時東方朔來到，見過武帝。武帝又將專管遊戲的術士召到，欲令東方朔射覆為樂。武帝又命取過一盂，笑向吟霞道：「汝可暗取一物，覆在盂下。」說著，又指指東方朔道：「他能猜著。」

吟霞果去取了一個守宮蟲，悄悄覆於盂下，先命各術士次第猜來。各術士猜了半天，一個也未猜著。

武帝方命東方朔猜來。東方朔於是分蓍布卦，依象推測，頃刻答出四句道：「臣以為龍又無角，謂之為蛇又無足；肢肢脈脈喜緣壁，是非守宮即蜥蜴。」

吟霞一見竟被東方朔猜著，不禁嚇得呆若木雞，半晌不言。陳后等人，無不笑聲吃吃。武帝即賜東方朔錦帛十匹，再令續猜別物，沒有一件不是奇中。

當下便惹妒了旁立武帝最寵愛的一個優伶郭舍人，盛氣地進白武帝道：「東方朔不過

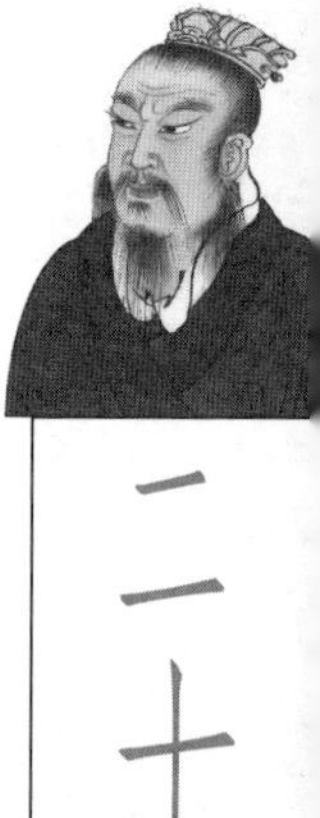

僥倖偶中，不足為奇。臣來令他再射，若能射中，臣願受笞百下，否則東方朔也須受笞。」

武帝頷首，郭舍人即密向盂下放入一物，便叫東方朔再射。

東方朔布卦畢，即笑道：「這不過是個窶數罷了。」

郭舍人聽了，立刻就現得色道：「臣原曉得東方朔亂講的。」

東方朔忙又接口道：「生肉為膾，乾肉為脯，著樹為寄生，盆下為窶數。」

郭舍人聽了，不禁失色。武帝命人揭盂一看，果係樹上寄生。

武帝因愛郭舍人，正擬下詔免笞，誰知陳后、子夫、仙娟、吟霞、旦白、韓嫣等人，大家都幫著東方朔，逼著武帝如約，立笞郭舍人。郭舍人無法，只好自己褪下褲子，露出那個雪白的屁股，伏地受笞。

於是執刑的喝打聲，郭舍人叫痛聲，東方朔拍掌聲，陳后等人互相說笑聲，哄然而起，鬧得煙障霧罩，聲震屋瓦。

東方朔拍了一陣，復大笑道：「出口無毛，敲聲好，尻益高。」

郭舍人聽了，又痛又恨，又羞又氣，等得受笞既畢，忙一蹺一拐地走至武帝面前，哭訴道：「東方朔毀辱天子從臣，罪應問斬。」

武帝乃問東方朔道：「你何故毀辱她？」

東方朔道：「臣何嘗毀辱她，不過與她說了幾句隱語。」

武帝問：「是什麼隱語？」

東方朔道：「口無毛是狗竇形，敲聲好是鳥哺穀聲，尻益高是鶴俯啄狀。」

郭舍人聽了道：「他有隱語，臣也有隱語，他若不知，也要受笞。」

東方朔道：「汝儘管說來！」

郭舍人胸無成竹，只好信口胡謅，作為諧語道：「令壺齟，老柏塗，伊優亞，狋吽牙。」

東方朔不假思索，即應聲道：「令作命字解；壺所以盛物；齟即邪齒貌；老是年長的稱呼，為人所敬；柏是不凋木，四時陰濃，為鬼所聚；塗是低濕的路徑；伊優亞乃未定詞；狋吽牙乃犬爭聲。如此淺語，有何難解？」

郭舍人聽畢，暗忖道：「我本雜湊而成，毫無深意；如今被他一解，反而都有來歷。如此看來，我的辯才萬不及他，還是挨了一頓板子了事。」

想完之後，只得老實奏道：「東方朔真是能人，臣服輸了！」

武帝聽了，喜他不忌人才，也賞錦帛十匹。郭舍人拜謝退下。

適有東都獻來一個矮人，武帝召入。那個矮人，頭足大於常人，身子不滿二尺，卻是舉動有致，出口成章，舞蹈既畢，忽指東方朔向武帝奏道：「此人會偷王母蟠桃，何亦在此？」

武帝怪問原因。矮人答道：「西方王母所種之桃，三千年方始結實，此人無行，業已

偷過三次了。」

武帝乃問東方朔，命他據實奏來。

東方朔但笑不言。武帝尚恐矮人在此，東方朔或有不便地方，即把矮人送至御苑，又問東方朔道：「爾不直奏，朕要見罪了！」

東方朔聽了，方才跪下奏道：「臣昔遇異人，秘授長生之術。此術既非煉丹，亦非絕食：第一須不近女色；第二須不作惡事；第三須出語詼諧，樂天行道。第三樣，既容易而又最要緊者也。不近女色，精神充足；不作惡事，心地光明；出語詼諧，包涵太和。此三事不缺一樣，既能與天地同壽，若僅抱定詼諧為主，每日大笑數次，或數十百次，縱不白日飛升，也可長春不老；一個人盡在春令之中，譬如永作赤子，自無老境堪虞了。至於偷桃一事，即是臣詼諧的詭說。臣現年二十有二，雖在力行長生之術，尚未成仙，怎能去偷王母之桃呢？世人以耳為目，此時已經當真。臣恐千秋萬世之後，東方朔偷桃一事或致演成戲劇，亦未可知。臣非但此時詼諧，直可以永遠詼諧下去了。不過不敢欺君，故以實奏。」

吟霞在旁插口對武帝笑道：「如此說來，奴婢所奏非虛矣。」

武帝聽了也笑道：「不近女色，朕斷難辦到；不作惡事，也不敢保證；獨有語出詼諧，包涵太和，朕當行之。」

哪裡知道武帝本是暴厲之主，稍不合意，就要把人族誅，孔子所說的不遷怒，不貳過，彷佛是為他說的。包涵太和之舉，叫他如何辦到？所以東方朔壽至百歲以上，武帝未及其半，即已嗚呼。

馮吟霞勸武帝的一番說話，雖非金玉良言，可是比較子夫、仙娟、韓嫣之流，專以酒色為事，已是老鴉中的鳳凰了。

第四十三回　天賜良緣

那時上大夫衛青已因征討匈奴有功，授為大將軍之職，恩榮無比，富貴無雙。還有一條錦上添花的事情，前來湊趣。你道何事？就是前時衛青的女主人平陽公主，竟要嫁他。

其時曹壽已經病歿，公主不甘寡居，便想擇人再醮，當下召問邸中僕從等人道，目今各列侯中，何人最貴？何人最賢？僕從所說，大家都說除了衛大將軍以外，實無其人。公主聽了，沉吟半晌道：「他是我家騎奴，曾經跨馬隨我出入，如何是好呢？」

僕從又說道：「衛大將軍如今卻不比從前了，自己身為大將軍，威權赫赫，連朝中丞相見了他，也要客氣三分。況且其姊指日就要冊立為后，所有兒子又悉封列侯，恐怕除了當今皇上外，更有何人趕得上他。」

公主聽了，暗思道：「此言甚是有理，而且衛青方在壯歲，身材狀貌很是雄偉，較之那個死鬼曹壽真有天淵之別。我若嫁得此人，也好算得後半生的福氣了。只是眼前沒人作

主，怎樣進行？」

正在左思右想，無計可施的當口，忽見幾個家臣，從外面奔進來對她說道：「公主快快進宮賀喜！衛妃子夫真個冊立皇后了！」

公主聽了大喜道：「真有其事麼？這是天從人願了！」說著，趕緊打扮起來，急急入宮，先與武帝叩喜。武帝因她介紹衛后之功，溫語留宮喝酒。公主又去謁見衛后，乘間忙把自己的心事告知衛后。衛后道：「我無公主，怎有今日。公主是我恩人，敢不竭力替公主設法？但是近日宮中多故，此事一時尚有阻礙。」說著，便去咬了公主的耳朵，嘰嘰喳喳說了一會。

公主聽完，紅了臉忸怩答道：「這個辦法，好是好的，不過羞人答答的，叫我怎樣做得出來呢？」

衛后聽了，微笑道：「這有何礙，現在陳后又已廢去；韓嫣已被太后查出男扮女裝之事，問了斬罪，仙娟妃子早也失了萬歲的歡心，只因太后為了竇太主與董偃合葬之事，深怪萬歲不顧大體，萬歲近來心下很不快活。公主改節再醮吾弟一事，雖比竇太主與董偃的事情自然正當，可是機會碰得不好。所以我請公主以私情打動萬歲。只要萬歲答應了，太后那面總易設法。」

公主聽了，方知自己因在喪中，久不入宮，宮中這般的大變故，她都未曾知道，當下只得依計而行。

這晚武帝喝得大醉如泥的，由宮娥等人將他扶到衛后寢宮，脫去衣服，睡入衾中，便即沉沉睡熟，鼾聲大作。及至午夜，懶得睜開眼睛，即將睡在外床的那位衛后擁至懷內，雲雨起來。

所事未畢，似覺有異，急把眼睛睜開一看，誰知與他顛鸞倒鳳之人，卻是他的同胞姊姊平陽公主。不覺失驚問道：「你怎麼睡在此地？衛后這人又到哪兒去了呢？」

公主垂淚道：「臣妾自從夫死以後，影隻形單，寂寞寡歡，直到現在陛下又只知寵幸新后，忘記原媒。臣妾既被陛下所汙，原可尋著陛下，惟思一個人既為婦女，應該稍存廉恥，像竇太主的那等行為，很敗劉氏門風，臣妾又不願學她。衛后方才忽然腹中奇痛，適遇臣妾進來，衛后急於要去更衣，反恐陛下這裡沒人照應，特命臣妾暫臥外床，俾得伺候聖躬，誰知陛下忽憶舊情，又來相犯。」

公主說至此處，更是淚如泉湧，失聲而泣。

武帝一見公主這般情狀，倒也一時心軟，極意溫存一番，藉贖平時冷落之愆。公主便在此時要求武帝納她為妃，否則情願死在武帝面前。武帝無法，急把衛后呼來，請她調處。

衛后笑道：「陛下既與公主同床共枕過了，納之為妃，也是正理。兄妹為婚的事情，

古來極多，又不是陛下作俑，妾見陛下魄力雄厚，眼光遠大，歷代帝王所不敢為之事，陛下無不為之。像這一件小事，怎麼反又躊躇起來呢？」

武帝聽了道：「天下之事，朕要如何便好如何，惟有宮內之事，太后要來干涉，朕是出名的一位孝子，怎好不奉慈訓？」說著，佯嗔假怒，一定逼著衛后替他設法。

衛后一見其計已售，始向武帝笑道：「吾弟衛青現方斷弦，陛下何不將公主賜婚吾弟，太后那裡，由妾自去請求就是。」

武帝聽了大喜，那天晚上，一感嬌妻解圍之功，一與公主敘舊之樂，居然大被同眠，至於亂倫蔑理，哪還顧及。

次日，公主回家靜候佳音，衛后便至長樂宮中謁見太后。

原來衛后最有心計，在做妃子時代，太后身邊的人無不盡情賄賂，因此太后的兩隻耳內，天天聽見衛后的賢聲。此次衛后的冊立為后，太后故不反對。這天太后方在心痛平陽公主，青年寡居，又不便自己出口，叫她女兒嫁人。平時與武帝常常尋事，半是為此，衛后早已猜透太后的心理，故敢承認來求太后。

其實她是捧開武帝，由她提議，太后自然要見她的情分。當下見了太后，首先恭維一番，方將來意說明。太后一聽她言，正是實獲我心，非但滿口答應，還要誇獎衛后能識大體，對於姑娘很是多情。衛后一見太后應允，趕忙回去奏知武帝。武帝立刻下詔，令大將軍衛青尚平陽公主。

成婚這一天，大將軍府中，掛燈紮彩，靡麗紛華，不消細說。到了鳳輦臨門，當有儐相請出那位再醮公主，與大將軍行了花燭之禮。

誰人不說他們兩人真是天賜良緣。禮畢入房，夜深人靜，展開鴛衾，成了鳳侶。但不知行那周公之禮的時候，這位新娘還記得她的皇帝令弟否？

衛青自尚公主以後，武帝與他親上加親，當然越加寵信，滿朝公卿孰敢不來趨奉。獨有汲黯，不甚為禮，卻與從前一樣。衛青為人，倒也謙和，因為他本敬重汲黯，今見汲黯稍事鋒芒，毫不介意。最可怪的是那位目中無人的武帝，也會見了汲黯生畏，平時不整衣冠，不敢見他。

一天，武帝御坐武帳，適值汲黯入內奏事。武帝自思尚未戴冠，不願使他瞧見，慌忙躲入帷中，命人出接奏牘，不及翻閱，即刻傳旨准奏。等得汲黯退出，方從帷中鑽出就座，這是武帝特別待遇汲黯。此外無論何人，都是隨便接見，傲不為禮，就是新任的丞相公孫弘進謁，也是未曾戴冠，便與接見。

至如衛青，雖是第一等貴戚，第一位勳臣，武帝見他，總是穿著褻服。可見人臣立朝，只要自己正直，不問他是如何的雄主，也會敬服。可惜一班臣子見理不明，只知阿諛為事，勢必至熟不知禮，有害無益，這是何苦來呢！

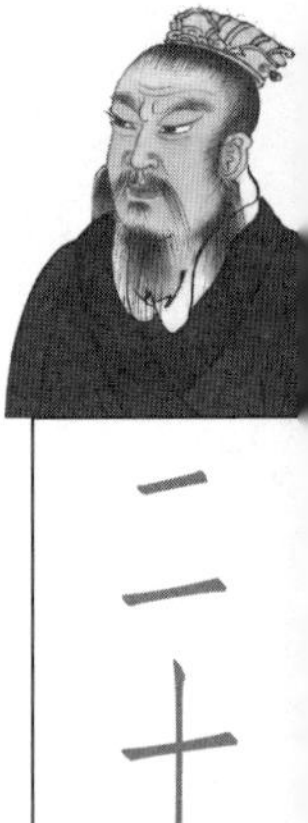

可是汲黯雖然心地正直，他的身體卻不強健，略事操勞便要生病，每每一請病假，總是再一至三。

這天，他又在病假期內，托了一個知己同僚，名叫嚴助的代向武帝展假。武帝准假之後，又問嚴助道：「爾看汲黯為甚等人？」

嚴助答道：「汲黯居官任職，似乎亦與常人無異。若是寄孤托命，定能臨節不撓，雖遇孟賁、夏育，未必能奪他的志操。」

武帝聽了，從此背後對人說話，總稱汲黯為社稷臣。

不過汲黯喜黃老術，與武帝的志趣不同；並且言多率直，有時實令武帝難以承受。就是邊界有事，汲黯卻阻武帝用兵。武帝還道他書生膽怯，不甚採用。況且身邊現有那位衛大將軍，英武絕倫，數次出塞，並無一次遭挫，正可乘此大張天威，逐退強虜。

說到匈奴，卻又好笑，一敗便逃，天兵一退，他就又來擾邊，忽退忽進，捉摸不定。甚至今天入代地，明天攻雁門；不是掠定襄上郡，便是逼永昌安邑。於是元朔六年，武帝再使大將軍衛青出討匈奴。並令合騎侯公孫敖為中將軍，太僕公孫賀為左將軍，翕侯趙信為前將軍，衛尉蘇建為右將軍，郎中令李廣為後將軍，左內史李沮為強弩將軍，分掌六師，統歸大將軍節制。浩浩蕩蕩，出發定襄。

衛青外甥霍去病，年僅十八，熟悉騎射，官拜侍中，此次也自願隨征軍中。衛青有心提拔，命為嫖姚校尉，另選壯士八百人，歸他帶領，一同前進。既至塞外，適與匈奴相遇，一場惡戰，匈奴大敗遁去。衛青暫駐定襄，休養士馬。約過月餘，便又整隊直入匈奴境內百餘里，攻破好幾處胡壘，斬獲甚多。一班將士殺得高興，分道再進。

前將軍趙信，本是匈奴小王，降漢封侯，自恃路徑熟悉，早由岔道殺入。右將軍蘇建豈肯輕落人後。聯鑣繼進。霍去病少年好勝，自率壯士，另走一路，去尋胡虜。直到深夜，各將次第回報，都說不見胡虜蹤跡，無從追殺。衛青吩咐各自退去。

獨有趙信、蘇建以及自己外甥霍去病三人，不見回營，恐怕有失，復令各將前往追蹤救應。過了一日一夜，各將紛紛回繳將令，說是不見他們三個的影子，只得回來。

衛青聽了，已知他們三個深入敵地，恐怕凶多吉少。方在惶惑不安之際，忽見蘇建狼狽而入，伏地請罪。問他原因，蘇建泣訴道：「末將與趙信偕入敵境，猝被虜兵包圍，殺了一日，部下傷亡過半，虜兵死的更多，我兵正好趁此脫圍，不料趙信忽又變節，自帶千人投降匈奴。末將獨力難支，僅以身免，特來請罪。」

衛青聽了道：「按照軍法，本應治罪；姑念將軍沒有畏罪投降胡奴，自來請罪，罰俸三月，戴罪立功可也。」

蘇建退下，有人私議衛青執法太寬，似非治軍之道。衛青笑諭眾人道：「我若將蘇建治罪，以後將士偶有戰敗，勢必降敵，誰人還敢回營呢！」

眾人聽了，方才明白衛青深有見地，無不悅服。

又過兩天，衛青正擬親自率兵去尋去病，陡然聞得敲著得勝鼓之聲，由遠而近，頃刻已至營門，跟著又見去病雙手提著血淋淋的幾顆首級匆匆進營。衛青急問所提的是何人首級。去病聽了，且不答話，慌忙伏地自稱死罪。

衛青不解道：「汝既斬有首級而回，何以又說有罪？」

去病道：「末將一時輕進，殺入敵軍陣地。起初雖然勝了幾仗，後來敵軍愈圍愈多，漫山遍野，竟集十多萬人馬。末將因為寡不敵眾，一死雖不足惜，惟於我國的軍威有關，一時無法，猝出敵軍一個不防，幸將一員女將活擒過來，當時敵方一見末將擒了他們的女將，銳氣略挫，陣腳稍亂，末將始能突出重圍，挾著女將落荒而走。邊跑邊問，才知那員女將名叫翠羽公主，乃是匈奴單于的侄女。她因被擒，思保性命，口述路徑，使我逃出險地。

「到了一座高山，她又叫我直上。那時末將尚未知是善意，便想結果她的性命。豈知她又立誓情願降漢作為嚮導，末將遂允其請。她又忸怩地說道，自願嫁與末將為妻。末將責她無恥，行軍之時，何能提到此事。她復申說道，她在她們國裡，很有一部分人信仰她，她曾受平漢先鋒之職，她既降漢，當然不能再回匈奴。她的私意，只要嫁了末將，至少可以導我殺斃她們國裡幾位賢王。末將因已入了險地，只好權且應允。她一定逼著末將折箭為誓，末將既要羈縻她，便即答應。當下她就在高山之上，召集她的人馬，又把我的壯士八百人悉行改扮虜兵，回軍衝入她們的陣地。

「她們的將士一見公主生還，個個喜得既像猴啼，又作雀躍。她就悄悄與我耳語數句，陡然給她們那方一個冷不防的廝殺起來。他方既未防備，一時不能抵禦，立即潰散。她卻奮不顧身，便把單于季父羅姑，相國當戶，活擒過來，斬殺首級，也有三千餘顆。可惜末將所率壯士和她的親軍，不到二千人。若有我方軍隊接應，便可大勝數仗，衝破敵營，也未可知。」

去病說完，急把手提的首級呈上道：「這是翠羽公主手下的部將，行至中途，忽然反抗起來，思將公主搶回獻功。末將幫同公主，方把這幾個將士斬首，其餘的人，才得伏貼歸順。不過末將未奉將令，擅與敵人配婚，當然罪在不赦。末將只求元帥恩賜生還，決計不敢邀此微功。」

衛青聽畢大喜道：「吾甥此場大功，雖由翠羽公主所助，臨機應變，很是可嘉。至於與公主配婚一節，候我專摺奏報長安，請旨定奪再說。」

沒有幾時，接到武帝的手詔，一授翠羽公主為偏將軍，二授霍去病為冠軍侯，即補趙信所遺前將軍之缺，且准二人配為夫婦。衛青見他外甥建此奇功，自己也有面子，大樂之下，便在營中備設花燭，使他們二人成親。又因匈奴經此大敗，全行逃回，於是抱定窮寇

勿追之議，引軍還朝。

武帝因為此次北征，雖得斬首萬級，逐退匈奴，自己這面，卻也覆沒兩軍，失去一個趙信，功罪僅足相抵，不應封賞，但賜衛青黃金百斤，以酬其勞。惟見霍去病戰績過人，擢為中郎將，護衛宮門，並將蘇建免為庶人。

那時連歲出兵，軍需浩繁，不可勝數，害得國庫空虛，司農仰屋。不得已令人民出貲買爵，名曰武功，大約買爵一級，計錢十七萬，每級遞加二萬錢。嗣是朝廷名器，幾與市物相似，只要有錢輸入，不論人格如何，便是一個官兒，制度雖然不良，國用因得支持。這也不在話下。

單說武帝令霍去病守衛宮門，原有用意。那末是甚麼用意呢？因為偏將軍翠羽公主，雖是蠻邦女子，卻生得雪膚花貌，特別風騷。武帝本是色中餓鬼，一見這位異種，豈肯輕易放過？她的丈夫既任守宮之職，她自然隨夫一起，朝夕相見，便可乘間調戲。

這天可巧去病患病在家，就命他的妻子翠羽公主暫時庖代其職。武帝知道此事，正中下懷，於是一個人走到衛所。翠羽公主一見聖駕親臨，嚇得不知何故，朝拜之後，靜候綸音。

武帝卻笑嘻嘻地和她談了一陣家常，後來又對她說，宮中妃嬪甚多，終日無所事事，擬命她做第二個孫武子，擔任教練一隊女兒兵。翠羽公主聽了，自然不敢違旨，只得跟了武帝入宮。

武帝即將這事告知皇后衛氏。衛后還是頭一回見她這位外甥媳婦。至戚關係，除賞賜珍寶外，又向她問長問短，談個不休。武帝在旁，等得不耐煩起來，便一把將衛后拖到一間密室，老實把自己看中翠羽公主的意思，對衛后講明。

衛后聽完，邊笑著，邊又啐了武帝一口道：「世間怎有你這昏君，難道我們衛氏方面的人物，都要被你受用不成？」

武帝再三央求，衛后無法，只得與武帝咬了幾句耳朵，請他暫行避開，讓她安排。

武帝走後，衛后便邀翠羽公主小宴，一位姑母，一位外甥媳婦，低斟淺酌的，喝得萬分有趣。衛后有意將翠羽公主灌得大醉的時候，問她：「可愛洗澡？御園有個荷池，水清見底，涼爽無倫。」

翠羽公主原是蠻邦女子，平時愛洗野浴，此時酒醉的當口，面紅耳赤，心裡煩躁，一聽衛后之言，趕忙求著衛后同至御園。衛后含笑頷首。一時到了池邊。此地乃是禁地，除后妃前來沐浴外，無論何人，不准來此的。

翠羽公主一見池水清漣可愛，早已卸去衣服，口裡只對衛后說了一聲道：「臣妾先下去了。」

言猶未畢，已聽得噗咚的一聲，她那個膚如凝脂的身子，早已跳入池內去了。

衛后乃是天朝國母，又生在文物之邦，自然比較翠羽公主文雅得多，那時慢慢的先褪下裳，將下身跳入池內之後，方將上衣脫去，抛在池邊草地之上。這樣一來，她的下體為水所浸，便不至被人瞧見了。

她們二人入水之後，正在洗得忘形的當口，陡見武帝一個人踱至池邊，也不打她們二人的招呼，自說自道地脫了衣履，早也鑽入池中。

衛后假意阻止，已是不及。可憐只把這位翠羽公主羞得無地自容，如果逃至岸上，當然更不雅相，惟有縮做一團，輕輕的只叫衛后解圍。

武帝原是有為而來，又有皇后在旁幫凶，你們想想看，那這個蠻邦女子還敢抗拒天朝的皇帝麼？

衛后還有王婆的手段，趁他們兩個結合將成之際，急去咬了翠羽公主的耳朵，訂成一個密約。不佞雖然不知她們二人所訂什麼密約，不過以後翠羽公主不敢單獨侍寢，一奉宣召，必與衛后同行，大約就是密約之中的條件了。

當下三人洗完了浴，一同回到宮裡，從此朝朝寒食，夜夜元宵，盡情取樂。不過瞞著霍去病一個人罷了。

第四十四回　功臣霍光

衛后的替武帝拉馬，她也是不得已而為之，因為自己已屆徐娘風韻，萬一色衰見棄，豈非要做陳阿嬌第二，一時為固寵起見，只有拿她的這位外甥媳婦來做幌子。

這樣的又過兩年，衛后的姿首真的大不如從前了。翠羽公主呢？又被武帝厭出，衛后沒有幫手，正思再去尋覓幾個美人來宮，以作臂助。

不料已為武帝捷足先得，反目衛后為老嫗，卻去寵愛了一位王夫人。

這個王夫人出身趙地，色藝動人。自從進入宮中，見幸武帝，產下一男，取名為閎，竟與衛后做了情敵。

一天衛青進宮，衛后便執了他的手長嘆道：「我已無能為你的助了，你以後須要自己當心！」

衛青聽了，略事勸慰幾句，悶悶出宮。路過鬧市，忽見一人攔車請謁，說有要事密談，衛青為人本最和氣，心裡正有隱憂，也望有人指教指教，當下即請那人同車，回到

府邸，方知那人名叫寧乘，是個齊人，入都待詔，為日已久，不能見著武帝，累得貲用告罄，衣履不全，見他路過，乘間打算獻策。

衛青問明來歷，寧乘便說道：「大將軍身食萬戶，三子封侯，可謂位極人臣，一時無兩了。但物極必反，高則益危，大將軍亦曾計及否？」

衛青聽了，連連跺足道：「我正為此事擔憂，君既見詢，必有良策教我。」

寧乘道：「大將軍得此尊榮，半為戰功，半乃叨光懿戚，今皇后原是無恙，王夫人已見大幸，王夫人尚有老母在都，未邀封賞，大將軍何不贈以千金，預結王氏歡心，多一內援，即多一保障，此後方可無慮呢！」

衛青聽了，甚以為然，當下謝過寧乘，一面留於府中，待以客禮，一面立取千金，親去奉送王夫人之母。

王母受了，自然告知其女，王夫人即將此事告知武帝。武帝聽了，雖也高興，惟思衛青為人長厚，計不及此，為何無故贈起金來？次日坐朝面詢衛青。衛青老實答是齊人寧乘的主張。

武帝聽了，即問：「寧乘何在？」

衛青答以現住臣家。武帝立即傳旨召見，拜為東海都尉。寧乘謝恩退出，居然駟馬高車地上任去了。

武帝回至宮中，仍是天天淫樂。淫樂只管淫樂，卻又歡喜求仙，要覓長生之樂，一時投其所好的方士，不知凡幾。小有靈驗的，封賞優異；不驗的，也得賞銀百斤。

這般一年年的過下去，其間已改元十幾次。那年武帝已七十，生有六男，除長男衛太子名據的外，一為齊王閎，一為昌邑王髆，一為鉤弋子弗陵，還有燕王旦，及廣陵王胥。

次年武帝忽染重病，自知不起，傳受顧命，越宿即駕崩五柞宮中，壽終七十一歲，在位五十四年，共改元十有一次。

史稱武帝罷黜百家，表章六經，重儒術，興太學，修郊祀，改朔正，定曆數，協音律，作詩樂，本是一位英明的主子。即如征伐四夷，連歲用兵，雖然未免勞師糜餉，卻也能夠拓土揚威。只是漁色求仙，築宮營室，侈封禪，好巡遊，任用奸臣酷吏，暴虐人民，終落得上下交困，內外無親。虧得晚年輪臺一詔，自知悔過，得人付託，藉保國祚，所以秦皇漢武，古今並稱。

獨武帝傳位少子，不若秦二世的無道致亡，那就不可同日而語了。後人或謂武帝崩後，移棺至未央前殿，早晚祭釆，似乎真來吃過一般。後來奉葬茂陵，後宮妃嬪多赴陵園守制，夜間仍見武帝魂魄臨幸。

還有殉葬各物，又復出現人世，遂疑武帝屍解仙去。這種都是無稽之談，不佞這部《漢宮》，雖是小說體裁，可也不敢附會其詞。單說那時大將軍霍光，依著遺詔，奉太子

弗陵即位，是謂昭帝。

昭帝年甫八齡，未能親政，無論大小事件，均歸霍光等主持。霍光為顧命大臣的領袖，兼尚書事，因見主少國疑，防有不測，日夕宿於殿內，行坐俱有定處，不敢少移。且知少帝幼沖，飲食起居需人照料，其時太后、皇后等人皆已去世。就是帝母鉤弋夫人，又已賜死，人謂仙去，也是訛言，只有蓋侯王充妻室，是昭帝的長姊鄂邑公主，方在寡居，家中已有嗣子文信，不必她去經管，正可乘暇入宮，請她護持昭帝，於是即加封鄂邑公主為蓋長公主，克日入宮伴駕，瑣屑內事盡歸公主料理，外事由霍光與朝臣擔任。

哪知不到數天，半夜有人人報，說是殿中出了怪異。霍光本是和衣睡著，聞報即起，出召尚符璽郎，向他取璽。霍光之意，以為御璽最關重要，所以首先顧著。豈知尚符璽郎亦視御璽如命，不肯交出。

霍光不暇與說，見他手捧御璽，便欲去奪。那個郎官見了，急抽佩劍道：「臣頭可斷，璽卻不能隨便交出！」

霍光肅然道：「汝能保守御璽，尚有何說！我怕輕落人手，何嘗要奪取這個寶物呢？」

郎官道：「臣職司所在，寧死不敢私交。」說畢便退。

霍光即傳令殿中宿衛，不得妄嘩，違者立斬。此令一出，全殿寂然。

待到天明，並無所謂怪異。次日，霍光立斬誑報怪異之人，並加尚符璽郎俸祿二等。

大小臣工始服霍光公正，倚作朝廷柱石。

霍光又與廷臣商議，尊鉤弋夫人為故皇太后，諡先帝為孝武皇帝，大赦天下，萬民悅服。

燕王旦與廣陵王胥，皆昭帝之兄，旦雖辯慧博學，但是性情倨傲；胥呢，雖有勇力，又喜遊獵，故武帝都不使為儲，反立年甫八歲的昭帝。昭帝即位，頒示諸侯王璽書，通報大喪。

燕王旦接璽書後，明知武帝凶耗，他卻並不悲慟，反顧左右群臣道：「這個璽書封函甚小，恐是偽造，難道朝中另有變故不成？」乃遣近臣壽西、孫縱之等，西入長安，托言探問喪禮，實是偵察內情。

及諸人回報，謂由執金吾郭廣意言，主上崩逝五柞宮，諸將軍共立少子為帝，奉葬時候，並未出臨。旦不待說完，即猝然問道：「鄂邑公主，你們見否？」

壽西答道：「公主已經入宮，無從謁見。」

旦佯驚道：「主上升遐，難道沒有遺囑？況且鄂邑公主又不得見，豈非怪事！」趕忙復遣中大夫邵梓入都上書，請就各郡國設立武帝廟。

大將軍霍光已經料定旦有異志，不予批准，僅傳詔賜錢三千萬，益封萬三千戶。此外對蓋長公主及廣陵王胥，亦照燕王旦例加封，免露形跡。

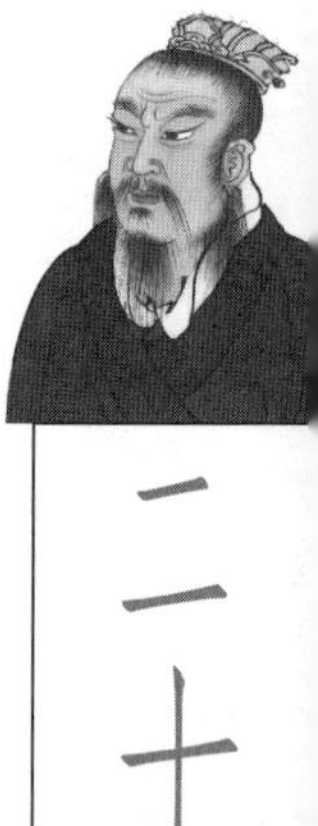

旦卻傲然道：「我依次應該嗣立，當作天子，還勞何人封賜呢？」當下與中山哀王子劉長，齊孝王孫劉澤，互相通使，密謀變亂。詐稱前受武帝詔命，得修武備，以防不測。郎中成軫，更勸從速舉兵，遲則不及。旦竟昌言無忌，召令國中道：

前高后時，偽立子弘為少帝，諸侯交手，事之八年；及高后崩，大臣誅諸呂，迎立文帝，天下乃知少帝非孝惠子也。我為武帝親子，依次當立，無端被棄，上書請立廟，又不見聽；恐今所立者，非武帝子，乃大臣所妄戴，願與天下共伐之！

這令既下，又使劉澤申作檄文，傳佈各處。劉澤本來封爵，且浪遊齊燕，到處為家，此次既與燕王旦立約，自歸齊地，擬即糾黨起應。燕王旦亦大集奸人，收聚金鐵，鑄兵器，練士卒，屢出校閱，克期發難。郎中韓義等先後進諫，均遭殺戮，共計十有五人之多。燕王正擬冒險舉事，不料劉澤赴齊，已為青州刺史焦不疑所執，飛報朝廷，眼見得逆謀敗露，不能有成了。

雋不疑素負賢名，曾由暴勝之薦，方授今職。不疑雖然執住劉澤，卻未知他有謀反情事。適由缾侯劉成，聞急告變，方始據實上聞。大將軍霍光謂新主禪位，不宜驟殺親兄。但將劉澤處斬，令旦謝罪了事，還不疑為京兆尹，益劉成食邑。一場天大風雲，化為沒事，這也是霍光存著寬大主義的好處。

霍光又恐有人嫉他專權，乃舉宗室劉辟彊等任光祿大夫。辟彊係楚元王孫，年已八十有餘，徙官宗正，旋即病歿。

時光易過，匆匆已是始元四年，昭帝已經十有二歲。上官桀有子名安，娶霍光女為妻，生下一女，年才六齡，安欲獻入宮中，希望為后，乃求諸婦翁，說明己意。霍光謂安女太幼，不合入宮。安雖掃興而回，不肯罷休。居然被他走著一條門路，跑到蓋侯門客丁外人家中，投刺請見。

丁外人籍隸河間，小有才智，美豐儀，擅口令，蓋侯王文信聘他入幕為賓。誰知卻被蓋長公主瞧見，不由得大動淫心。她雖中年守寡，大有竇太主與平陽公主之風。丁外人原是一位風流人物，到口饅頭，斷不推卻。不到幾時，自然似漆如膠了。

及至蓋長公主入宮，護持昭帝，內外隔斷，情不能已，還時時出宮相會。事為霍光所聞，霍光暗思姦情事小，供奉事大，索性令丁外人一同住在宮內，使公主如了心願，方能一心一意地照料幼主，於是面子上算是詔令丁外人入宮值宿，暗底下這個宿字大有文章。蓋長公主既滿她的心願，其樂可知。

上官安探知此事，特地懇求丁外人入白公主，玉成此事。丁外人樂得答應，事成之後，自然不致空勞。等得晚上與公主同宿的當口，告知公主。公主本想將故周陽侯趙兼女

兒，配給昭帝，既是情人說項，只好把趙兼女兒降為妃嬪，即召安女入宮，封為婕妤，未幾就立為后。

上官安既是國丈，不次超遷，已為車騎將軍，心感丁外人進言之功，要想替他求個侯爵，以酬大媒。一天特去面求霍光，霍光聽了搖頭道：「此事有違漢例，萬萬不可！」

上官安碰了一鼻子的灰，只得請出乃父，去與丈人說情。

上官桀與霍光同為顧命大臣，又是兒女親家，自己以為這點小事，定可為丁外人幹旋。豈知霍光抱定公事公辦，毫不以私廢公的宗旨。上官桀復又降格相求，能封丁外人一個光祿大夫，也算有個交代，不料霍光忿然道：「丁外人並無尺寸之功，何能輕易授爵？」

上官桀抱慚回府，從此便與這位親家變成冤家。

蓋長公主也恨霍光不封她的情人為侯，於是裡應外合地要想推倒霍光，乃由桑弘羊偽寫燕王旦密劾霍光的一本奏章，遞與昭帝。是年本為始元七年，昭帝年雖只有十四，卻有作為，因改號元鳳元年。昭帝接了奏牘一看，早知是假，擱置不理。

那天坐朝，不見霍光，便問：「大將何在？」

上官桀應聲道：「霍光自知有罪，不敢入見。」

昭帝亟顧左右，召入霍光。

霍光免冠伏地。昭帝道：「將軍無罪，盡可戴冠。」

霍光謝恩起來，問昭帝道：「陛下何以知臣無罪？」

昭帝笑道：「朕雖年少，真偽尚能鑒別。」

群臣聽了，極口稱頌萬歲聖明。只有上官桀氣得不可開交，索性一不做，二不休，竟擬先殺霍光，繼廢昭帝，再把燕王旦誘令入都將他刺死，自登大寶，一面告知蓋長公主，只說殺霍光，廢昭帝，迎立燕王。公主倒也依從。

上官桀復請蓋長公主設席宴請霍光，以便席間行刺，一面飛報燕王旦，請即入都。燕王大喜，即欲起程，燕相平阻止不聽。

正擬擇日入都，又接蓋長公主密書，謂：本擬即日在都發難，因懼大將軍霍光、右將軍王莽二人。今王莽已逝，丞相又病，準趁這個機會舉事，叫燕王旦從速預備行裝等語。

燕王即將此書遍示群臣。偏偏天象告警，忽爾奇熱，忽爾奇寒，忽爾天上一虹下垂宮井，井水忽涸，大眾嘩言井水為虹喫乾；忽又群豕突出廁中，闖入廚房，毀壞灶甂；忽又烏鵲在空中大戰，紛紛墮地而死；忽又鼠噪殿門，跳舞人立而行；殿門自閉，堅不能啟；城垣無故發火，宮中墜下巨星。燕王迭見這般怪異，也會嚇出病來，趕緊遣人入都探聽消息。去人回報，方知上官父子逆謀敗露，自己還有大禍。

先是蓋長公主聽了上官桀的計議，欲宴霍光，將其刺死。事尚未發，已被舍人燕蒼密告霍光，霍光急奏昭帝。昭帝即命丞相田千秋密捕上官父子，及御史大夫桑弘羊等人處

斬。燕王旦賜令自盡，其子免罪，廢為庶人，削國為郡。蓋長公主與其子王文信，一同撤去封號。

惟上官皇后，未曾與謀，且是霍光的外孫女，因得免議；又封燕蒼為列侯，以奬其密告之功；丁外人因已畏罪自盡，亦得免議。燕王旦既知其事，一慟而歿，總算自盡。昭帝辦過這場逆案，愈加信任霍光。霍光仍是舊日行為，並沒驕矜之色。

又過四年，昭帝已是十八歲了，提早舉行冠禮。上官皇后，六歲入宮，現年不過十有二歲。以十二歲的女子加笄，本也太早，無如劉氏上代，魯元公主之女張皇后已有先例。此次十八歲的新郎，十二歲的新娘，大家見了，也不為奇。大婚這天，大將軍以下，一律入賀，只有丞相田千秋，患病甚重，不能與賀。及至婚禮告成，千秋卻已謝世，諡曰定侯。昭帝乃命御史大夫王訢繼任丞相。

至元鳳七年元日，復又改元始平元年，詔減口賦錢十分之三，寬養民力。

從前漢初定制，凡人民年在十五歲以上的，每年須納稅百二十錢；十五歲以下，概行豁免。武帝時代，因為國用不足，加增稅則，人民一到七歲，便要輸錢二十三錢。昭帝減稅，也是他的仁政。

是年仲春，天空中忽現一星，形大似月，向西飛行，後有許多小星隨著，萬目共睹，大家無不驚異。誰知可巧應在昭帝身上，不久，昭帝年僅二十一歲。忽然生了一種絕症，醫治無效，竟於始平元年夏四月，在未央宮中告崩。共計在位十三年，改元三次。

那時上官皇后年才十五，已作寡鵠，又未生下一男半女，其餘妃嬪也都是不曾生育。大將軍霍光以及盈廷臣工，都以繼立無人，頗費躊躇，或言昭帝無後，只好再立武帝遺胤。現在的廣陵王胥，本是武帝親子，可以繼嗣，霍光則不以為然。

正在相持未決之間，便有一郎官，窺透霍光意旨，上書說道：「昔周太王廢大伯，立王季，文王捨伯邑考立武王，無非在付託得人，不必拘定長幼，廣陵王所為不道，故孝武帝不使承統，如今怎麼可承宗廟呢？」

霍光見了此書，遂決計不立廣陵王，另想應立宗支。想來想去，只有昌邑王賀，本為武帝之孫，雖非正后所出，但查武帝兩后，陳氏被黜，衛氏病歿，武帝卻說她自殺，這樣一來，好似沒有王后一般。當武帝駕崩時，命將李夫人配饗。李夫人就是昌邑王賀的親生祖母，正可入承大統。且與昭帝有叔侄誼，以侄承叔，更好作為繼子，於是假上官皇后命令，特派少府史樂成、宗室劉德、光祿大夫牛吉等人，往迎昌邑王賀，入都主喪。

原來昌邑王賀五齡嗣封，居國已十多年，卻是一位狂縱無度的人物，平時專喜遊牧，半日之中，能馳三百里路。中尉王吉屢次直諫，並無聽從，郎中令龔遂也常規勸，賀卻掩耳逃入後宮，但與騶奴宰夫，戲狎為樂。

一天，賀居宮內，陡見一隻巨大的犬，項下似人，頭戴方山冠，股中無尾，禁不住詫

異起來。忙問左右，俱答未見。乃召龔遂入內，問主何兆？龔遂答稱：「這是上天垂戒大王。意謂大王左右，如犬戴冠之人，萬不可用，否則必失國土。」

賀疑信參半。過了數日，又見一隻白熊，仍問龔遂，答道：「亦是危亡之象。」

賀正待答話，忽見內侍急急報入，說道天使已至，來迎大王入都為帝。賀聽了大笑之下，急把龔遂所戴紗帽一掀道：「是不是寡人要做皇帝了？你還胡言亂語的說甚麼要失國土！」說完，又將龔遂推下陛墀道：「去休，去休，你枉做朕的大臣！」

龔遂也把帽子戴正，邊立定答道：「十五歲的小太后能作什麼主張，不過形同木偶而已；全是大將軍霍光的主意。大王做得成皇帝，也是霍光的傀儡，做不成呢，貽笑天下，有何面目再回國來，臣為大王計，似宜審度而行為妥。」

賀當下聽了，連連道：「皇太后若是木偶，朕更可為所欲為，無人干涉了！」

龔遂一見忠言不納，趨出立即辭官而去。

第四十五回　捨賢立劣

龔遂去後，賀也不去留他，只急將史樂成等人，請入宮中。展書閱看未畢，又樂得手舞足蹈，喜氣洋洋的，昂頭向天大叫道：「老天，老天！我劉賀竟會做皇帝老子不成！」

他癡癡呆呆地還要再說，他身邊的一班廚夫走卒聞得長安使至，召王嗣位，個個也是中毒一般，一哄而進地圍著祝賀，要求跟著進京，弄個一官半職玩玩。

賀見了這班牛鬼蛇神的仁兄，毫不討厭，反而對他們說道：「大家都是開國元勳，當然帶你們同去。」於是擇定次日起程。

還是史樂成等人，看了這位新主身邊的人物，太不成模樣，只得問他道：「大王身邊不是有一位諍臣龔遂麼，現在何處去了？」

賀答道：「諸公問他麼？他方才與我鬧了一陣，辭職而去。」

史樂成等人太息道：「這是不能准他走的！大王此次入都，單是中途招待迎送的侯王官吏，也有不少的酬應。龔遂為人，大家無不欽佩，所以臣等冒昧直言，務請大王將他召

回同行。」

賀聽了，心裡雖然不甚高興，惟恐得罪來使；若被他們掉個花槍，不要弄得到手的皇帝，不著槓起來，那還得了。沒有法子，只得忍氣吞聲地去把龔遂召回，好言勸慰一番。龔遂聽了，便與王吉二人，合繕一書，叩馬進諫，大略舉殷高宗故事，叫他諒闇不言，一切國政，全歸大將軍處決，幸勿輕舉妄動等語。

賀看了之後，假裝稱賞不置，立時同了大眾急急登程，他一個人仍是騎著他所蓄的那匹大馬，把韁一提，用出平生絕技，一口氣跑了一百三四十里，回頭看看從人，卻沒一個影子。

其時已到定陶，他無奈只得入驛等候。直至晚上，一班朝使以及隨從諸人方始趕到，都言馬力不足，沿途倒斃甚多。原來各驛所備馬匹，寥寥無幾，總道新主入都，從吏不過百人。

哪裡知道賀手下的幸臣，已有七八百人之多，再加幸臣手下的幸臣，也有數百。驛中一時不能湊數，只好把所有的劣馬病馬統統獻出。劣馬病馬如何追得上賀的良駿？沿途倒斃，本是意中之事，誰知賀的幸臣，狐假虎威，不勝騷擾。史樂成等人心中雖不為然，究竟因是新主，不便多言。

仍是龔遂在旁看不下去，力請賀減少隨從。賀倒應允。但是那班幸臣，個個都想攀龍附鳳，誰肯中道折回？龔遂左右為難了一會，竟會作主，挑選一百餘人，准令隨行，其餘人等，飭令自由入都，不得在此喧嘩。這樣一辦，次日方能成行。

及抵濟陽，賀忽然要買長鳴雞、積竹杖起來。因為這二物，是濟陽的著名土產。其實於賀毫無用處，無奈這位新天子一定要辦，還是龔遂再三帶騙帶勸，總算只買了長鳴雞一百隻，積竹杖二百根，趲程再行。晚宿弘農，賀已沿途望見美貌民女，不勝豔羨。暗使大奴善物色佳麗，送入驛中。大奴善奉了賀命，便將民間婦女稍有姿首的，強拉登車，用帷遮著，驅至驛舍。

賀如得異寶，順手撳著便姦，也不問她們願與不願。可憐那班村姑鄉婦，怎敵得這位遇缺即補皇帝的威力，只好吞聲飲泣，任其所為。

事為史樂成等所知，便怪昌邑相安樂，為何不加諫阻，豈知安樂是個拍馬好手，哪敢去掃新主的興致，仍去轉告龔遂，要他來作凶人。龔遂原是硬漢，並不推辭，自然入諫。賀也自知不合，極口抵賴。龔遂正色道：「大王果無此事，這是大奴善的妄為了，罪有應得，由臣將他處治。」

大奴善係官奴頭目，故號大奴。當時立在賀側，即由龔遂親自動手，把他拉出，付與衛弁正法。並將所有婦女，各給十金，遣回原家。

案既辦了，又啟行至灞上。

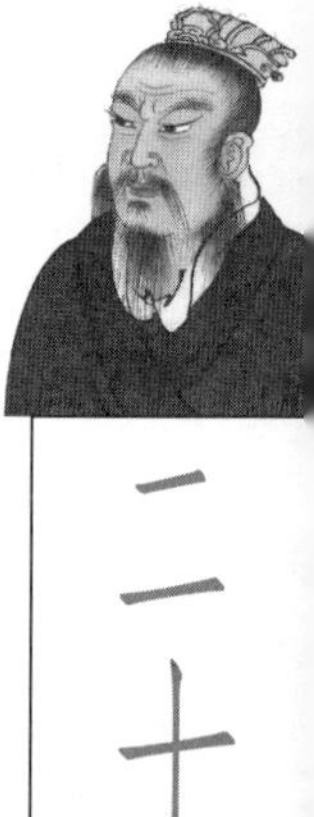

距離都城已近，早有大鴻臚等出郊遠迎，恭請賀改乘法駕。賀乃換乘龍輦，使壽成御車，龔遂參乘。行近廣明東都門，龔遂向賀陳請道：「依禮奔喪入都，望見都門，即要舉哀。」

賀聞言，托詞喉痛，不能哭泣。再前進至城門，龔遂復申前請。賀尚推說城門與郭門相同，且至未央宮東闕，舉哀未遲。

及入城，到了未央宮前，賀面上只有喜色，並沒戚容，龔遂又忙指示道：「那邊有棚帳設著，就是大王的坐帳，趕緊下車，向闕俯伏，哭泣盡哀。」

賀至此推無可推，方始一跳下車，步至帳前，伏在地上，俯首無聞，算在舉哀。

禮畢入宮，先以侄禮見過上官皇后。這位侄子，倒比她大著數歲。當下由上官皇后下諭，立賀為皇太子，擇吉登基。

賀自入宮至即位，幸有龔遂耳提面命，總算尚無大錯，便尊上官皇后為皇太后。

又過數日，將昭帝奉葬平陵，廟號孝昭皇帝。賀即登位，拜昌邑相安樂為長樂衛尉。此外隨來的一班幸臣，統統授為內臣。一天到晚，仍與內臣遊狎；一見美貌宮女，立刻召入侑酒侍寢，又把樂府中的樂器悉行取出，叮叮咚咚，鬧個不休。

一夕，賀正與一班內臣喝酒，內中有一個名叫項能恭的，悄悄地對賀說道：「現在朝廷大權，全操霍光之手。皇太后乃是霍光的外孫女兒，年僅十五，業已守寡。陛下若能向她挑逗，此關一通，便可把霍光革職，陛下就好為所欲為了。」

賀聽了，連連搖首道：「此人面有麻斑，只有那位孝昭皇帝會賞識她，朕卻不中。」

誰知可巧被龔遂親耳聽見，頓時一把將項能恭揪住，大罵道：「你這喪心病狂的東西，竟會說出這樣大逆不道的言語出來！」

項能恭還想賀去救他。說時遲，那時快，早被龔遂拔出佩劍，手起刀落，項能恭的尊首已與肩胛脫離關係。

賀見了，也嚇得大喊饒命。龔遂一面插入手中之劍，一面伏地大哭道：「陛下不改劣行，臣等死無葬身之處矣！」

賀也慚愧不遑，不過事情一過，仍復荒唐如故。

大將軍霍光本是此次推戴最力的一個人，眼見賀如此荒淫無道，深以為憂，每與大司農田延年熟商善後方法。

延年道：「將軍身為柱石，既然失檢於前，何不補救於後？只要入白太后，另選賢君，也不為晚。」

霍光囁嚅道：「古來曾有此事否？」

延年道：「從前伊尹相殷，嘗放太甲至桐宮，藉安宗廟，後世稱為聖人，今將軍能行此事，就是漢朝的伊尹了！」

霍光聽了，乃擢延年為給事中，並與張安世秘密計議廢立大事，其外並無一人得知此謀。又過幾日，賀夢見蠅矢滿階，多至五六石，有瓦覆著，醒來又問龔遂，主何吉凶。龔遂道：「陛下嘗讀過《詩經》，詩云：『營營青蠅，止於樊。愷悌君子，毋信讒言！』今陛下孌倖甚多，正似蠅矢叢集，因此有這夢兆。臣願陛下擯絕昌邑故臣，臣應首先告退！」

賀聽了，似信不信地道：「從前在昌邑時候，種種夢兆，君謂不佳，朕何以已為天子？大家既是贊成你的為人，朕也不便放你回家，立於朕身邊的臣眾，他們又不談及國事，何必去理睬他們呢？」

說完之後，就把此事丟開。

次日，太僕張敞也來進諫。賀以嬉笑出之。

言尚未已，光祿大夫夏侯勝因來奏事，奏畢也諫道：「臣見久陰不雨，臣下必有異謀，陛下不可不防。」

賀聽了大怒，斥為妖言惑眾，立命發交有司究辦。有司告知霍光，霍光不禁暗暗起疑道：「夏侯勝語似有因，或由張安世洩謀，也未可知。」即把張安世召至，面加詰責。

張安世道：「此是何事，我怎麼與他言及秘密？可以面質！」

霍光親提夏侯勝研訊。夏侯勝從容答道：「《洪範傳》有言：『皇極不守，現象常陰。

下人且謀代上位。』我不便明言，故僅雲臣下有謀。」

霍光當下聽了，不覺大驚；一面將夏侯勝官還原職，一面與張安世密議道：「此事不能緩了！」即命延年往商丞相楊敞。

楊敞聽了，頓時嚇得面如土色，汗下似雨，不敢允諾。

倒是楊敞妻子，為司馬遷之女，頗有才幹，搴簾而出，語延年道：「大將軍遣君來商此事，乃是不棄我們，請即覆報將軍，我們准奉教令。」

延年返告霍光。霍光即令延年、安世二人繕定奏牘，妥為安排。

翌日，至未央宮，傳召丞相、御史、列侯，及中二千石，大夫博士，一同入議，連那位不肯抗節重歸故國的蘇武，亦令與會。群僚不知何故，只得靜聽大將軍發言。

霍光一見大眾均已到齊，便大聲道：「昌邑王行跡昏庸，恐危社稷，諸君都是食祿的臣子，可有甚麼高見？」

大家聽了，方知是這個大問題，個個人把眼睛望看霍光的那一張嘴，想聽下文，心裡呢，莫不存著「但憑吩咐」四字罷了。

霍光一見眾人不肯首先發言，又對眾人道：「這是國家大事，應該取個公論。」

當下田延年奮然起座，按劍上前道：「先帝以社稷託付將軍，授以全權，無非深知將軍忠心為國，能安劉氏，今群下鼎沸，譬諸大廈將傾，將軍若不設法維持，試問有何面目

見先帝於地下？」

霍光正要答語，陡見由宮內奔出一個赤體光身的宮女，向他撲的跪下道：「奴名蘇馥，曾為先帝幸過，今皇帝不顧奴的節操，強行姦污，奴因一個弱女子，力不可抗，此刻乘隙逃出，稟知將軍。奴死之後，沒有臉去見先帝，乞將奴面蒙上一布，奴心方安。」說完，就用手中所藏的一把繡花小剪，向她喉中一刺，頃刻之間，飛出一股鮮紅，死於殿上。

霍光一面急命左右把蘇馥的屍身拖下，好好安葬；一面對大眾道：「即此一端，廢之已有餘。」

大眾一見延年按劍而走，聲勢洶洶。又見賀的行為果也不對。大家若不相從，必遭殺害，何苦要替賀來做死忠臣呢？於是個個離座，向霍光叩首說道：「社稷人民全繫將軍，大將軍苟有主張，臣等無不遵從。」

霍光乃將大眾請起，袖中拿出奏牘，先請丞相楊敞署名，其餘次第署畢，便引大眾至長樂宮，入白太后，陳明昌邑王賀無道，不應嗣位的情形。可憐這位太后，年才十五，懂得甚事，自然是以霍光之言惟命是從的了。

霍光又請太后駕臨未央宮，御承明殿，傳詔昌邑故臣不准擅入。那時賀聞太后駕到，不得不入殿朝謁，但因酒醉過甚，由宮娥攙扶而行，朝畢趨出，退至殿北溫室中。

霍光走來指揮門吏，速將室門關閉。賀張目問霍光道：「關門何為？」

霍光跪答道：「太后有命，不准昌邑群臣入內。」

賀搖頭道：「這也不必如此急急，讓朕慢慢地打發他們回去便了。」

霍光也不與他多言，返身趨出。此時已由張安世率領羽林兵，把昌邑群臣拿下，約有四五百人，連龔遂、王吉也在其數。霍光又將昭帝舊日群臣召入，責令把賀監守，毋令自盡，致負弒主惡名。

賀真昏憒，到了此時，還沒有知道廢立情事，一見新來侍臣，尚問道：「昌邑群臣究犯何罪，卻被大將軍全行驅逐？」

侍臣不便明言，只推不知。

稍間，就有太后詔至，立傳賀去問話。賀至此方才有些惶恐起來，問詔使道：「朕有何罪，乃煩太后召我？」

詔使也含糊答應，賀只得隨之來見太后。只見太后身服珠襦，端坐武帳之中，侍衛森立，武士盈階，猶不知有何變故，戰戰兢兢的跪下，偷視太后之面。

這時已有尚書令捧著奏牘朗聲宣讀道：

丞相臣楊敞、大司馬大將軍臣霍光、車騎將軍臣張安世、度遼將軍臣明友、前將軍臣

韓增、後將軍臣趙充國、御史大夫臣蔡義、宜春侯臣王譚、當塗侯臣魏聖、隨桃侯臣趙昌樂、杜侯臣屠耆堂、太僕臣杜延年、太常臣門昌、大司農臣田延年、宗正臣劉德、少府臣史樂成、廷尉臣李光、執金吾臣李延壽、大鴻臚臣韋賢、左馮翊臣田廣明、右扶風臣周德、故典屬國臣蘇武等，昧死言皇太后陛下：

自孝昭皇帝棄世無嗣，遣使徵昌邑王典喪，身服斬衰，獨無哀悲之心。在道不聞素食，使從官略取女子，載以衣車，私納所居館舍。及入都進謁，立為皇太子，嘗私買雞豚以食。受皇帝璽於大行前，就次發璽不封。復使從官持節，引入昌邑從官二百餘人，日與遨遊，且為書曰：皇帝問侍中君卿。使中御府令高昌，奉黃金千斤，賜君卿娶十妻。又發樂府樂器，引納昌邑樂人，擊鼓歌吹，作俳優戲。至送殯還宮，即上前殿，召宗廟樂人，悉奏眾樂，乘法駕皮軒鸞旗，驅馳北宮桂宮，弄彘鬥虎。召皇太后所乘小馬車，使官奴騎乘，遊戲掖庭之中，與孝昭皇帝宮人蒙等淫亂，詔掖庭令敢洩言者腰斬。

上官太后聽到此處，也不禁大怒，命尚書令暫行止讀，高聲對賀道：「為人臣子，可如此悖亂的麼？」

賀聽了，又慚又懼，退膝數步，仍然俯伏。

尚書令又接續讀道：

取諸侯王列侯二千石綬，及墨綬黃綬，以與昌邑官奴。發御府金錢刀劍玉器采繒，賞賜所與遊戲之人。沉湎於酒，荒耽於色。自受璽以來，僅二十七日，使者旁午，持節詔諸官署徵發，凡一千一百二十七事，失帝之禮，亂漢制度。臣敞等數進諫，不少變更，日以益甚。恐危社稷，天下不安，臣敞等謹與博士議，皆曰：今陛下嗣孝昭皇帝後，所為不軌，五辟之屬，莫大不孝。周襄王不能事母，《春秋》曰：「天王出居於鄭。」繇不孝出之，示絕於天下也。宗廟重於君，陛下不可以承天序，奉祖宗廟，子萬姓，當廢。臣請有司以一太牢，其告宗廟。謹昧死上聞！

尚書令讀畢，上官太后單說准奏二字。這還是她的外公霍光教導她的。當下霍光便令賀起拜受詔。賀急仰首說道：「古語有言，天子有諍臣七人，雖無道，不失天下。」

霍光不待說完，即接口道：「太后有詔廢王，怎得尚稱天子！」說完，忙走至賀身邊，代解璽綬，奉與太后，便命左右扶賀下殿，出金馬門，群臣送至闕外。

賀自知絕望，始西向望闕再拜道：「臣愚戇不能任事。」言罷乃起，自就乘與副車。

霍光親送入昌邑邸內，才向賀告辭道：「王所行自絕於天，臣寧可負王，不敢負社稷，願王自愛！臣此後不能再侍左右了。」

說罷，涕泣而出。群臣復請治賀應得之罪，太后便把賀下入監獄。昌邑諸臣，陷王不義，一概斬首，只有郎中令龔遂，中尉王吉，因曾諫賀，得減輕髡為城旦。

賀入了監獄，又知昌邑群臣個個斬首，至此方始懊悔起來，掩面大泣道：「我的性命，恐怕難保了！」

連哭三日三夜，淚盡見血。當夜復得一夢，夢見一雙燕子只在他的面前呢喃，醒來告知獄官，要他答出吉凶。獄官聽了，敷衍他道：「燕子應歸故壘，大王或者蒙赦，仍回昌邑，也未可知。」

賀聽了悲喜交集地道：「我若能回返故土，那就心滿意足，再不去與昌邑群臣遊戲了。」

獄官道：「昌邑群臣，早已棄市，大王怎會再與他們遊樂呢？」

賀失驚道：「不錯，不錯！他們都死了！我一時忘記，故有此言。」

不言賀在監中，日望賜回故土之詔，單講霍光既廢了賀，自知從前冒昧，並未先行察訪賀的平日為人，貿然便把他立為新君。現在朝廷無主，只有四面打聽劉氏的賢裔。

一天與光祿大夫丙吉談完國事，猝然問道：「君知劉氏後人，何人最賢？」

丙吉答道：「我妻素號知人，她在將軍迎立昌邑王賀的當口，曾經謂我道：『武帝曾孫病已，現年十八歲，通經術，具美材，且有孝行，比起昌邑王來，真有天壤之別；大將軍今乃捨賢立劣，是何用意？』」

霍光聽到此地，不待丙吉說完，連連地跺足道：「君夫人人稱女中丈夫，果然名不虛傳，此事怪君，何以不先告我？」

丙吉道：「此刻提及此人，也不算遲。」

霍光搖首道：「已經多此一段麻煩了，現在既有這位賢人在此，老夫即當奏知太后，請她定奪。」

第四十六回　楊枝托夢

霍光自知上次立帝之事，未免有些冒昧，反防丙吉夫人的說話，不甚可靠，又向四處暗暗打聽，方知那位病已果是真正的賢人，乃去開了一個朝議，說明己意，要立病已為君，眾無異辭，便會同丞相楊敞等上奏上官太后。

上官太后本是一個徒擁虛名的木偶，要她作主，確沒這個程度，霍光一言，當然准如所請，霍光即命宗正劉德備車往迎。

說到這位病已的歷史，卻也很長。他也是一代明君，應該細細表明，閱者方會知道。原來病已就是衛太子據的孫子。衛太子據嘗納史姓女子為良娣。良娣是東宮姬妾的官名，位在妃嬪之下，等於皇帝身邊的貴人美人。當時史良娣生子名進，號史皇孫。史皇孫納王夫人，因生病已，號皇曾孫。衛太子起兵敗死，史良娣、史皇孫、王夫人等人，同時遇害，那時病已尚在襁褓，繫在長安獄中。

適值廷尉監丙吉奉詔典獄，見了這個呱呱在抱的嬰兒，查知是武帝的曾孫，回到家

裡，急急告知他的夫人。他的夫人姓水名嫈，趙地人氏，自幼即具望氣知人之術。她的要嫁丙吉，也是她自己選中。她說她的祿命很是平常，只要嫁個衣食無虧的丈夫，樂天知命，安安閒閒地度過一生，便是萬幸。

嫁了丙吉之後，並勸丙吉：「不可妄冀非分，你我二人，自然不愁凍餓，白頭到老。」那時丙吉正在少年氣盛的時候，哪兒肯聽這個閫令！後來事事不能如意，都被他的夫人道著，方始服軟。

有一天，武帝要擢丙吉一個要職，丙吉趕忙力辭。武帝不解，他便把他夫人望氣知人的本領說將出來。武帝聽了，也甚驚異，急把水嫈召至道：「汝能教汝夫守分處世，朕極嘉許！但朕是位天子，要汝夫富貴，並不費吹灰之力，汝相信朕的權力麼？」

水嫈俯伏奏道：「誠如聖論，則從前的鄧通，既有現成銅山鑄錢，也不至於餓死了。」

武帝被她駁倒，一笑了事，單對丙吉道：「朕擬任汝為典獄，此職不大，汝當毋違！」

丙吉聽了，目視水嫈，不敢立諾。水嫈頷首道：「此職專管人犯，倒可積點陰功，與君卻也相宜。」

丙吉聽了，方才奉命。

武帝見了大笑道：「丙吉有此內助，此生不致有意外了。」

丙吉謝了武帝，同著水嫈下朝回家。次日前去查監，見了病已，自然要與水嫈商量。

水嫈道：「且俟妾明日與君前去看過再議。」

次日水嫈到了獄內，將病已抱來一看，不禁失色道：「上子將來福與天齊，君應善為護持！」

丙吉即在獄中揀了趙姓胡姓兩個犯婦，令她們好好哺乳，自當另眼看待。趙胡二婦喜出望外，小心照管，宛同己出。丙吉夫婦天天親去檢查，恐怕二婦暗中尚有虐待的情事，嗣見二婦真的盡力照管，方始放心。

豈知武帝養病五柞宮內，聽得一個術士說：「長安獄中，有天子氣上現。」於是下了一道詔書，立命郭穰把獄中的人犯，不管男女長幼，一概處死。

丙吉探知其事，等得郭穰到來，偏偏閉門不納，但命人傳語郭穰道：「天子以好生為大德，犯人無罪，尚且不可妄殺，何況此中有皇曾孫在內呢。」

郭穰本知武帝正在信任丙吉，便把丙吉之言回報武帝。武帝卻也省悟，大笑道：「獄中有此大頭官兒，這明明是天命所在了！」因即一律免死。

丙吉又替病已設法，欲將他移送京兆尹那裡。未行之先，致書相請。誰知京兆尹膽小，不敢接受。轉眼之間，病已已經數歲，在獄時常生病，醫治不甚方便，全賴丙吉夫婦刻刻提防，方才不致夭折。

丙吉又探得史良娣有母貞君，居住鄉間，有子史恭，尚能仰事，乃將病已送與史貞君

撫養。貞君本在惦記這個外曾孫，一見到來，不覺破涕為笑，雖是年邁龍鍾，倒也振作精神，竭力看護。

至武帝駕崩，有遺囑將病已收養掖庭，病已因得重行入都，歸掖庭令張賀照管。張賀即現任右將軍張安世之兄，前曾服伺衛太子據過的。追念舊恩，格外盡心撫養，及稍長大，自出私囊，令其入塾讀書。

病已非但聰明過人，而且來得勤學不倦，又過數年，已是一表人材，張賀便想把他女兒配與病已。張世安發怒道：「病已為衛太子據的孫子，叛國後裔，只要衣食不缺，也好知足，我們張氏女兒，怎好配這罪奴？」

張賀拗不過這位做大官的老弟，只得罷了此議。但是仍在留心一位好好女子，總要使病已成家立業，方算對得起衛太子據。

適有暴室嗇夫許廣漢，生有一女，名喚平君，真個才貌雙全，婉淑無比，只是命宮不佳，許了歐侯氏之子為妻，尚未過門，歐侯氏之子，一病身亡，平君便做了一位望門寡婦，現尚待字深閨。

廣漢與張賀前皆因案牽坐，致罹宮刑。張賀是坐衛太子一案，廣漢是坐上官桀一案，二人都是刑餘之人，充當官內差使。掖庭令與暴室嗇夫，官職雖分高下，可是同為宮役，時常相晤，各憐身世，每以杯酒消愁。

一日，兩人互談衷曲，酒至半酣，張賀便向廣漢說道：「皇曾孫病已，年已長成，將來如有恩賞，便有侯封之望，君有令嬡待字閨中，如若配與病已為婚，也是好事。」

那時廣漢已有酒意，慨然應允。飲畢回家，與妻談及。他的妻子勃然大怒道：「我的女兒乃是一朵鮮花，怎能配他！」

廣漢聽了，便把病已如何有才，如何有貌，一定求他妻子答應。他的妻子聽完，又瞪著廣漢道：「既是這般好法，張賀也有一個女兒，何以不許配他呢？」

廣漢道：「張賀本要許他的，因為他的老弟反對，所以不成事實。其實這位病已，究是一位皇曾孫，你要想想看，劉氏的親骨血會不會落魄無依的呢？將來一朝得志，你我還有靠傍呢！」

他的妻子聽到此地，方才明白過來道：「不錯，不錯！他無論如何，總是皇帝家中的子弟，既是如此，我就將我的女兒配他。」

張賀仍舊拿出私財，替病已行聘成禮。娶來之後，兩小夫婦倒也甜甜蜜蜜，魚水和諧。病已因有岳家資助，便向東海澓中翁處，肆習《詩經》。閒暇的時候，也常出遊三輔，所有閭里奸邪，國家政治，無不緊記胸中。還有一樣異相，滿體生毛，居臥之處時有光耀，他也因此自豪。

昭帝元鳳三年正月，泰山有大石，忽然人立。上林中的柳樹，已經枯死，忽又復活，

葉上蟲食之處，隱約成文，卻是「公孫病已立」五字。當時朝野人士無不驚為異事，不過一時想不到這位皇曾孫病已的頭上罷了。

那時符節令眭孟，曾從董仲舒傳習《春秋》，通讖緯學，獨奏大石人立，僵柳復起，必有匹夫起為天子，應請下詔求賢，禪授帝位。霍光怪他造謠惑眾，捕拿處斬。誰知果應所言，竟於元平元年孟秋，由宗正劉德迎入皇曾孫病已，至未央宮謁見太后。雖是天潢嫡派，但已削為民籍，不便徑立。霍光特請皇太后先封病已為陽武侯，然後由群臣上書請立，即皇帝位，便是宣帝。

上官太后欲將霍光的幼女立為皇后，宣帝一定不肯，必要那位糟糠之妻許平君為后。群臣不敢違拗，爭著上書，請宣帝冊立故劍許氏。宣帝認可，先封許氏為婕妤，不久即令正位中宮。並引先朝舊例，封后父許廣漢為侯。霍光卻來反對道：「許廣漢曾受宮刑，不應再加侯封。」

宣帝倒也從諫，僅封為昌成君；又賜他那位岳母黃金三千斤。那位岳母一見他的女婿做了天子，樂得連連稱讚廣漢，真有眼光不置。

沒有幾時，已是臘鼓咚咚，新歲時節，新帝照例改元，號為本始元年，增封大將軍霍光，食邑萬七千戶；車騎將軍張安世，食邑萬戶；張賀食邑二千戶；史恭食邑二千戶；丙吉食邑二千戶，水嬃還要辭謝，宣帝再三不准，方才拜受。

當時列侯加封食邑的共計十人，封侯的五人，賜爵關內侯的八人。霍光上書歸政，宣帝不許。並令大小臣工，凡有封事，須先白霍光，方准奏聞。霍光之子霍禹，及兄孫霍雲、霍山，俱得受官，以致女婿外孫，蟠踞朝廷，漸形無忌。宣帝雖然有些猜忌，因看霍光正直如故，隱忍未究。

那時大司農田延年，首倡廢立大議，晉封陽城侯，也是趾高氣揚地以為自己功高，旁若無人。不料竟被一個冤家對頭告訐，說他辦理昭帝大喪，謊報車價，侵吞公款，至三千萬錢之多。新任丞相蔡義，年已八十餘歲，由霍光一手提拔，方任今職，於是據實參劾，說道：「應將田延年下獄鞫訊。」

田延年素性甚傲，不肯入獄。嚴廷年也來參他手持兵器，侵犯屬車。田延年憤然道：「無非逼我速死。」拔劍自刎而亡。

田延年死後，御史中丞等人，又劾嚴廷年明知田延年犯法，早不奏聞，也是有罪。嚴廷年乃上書自參，辭職遁去。

宣帝對於朝事概不過問，悉聽霍光一人主持，惟思本生祖考，未得封號，乃令廷臣妥議奏核。廷臣議後奏稱，說是為人後者為人子，不得私其所親。陛下繼承昭帝，奉祀陵廟，親謚只宜稱悼，母號悼后，故皇太子謚曰戾，史良娣號戾夫人。

宣帝因即准奏，不過重行改葬，特置園邑，留作一種報本紀念而已。更立燕刺王旦太

子建為廣陽王，廣陵王胥少子弘為高密王。越年復下詔追崇武帝，擬增廟樂，令列侯二千石博士會議。

群臣復稱如詔。獨長信少府夏侯勝駁議道：「孝武皇帝雖嘗征服蠻夷，開疆拓土，但是多傷士卒，竭盡財力，德澤未足及人，不宜更增廟樂。」

這語一出，群臣譁然道：「這是詔書頒示，怎好違旨！」

夏侯勝昂然道：「詔書非盡可行，全仗人臣補救。若是阿意順旨，朝廷何必有此一班祿蠹呢？」

大眾聽了，都怪夏侯勝不肯奉詔，聯名奏參。惟有丞相長史黃霸，不願署名，卻是夏侯勝的同道。大眾復又彈劾黃霸，請將二人一同下獄治罪。宣帝依議，夏侯勝、黃霸二人被逮下獄。

夏侯勝入獄之後，仍治他的經學。黃霸請他講授《尚書》，夏侯勝欣然許可。黃霸每對入獄探視他的親友道：「朝聞道，夕死可矣，況且未必即死，諸君不必代我擔憂！」

黃霸的欽佩夏侯勝，也可算得達於極點的了。

這且不提，單說宣帝那天退朝回宮，臉上本有怒容。及見許后獨坐焚香，臉上還有淚痕，反把自己腹中的怒氣，消得乾乾淨淨，急問：「許后何故傷感？」

許后被宣帝這一問，更是引起傷心，兩隻眼眶之中，復又簌落落地滾下淚珠來了。

宣帝就坐她的身邊，邊替她拭乾眼淚，邊又問道：「皇后有何心事？朕已貴為人君，皇后若有所欲，朕無物不可力致。」

許后聽了淒然道：「臣妾此刻傷心的事情，恐怕陛下也無能為力呢！臣妾今晨起得太早，陛下出去視朝，臣妾便至床上小睡，不覺悠然入夢，夢見臣妾的亡友楊枝師父前來托夢，她說今年三月三日，這個重三，便是臣妾的難關，臣妾問她什麼難關，能否解免？她又搖首慨嘆道：『鳳凰和平，最怕熱燥之物，人與命戰，失敗者多。』言罷欷歔掩面而去。臣妾拚命喚她轉來，卻已嚇出一身冷汗。驚醒後，只見簾鉤動處似乎尚見楊枝師父的背影。臣妾與楊枝師父自幼同學，長為知己，她因看破世情，入了空門，雖然修煉未久，頗有道行，都中人士，凡有疑難問題，都去求她解決。夫人不言，言必有中。後來圓寂，臣妾未嘗夢見過她一次。今天忽來托夢，臣妾想來，必是凶多吉少。現在已是正月，待到上巳那天，為日已是無多。陛下呀！臣妾恐怕要與聖駕永訣了！」

宣帝聽完，也吃一驚，但是口裡只得安慰許后道：「春夢無憑，皇后如此開通的人，何故也學村姑行徑起來？」

許后道：「楊枝師父素來不打謊語，陰陽相隔，獨來托夢，陛下不可兒戲視之！」

宣帝聽了，自然力為譬解，因見許后既害怕，又傷感，便又勸她道：「皇后現有身孕，三月裡便是分娩之期，即有年災月晦，定被喜事衝破，你千萬放心。再不然，朕俟你將產

的時候，召入多數醫生前來伺候，一切飲食藥料，都命他們檢視！這樣一來，難道還不千穩萬妥麼？」

許后聽了，也以為然，便請宣帝預先留意名醫，免致臨時不及。宣帝聽了，即將此意詔知太醫掌院。誰知這樣一辦，反使奸人得以乘隙而入，送了許后的性命。這也是許后命中註定，雖有楊枝托夢，仍舊無從挽回。

原來霍光之妻霍顯，本是一位淫悍潑婦。她是霍光前妻東閭氏的陪嫁丫鬟。東閭氏只生一女，嫁與上官安為妻，東閭氏不久即歿。霍顯搔首弄姿，引誘霍光上手，納作姬人，旋生子女數人。霍光不便再娶，就把霍顯升作繼室。

霍顯的幼女，名叫成君，尚未字人，滿望宣帝納入宮中，做個現成皇后，誰知宣帝故劍情深，冊立許氏為后，霍顯自然失望，心懷不平，日夜設計，總要把許后除去，方好如她的心願，無奈一時無隙可乘，只好暫時隱忍。

及聽見宣帝詔諭太醫掌院，預備名醫，俾得日夕伺候皇后生產，太醫院中正在採募女醫，霍顯一得這個信息，急把一個心腹義女，掖庭戶衛淳于賞的妻子葉衍，召入府中，秘密對她說道：「汝平日每每求著為娘，轉乞大將軍想將汝夫升補安池監之缺，今日有了機會了。」說著，即與葉衍咬上幾句耳朵。

葉衍聽了，起初尚有難色，嗣被霍顯許了一個大大的報酬，方始滿口承認而去。回家之後，便把霍顯要她謀害許后的事情告知淳于賞。淳于賞本是一個小人，只知人欲，不知天理，當下自然大喜，忙到太醫掌院那裡，替葉衍報名。太醫掌院因知葉衍是大將軍的義女，未能免俗，一口應允，並且把她列在諸醫之首。葉衍等到三月初一那天，暗取附子搗末，懷在身邊，同了眾醫來至許后的寢宮。

許后即於三月三日夜半臨盆，生下一女，並不難產。許后那時人很清爽，自思危險之期已過，不致再有什麼難關了，因為產後乏力，急於調理，各位御醫公擬一方，合丸進服。葉衍本是首領，由她經辦，她便大了膽子，私將附子藥末和入丸中。

這個附子，雖非砒毒，性極熱烈，產婦服下，氣血上升，就有性命之虞。可憐許后哪裡知道，只知丸藥可以補她身體，何嘗曉得卻是一服勾魂散呢？服下不久，頓時喘氣起來，額上涔涔的冷汗流個不住，急問葉衍道：「這服丸藥，服了氣喘汗出，莫非有毒不成。」

葉衍道：「丸藥乃是眾醫公擬的方子，何至有毒，娘娘放心！再過一刻，自然大癒。」

許后聽了，半信半疑。不到兩個時辰，可憐許后一條性命，已被這位葉衍活活害死！臨死的時候，要想與宣帝分別幾句，舌已麻木，也不能夠了。

宣帝一見許后斷氣，哭得大罵一班庸醫害人，立把十餘名醫生統統發交有司治罪。葉衍乃是首領，在霍顯未來救她以前，只好一嘗鐵窗風味。淳于賞急去求救霍顯，霍顯聽

了，一喜一憂，喜的是冤家已去，她的千金便有補缺的希望，憂的是恐怕葉衍一經刑訊，說出真情，那就不妙。沒有法子，只得老實告知霍光。

霍光聽了，本想自首，後來捨不得一位嬌嫡嫡的愛妻前去身首異處，只得偶作違心之事，去求宣帝赦了那班醫生。還怕宣帝不肯答應，又去私求太后。宣帝既聽霍光與太后之言，又思眾醫與許后無冤無仇，諒不致害死她的，獄官呈報，又無口供，便把眾醫赦了。

霍顯一見宣帝赦了眾醫，方始心裡一塊石頭落地，一面重酬葉衍，一面安排妝奩，預備女兒好做皇后。因為沒人做媒，只好復求霍光。霍光倒也贊成，便去懇求太后作主。太后本有此意，前因許氏活著，難以啟齒，現在是名正言順的了。

第四十七回　釜底抽薪

上官太后允了外公霍光之請，力勸宣帝冊立她的姨母霍成君為繼后。宣帝本沒成見，便遵太后之諭，即與成君成婚。於是一位堂堂姨母，反稱甥女做阿婆了！

霍后人尚秀媚，宣帝又當好色之年，雖然偶憶亡妻，餘哀未盡，但對此一位粉裝玉琢的美人，怎肯不優加相待？從前許后最守婦職，每逢五日，必至長信宮中朝謁太后。霍后既為劉家媳婦，自然不能推翻舊例，每逢朝謁太后的時候，太后必離位旁立，口稱免禮。太后這個舉動，明是因為霍后是她嫡嫡親親的姨母，特別客氣幾分。

其實這層麻煩，第一要怪霍顯只知后位，不顧綱常；第二要怪霍光身為朝廷柱石，怎好徇兒女私情，不問輩分大小？就是宣帝貿然承諾，也屬非是。事既木已成舟，上官太后行這似是而非的禮節，真是貽笑大方。當時盈廷臣工尚誇太后知禮，這是拍馬論調，更是狗而屁之的了。

是年丞相蔡義病逝，進大鴻臚韋賢為丞相，封扶陽侯大司農魏相為御史大夫，升穎川

太守趙廣漢為京兆尹，又因各處地震，山崩水溢，北海、瑯琊，毀壞宗廟，種種兆徵，似示不祥。宣帝特地素服避殿，大赦天下，詔求經術專家以及賢良方正之人，夏侯勝、黃霸二人因得出獄，夏侯勝並受命為諫大夫，黃霸出任揚州刺史。

那時夏侯勝年已垂老，有時入對，或誤稱宣帝為君，或誤稱他人表字，宣帝倒不計較，讚他樸實，頗為親信，並且呼之為先生，旋遷為太子太傅，年至九十餘歲，無病而終。上官太后嘉他忠直，賜錢二百萬緡，齋戒五日。宣帝亦賜塋地，陪葬昭帝的墓旁。西漢經生，生榮死哀，要算夏侯勝為第一了。

宣帝於本始四年冬季議定改元，次年元旦，即號為地節元年。朝政清閒。國家無事。及至地節二年春三月，霍光忽得重病，不到幾天溘然長逝。宣帝念他前勞，恤典隆重，並拜其子霍禹為右將軍，嗣爵博陵侯，食邑如舊；又命張安世為大司馬大將軍，繼任霍光之位。

霍光既死，霍顯更是沒纏之馬，驕奢不法，任性妄為，又與俊僕馮殷私通，不顧人言。馮殷素來狡慧，與王子方二人同為霍氏家奴，子方面貌不及馮殷姣好，因此人稱馮殷為子都。霍禹、霍山，也學了霍顯的壞樣，淫縱無度，霍禹正在少年，整日不辦公事，只是攜帶家丁門客問柳尋花，東闖西撞。還有霍禹的姊妹，仗著母家聲勢，任意出入太后、皇后兩宮。

物必自腐，然後蟲生，於是惱了一位御史大夫魏相，密上一本參摺，還恐此摺被霍禹抹然不報，乃託許廣漢親自面遞宣帝。宣帝接來一看，只見上面寫的是：

臣聞《春秋》譏世卿，惡宋三世為大夫，及魯季孫之專權，皆足危亂國家。自微元以來，祿去王室，政由冢宰。今大將軍霍光已歿，子禹復為右將軍，兄孫山，亦入秉樞機；昆弟諸婿，各據權勢，分任兵官。夫人顯及諸女，皆通藉長信宮，或夤夜呼門出入。驕奢放縱，恐漸不制。宜有以損奪其權，破散陰謀，以固萬世之基，全功臣之世，國家幸甚！臣等幸甚！

宣帝看完此摺，長嘆道：「霍氏不法，朕已深知，一則因念霍光前功，二則須看太后面上，所以暫時姑容，現既弄得天怒人怨，朕也不敢以私廢公了。」

宣帝說完，轉折一想，且一面先任魏相兼領給事中，凡有封事，准其徑奏，不必先白霍氏；一面詔知霍顯，命她趕緊管束子弟，毋得再有不法情事發現。

宣帝此詔，也算得情理兼盡，無如霍顯賊膽心虛，生怕謀害許后舊案發作，便有滅族之禍；又因宣帝已立許后微時所生之子奭為皇太子，將來即了帝位，查出其事，必替亡母報仇，不如一不做，二不休，暗暗唆使霍后，趁皇太子尚在孩提時候，也用毒藥害死，以

絕後患。

霍后奉了母命，自然照計行事。不料宣帝早已防到，每當霍后賜食與皇太子的當口，必須保姆先行嘗過，霍后無從下手，只得背地咒罵皇太子早死。可巧又被宣帝親耳聽見，不禁大疑起來，回想從前許后的死狀，其中定有蹊蹺，便與魏相密商一種釜底抽薪之法，慢慢進行。

那時度遼將軍范明友，為未央衛尉，中郎將任勝，為羽林監，還有長樂衛尉鄧廣漢，光祿大夫散騎都尉趙平，都是霍光的女婿，手掌兵權；給事中張朔，係霍光姊夫；中郎將王漢係霍光孫婿，亦充要職。宣帝先徙范明友為光祿勳，任勝為安定太守，張朔為蜀郡太守，王漢為武威太守，復調鄧廣漢為少府，收還霍禹右將軍之印，改任為虛名的大司馬；並將趙平的散騎都尉印綬同時撤回，特任張安世為衛將軍，所有兩宮衛尉，城門屯兵，北軍入校尉，統歸張安世節制。另使許、史兩姓子弟代為將軍。

宣帝這樣的一番大調動，霍氏豈有不明白之理，便也私開會議，以備抵制。霍禹年紀較長，膽量自然較大，首先發言道：「縣官微賤時候，幾至餓死，不是我們大將軍成全他，怎有今日！我們又把妹子配他，也可算得恩上加恩，惠上添惠的了。他既無情，我便無義，何不把他廢去，只推太后作主，何人敢說二話。」

霍禹背後每呼宣帝為縣官，不知作何解法。正史如此記載，不佞不便略去，現在單講大眾聽了霍禹之言，個個贊成。會議既定，只待進行。

誰知竟被他們家中的一個馬夫，名叫歐陽明德的聽得清清楚楚，急去告知長安亭長張章。張章聽了暗忖道：「這是我的大運臨頭了。」便以歐陽明德藏在家中，備作活證，就去上書密告宣帝。

宣帝早已預備，既有這樁導火線引著，立把霍氏全家以及一切親族統統捕獲。霍山、霍雲、范明友三人一知事發，頓時服毒自盡。霍顯母子一時無法逃避，早被拘入獄中，問官訊出真情，霍禹腰斬，霍顯絞斃，所有霍氏三族全行棄市，馮子都、王子方也作刀頭之鬼。

宣帝還恐臣下議論，下了一道長詔說明原委。

張章此次首告有功，封為博成侯。還有歐陽明德、金安上、楊惲、董忠、史高等人，均因同告逆黨有功，亦得分別封爵賞金。

還有一個幾陵人徐福，預知霍氏必亡，曾經連上三書，請宣帝裁抑霍氏。宣帝當時留中不發，事後想著徐福，召他為郎。

上官太后一聞霍案發覺，即把宣帝召去，勸他從輕發落。宣帝道：「母后尚不知此中情節，自從高皇帝命蕭何釐定法律，世世子孫應該遵守，現在天下尚能為劉氏所有，就是君臣能守這個法律，不致滅亡。秦二世無道，以致絕祀，前車已是殷鑑，霍氏諸人淫奢事

小，危害社稷事大，單以霍顯而論，欲奪后位，膽敢毒死許后。」

上官太后聽到這句，大驚失色道：「皇兒此話真的麼？我何以毫不知道呢？」

宣帝道：「此事霍顯守秘都來不及，怎敢使母后曉得？」

上官太后聽了，忿忿地說道：「如此講來，我也有失察處分了。」

宣帝道：「此事怎能牽及母后！臣兒與許后天天在一起的，都被她們瞞在鼓中，母后獨處深宮，何從知道呢？不過許后為人很是可憐，身為皇后，死於非命，臣兒確是對不起她。淳于賞的妻子葉衍用附子為末，摻入丸藥，現在有司那兒都有口供。」

上官太后垂淚道：「我的這位許氏賢孝兒媳，她很知禮，我正憫她短命去世，誰知內中尚有這段文章。那個葉衍現在何處，快快把她拿來，讓我親自鞫訊，方才不負亡媳。」

宣帝道：「葉衍夫婦業已問斬，提起此人，臣兒猶覺髮指。」

上官太后聽到此地，正要答言，忽見霍后成君，披頭散髮地奔來，撲的跪在地上，邊叫太后救命，邊說道：「此事不關臣妾，乃是亡母一人的主張。」

上官太后一見霍后花容失色，邊在發抖，邊在哭泣，不覺憐惜起來道：「此事就是汝母的主意，你一則可以諫勸，二則可以告發，現在事已至此，我也不能搭救你了。」

霍后聽了，一把抱住太后道：「霍氏大家所行所為，實與臣妾無干。就是葉衍謀死許后一事，那時臣妾尚在待字閨中。冤有頭，債有主，萬求太后分別辦理！」說完，又朝宣帝連連磕頭道：「陛下總要稍念夫妻之情，臣妾伺候陛下，無不推心置腹，甚至床……」

霍后說至這個床字，頓時將臉一紅，頓了一頓，方又接說道：「陛下心裡想總明白！」說著，急把雙手高擎，望空亂拜，似乎有意將玉臂露出，送近宣帝的眼睛前頭，暗示一種隱語的樣兒。

誰知宣帝一見霍后這條玉臂之上現出一點紅疤，也會打動向日感情起來，不禁長嘆一聲，掉頭徑去。原來霍后平時自恃略有三分姿色，每在枕上呈妍獻媚，常常說可把她的那顆芳心挖了出來給宣帝看。宣帝也愛她房中風月勝過許后，有一天晚上，竟與霍后海誓山盟的，作了一次嚙臂紀念。

方才霍后高擎粉臂，原要宣帝看見這個紅疤，想起舊情。宣帝果被感動，又因此案太大，有司已擬霍后死罪，一時辦又不忍，赦又不能，故而掉頭徑去，留出餘地，似備轉圜。

上官太后一見宣帝忽然出去，不知他對於霍后究竟是赦是辦，心裡也替霍后著慌，忙又下了一道手諭，詔令廷臣從寬議處。廷臣接了太后手詔，當然要賣些人情，於是公議霍后事先並不知情，可以免死，惟嫌疑所在，似乎難主中宮等語。宣帝便把霍后廢去后位，徙入昭臺宮中，這也是死罪可饒，活罪難免的意思。

霍后既廢，宣帝為了立后一事，又躊躇了一二年之久，方始決定一人。此人是誰？乃是長陵人王奉光之女，入宮有年，已拜婕妤。王奉光的祖上曾隨高祖入關，得封侯爵，

及至奉光出世，家已式微；少年時候，且喜鬥雞走狗，落拓無聊，宣帝寄養外家，因與相識。那時奉光之女雖未及笄，卻有幾分姿首，只是生就一個大敗命八字，一臨夫家，她的未婚夫便要歸天。一連幾次，都是如此。奉光見她這般命凶，只索養她一世的了。

後來宣帝嗣祚，想起舊事，便將王女召入後宮。幸而宣帝命宮更比她硬，沒有被她剋死。宣帝因她尚不恃寵而驕，也還憐她三分。後來許后逝世，霍后繼立，陸續又召幸張婕妤，生子名欽；衛婕妤，生子名囂；公孫婕妤，生子名宇；華婕妤，生女名鉢。

這些人之中，宣帝最寵張婕妤，本思立她繼霍為后。後又一想，她已有子，若懷私意，必致弄成霍后第二，如何能夠保全儲君？想來想去，只有王婕妤無出，人又長厚，因此冊立為后，就把皇太子奭交她小心撫養。

過了幾時，已是宣帝六年，業已改元兩次，曾於五年間改號元康。內外百僚競言符瑞，連番上奏，說是泰山陳留，鳳凰出現，未央宮中，大降甘露。宣帝聽了甚悅，但是德歸祖考，追尊悼考為皇考，設立陵廟；又豁免高祖功臣二十六家賦役，令子孫世奉祭祀，賜天下吏爵二級，民一級，女子百戶牛酒，鰥寡孤獨年高的都賞粟帛，省刑減賦，大赦天下。

這樣的又過十二年，上官太后一病身亡，宣帝辦畢喪事，忽又想起許后死得可慘，竟把霍成君逐錮雲林館，旋又逼其自殺。霍成君知無援救之人，仰藥而歿。當時有人責備宣帝寡情。照不佞說來，霍成君本有應得之罪，知情同謀，死已晚了。

這且不提，再說宣帝時代，匈奴也來犯邊。幸有趙充國征服西羌，匈奴聞風生畏，旋又退去。又值壺衍鞮單于病死，傳位於弟虛閭權渠單于，國內亂起，鬧了多時。胡俗素無禮教，父死可妻后母，兄亡得納長嫂，成為習慣，罔如廉恥。壺衍鞮單于的妻室，本是顓渠閼氏，年已半老，猶有淫心，她想夫弟嗣立，自己又可再作現成閼氏，哪知虛閭權渠不愛顓渠，另立右大將女為大閼氏，竟將顓渠疏斥。顓渠不得如願，自然有些怨望。

適值右賢王屠耆堂入謁新主，被顓渠無意中窺見，愛他狀貌魁梧，正中私懷，當下設法勾引，把屠耆堂誘入帳中，縱體求歡。屠耆堂情不可卻，便與顓渠成了好事。嗣因屠耆堂不能久留，害得顓渠大失所望。

至宣帝神爵二年，虛閭權渠在位已有好幾年了。向例在五月間，匈奴主須大會龍城，祈禱天地鬼神。屠耆堂當然與會，順夜與顓渠重敘舊歡。等得會畢，屠耆堂正要驪歌將唱的當口，顓渠留他道：「近日單于有病，爾且再住幾時，如有機緣，爾可乘此繼位。」

屠耆堂自然留下，因見單于的病日重一日，便與顓渠私議，暗布機關。那時顓渠的兄弟都隆奇，方任左大且渠之職，由顓渠命他伺機即發。

也是屠耆堂大運亨通，虛閭權渠一死，都隆奇殺盡他的子弟親信，擁立屠耆堂為握衍朐鞮單于，都隆奇自號執政，顓渠當然名正言順地做了閼氏了。當時只有一位日逐王先賢

撣，居守匈奴西陲，素與握衍朐鞮有隙，豈肯臣服，遂密遣使至伊犁，通款漢將鄭吉，情願內附。鄭吉即發西域人馬五萬，往迎日逐王，護送入都。

宣帝封日逐王為歸臨侯，留居長安，特命鄭吉為西域都護，立幕府，駐節烏壘城，鎮撫西域三十六國，於是西域完全歸王，遂與匈奴國斷絕關係。

匈奴握衍朐鞮單于，一聞日逐王降漢，勃然震怒，立把日逐王兩弟拿下斬決。日逐王姊夫烏禪幕上書乞赦，批斥不准；再加虛閭權渠之子稽侯狦，係烏禪幕女婿，不得嗣位，奔投婦翁。烏禪幕遂與左地貴人，擁立稽侯狦，號為呼韓邪單于，引兵進攻握衍朐鞮。握衍朐鞮暴虐無道，民怨沸騰，一聞新單于到來，爭相歡迎，弄得握衍朐鞮窮無所歸，倉皇遁去，不知所終。

那位淫婦顓渠閼氏，即被其弟都隆奇割了首級，投奔右賢王去了。呼韓邪一旦得回故宮，收降散眾，封兄呼屠吾斯為左谷蠡王，又密遣人告知右地貴人，教他殺死右賢王。右賢王乃握衍朐鞮之弟，方與都隆奇商定，別立日逐王薄青堂為屠耆單于，發兵數萬，暗襲呼韓邪單于。

呼韓邪單于迎戰不利，挈眾東奔，屠耆單于據了王都，使前日逐王先賢撣之兄右奧鞬王，與烏籍都尉，分屯東方，防禦呼韓邪單于，同時西方呼揭王，來謁屠耆，與屠耆左右唯犁當戶，讒構右賢王，屠譽不問皂白，喚進右賢王，亂刀殺死，煮肉飼犬。右地貴人相率拚命，共訟右賢王之冤。屠耆一見眾怒難犯，又把唯犁當戶腰斬，並殺全族。

呼揭王恐怕連坐，因即叛去，自立為呼揭單于。右奧鞬王也自立為車犁單于。烏籍都尉又自立為烏籍單于。那時匈奴一國之中，幾個單于四分五裂，自顧不遑，當然無暇犯邊了。

宣帝知道他們內亂正亟，便思發兵征討。御史大夫蕭望之諫阻道：「君子不伐人喪，我們堂堂天朝，何必乘人之危，取人之利？不如遣使問弔，夷狄也有人心，定當悅服來歸，這也是懷柔的美政。」

宣帝素重望之，便即依議。

誰知匈奴國內亂益劇，累得天使無從致意，中道折回。直過數年，匈奴方始亂定。這個定亂之功，乃是一位巾幗英雄，姓馮名僚，原是楚公主解憂和番時候身邊的侍兒。她隨解憂至烏孫後，嫁與烏孫右大將為妻。胸羅經史，熟悉匈奴國情。她去四處調和，大家聯盟，國亂方定。因有馮夫人的關係，匈奴情願再與漢室和親，宣帝准奏，邊患總算得平。

次年忽有黃龍出現廣漢，宣帝又改黃龍元年。不料就在這年年終，宣帝忽然生起病來，病中看見一隻白虎向他奔來，病更加劇。

第四十八回　石顯權傾

宣帝臥病在床，忽見一隻白虎向他奔來，嚇出一身冷汗，急問后妃，都稱未見。宣帝召卜者至，令占凶吉。

卜者占了一課道：「白虎臨頭，不甚利於病人。但可祈禱，或亦無礙。」

宣帝命去照辦。卜者搭起七七四十九層高臺，名曰借壽，還要皇太子以及大小臣工俯伏羅拜。據說，玉帝若准借壽，所焚之符便會飛上九霄。說著，邊念咒語，邊焚符籙。群臣抬頭觀望，那道所焚之符果然直上空際。

眾人正在額手相慶的時候，突見幾個宮監滿頭大汗地奔了出來，向大眾宣示道：「萬歲宴駕！眾官速在此地舉哀，太子快快進宮，去接遺囑！」

眾人聽了，個個嚇得魂不附體，一面放聲大哭，一面把卜者拿下，發交有司治罪。那位卜者只好哭喪著臉，逡巡入獄去了。

不久，又奉王皇后手詔，說卜者法術無靈，貽誤大行皇帝性命，立即處斬。卜者到了

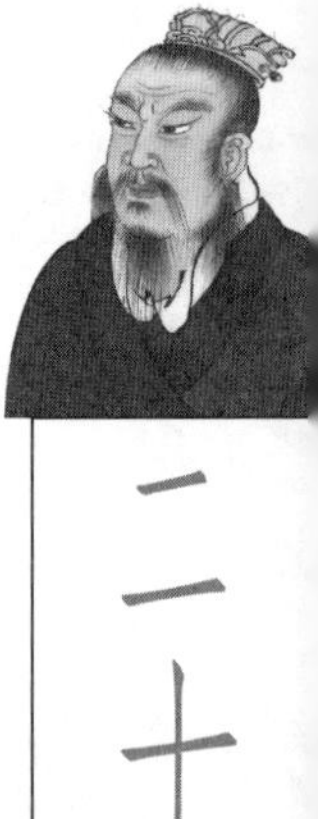

陰曹，見著那位宣帝，有何辯白，不佞當然不得而知，無從敘述。

單說當時皇太子奭入宮恭讀遺詔，是命侍中樂陵侯史高為大司馬，兼車騎將軍，太子太傅蕭望之為前將軍，少傅周堪為光祿大夫，共同輔政。總計宣帝在位二十五年，改元七次，史書稱他綜核名實，信賞必罰，功光祖宗，業垂後嗣，允稱中興明主。惟貴外戚，殺名臣，用宦官，釀成子孫之國的大害，未免利不勝弊，確是正論。

那時大喪辦畢，皇太子奭嗣皇帝位，是為元帝。尊王皇后為皇太后，越年改易正朔，號為初元元年。

奉葬先帝梓宮，尊為杜陵，廟號中宗，上謚法曰孝宣皇帝，立妃王氏為皇后，封后父王禁為陽平侯。王禁即前繡衣御史王賀之子。王賀在日，自謂曾經救活千人，子孫必貴，果然出了一位孫女，正位中宮。積德者昌，此語真個不錯。

王皇后名政君，是王禁的次女。兄弟八個，姊妹四人，母氏李姓，生政君時，夢月入懷，當時戚友都說她將來必定大貴，及政君年已及笄，婉孌多姿，頗通文墨。獨她那位老子，不修邊幅，好酒漁色，納妓作妾，竟達二十四人之多。

李氏是位正室，除政君以外，尚有兩男：一個單名鳳字，排行最長；一個單名崇字，排行第四。此外同父異母弟兄六人：名譚、名曼、名商、名立、名根、名逢時。李氏生性奇妒，屢與王禁反目。

王禁逼令李氏大歸，後即改嫁河內人苟賓為妻。王禁因見政君已經長成，許與邑人蒯姓，蒯姓未娶即夭，趙王聞得政君美貌，擬聘為姬。甫納財禮，趙王又是病故。王禁見政君迭喪二夫，甚是詫異，因邀相士南宮大有來家，為政君看相。南宮大有一見政君，即伏地稱臣，政君又羞又嚇，躲入帷內。王禁心裡暗喜，便問南宮大有道：「君如此舉動，難道吾女要做后妃不成？」

南宮大有道：「令嬡若不大貴，請斷吾頭！」

王禁重謝使去。乃教政君學琴，政君一學即會，復負才女之譽，遠近爭來作伐，王禁一概婉辭。

政君年十六，承宣帝宮中一位婕妤的介紹，執役宮內。那時太子良娣司馬氏得病垂危，太子奭痛不欲生，百計求治，終無效驗。良娣也自知不起，泣語太子奭道：「妾死非由天命，想是東宮姬妾見太子憐妾太過，陰懷妒嫉，咒我速死。我死之後，太子必須替我報仇！」說罷，兩頰生火，喘氣不止。

太子奭答道：「若待日後報仇，汝已不能眼見，此時就讓我到各房搜查，如無其事便罷，倘若被我查出，我一定活活處死，給你出氣就是了。」

太子奭說完這話，真的親去搜查。豈知竟在一個姓阮的良娣房內，搜出一具二寸長布做的小棺材，棺內睡著一個通草製成的裸體婦人，胸前寫著蠅頭小字，細細一看，卻是司

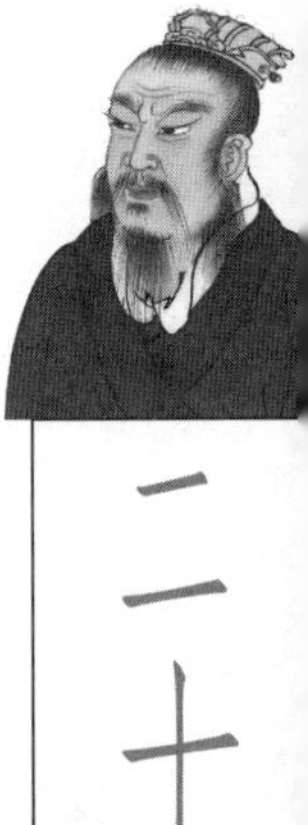

馬良娣的姓名，籍貫時辰八字。

太子奭看完，直氣得發抖，就把此物拿在手中，一把揪了那個阮良娣的頭髮，拖到司馬良娣的病榻前面，飛起一腿，對準阮良娣身上，把她踢得倒在地上，喝聲跪著等死。又將那一具小棺材遞與司馬良娣看道：「世上竟有這樣黑心狠毒的婦人！」

司馬良娣趕忙接到手裡一看，頓時氣得昏暈過去。太子急忙把她喚醒，只聽得司馬良娣嗚咽道：「我與她無冤無仇，何故這般害我？」

太子奭不及答話，正想去抽床上懸著的那柄寶劍，打算把阮良娣一刀兩斷的當口，司馬良娣連連止住道：「太子且莫殺她，最好此人讓我親手處治，我死後方才甘心。」

太子尚未答言，那個跪在地上的阮良娣自知沒命，便趁司馬良娣在與太子說話的時間，只聽得砰訇的一聲，阮良娣的腦袋已經碰在壁上，腦漿迸出，一命嗚呼。

太子一面命人把阮良娣的屍首拖出，一面想去勸慰司馬良娣。誰知司馬良娣早和阮良娣兩個雙雙的同赴陰間打官司去了。太子奭一見司馬良娣死得口眼不閉，幾乎要以身殉，嗣經眾人力勸，方始稍止悲痛。安葬司馬良娣之後，遷怒各房姬妾，非但不進各房之門，且不准她們見他面。

宣帝知道此事，也怪阮良娣太妒，除將現任大夫阮良娣之兄阮甘霖革職外，又因太子年已弱冠，尚無子息，此次為了司馬良娣之事，謝絕姬妾，如何會有子嗣！乃囑王皇后選擇美貌宮女數人，俟太子入朝皇后的時候，當面賞賜與他。

王皇后聽了，自然照辦。等得太子入見，將已選就五人，裝束得像天仙一般，笑問太子道：「這班宮女，何人最美？太子若是合意，不妨領去！」

太子答道：「臣兒悲悼司馬良娣，實在不願再見其他婦女。」

王皇后道：「司馬良娣死得固屬冤枉，你的父皇已把阮甘霖革職，也算對得住司馬良娣的了。你若再替她去守節，子嗣關係，如何交代祖宗宗廟呢？這幾個宮女，乃是你的父皇之命，不去違拗，方算孝子！」說著，又指這五個宮女道：「你倒說說看，這幾個之中，難道一個都不贊成麼？」

太子奭聽了，勉強將眼睛朝這五個人望了一望，道：「內中只有一個，稍覺可取。」

王皇后問他是哪一個，太子奭又默然不語。王皇后復懇懇切切地勸了太子一番，始令退去。

等得太子去後，就有一個宮娥笑對王皇后說道：「太子方才答覆皇后的時候，」那個宮娥邊說，邊指一個絳衣宮女道：「太子似乎說她可取呢！」

王皇后聽了道：「此人本來賢淑，既是如此，就叫她去伺候太子便了。」說完，即命侍中杜輔，掖庭令濁賢，將這個絳衣宮女送至東宮，交與太子。這個絳衣宮女，就是政君。

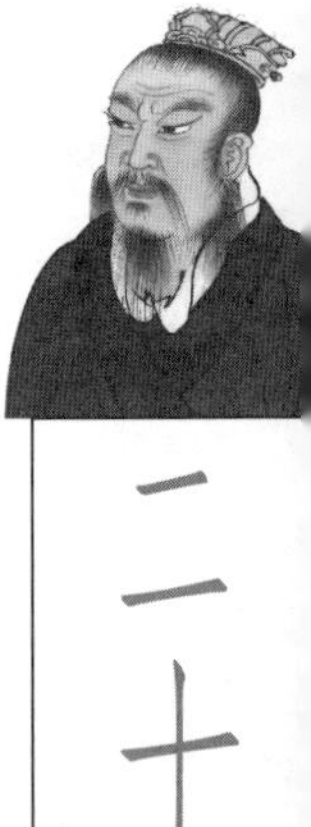

政君既入東宮，好多日不見召幸。有一天，太子偶見這個政君忽著素服，便召她至前，問她何故戴孝。政君跪下奏道：「奴婢因為司馬良娣未曾生育，陽世如果沒人戴孝，陰間必甚寂寞，奴婢之舉，無非要望司馬良娣早日去入天堂的意思。」

太子聽畢，心裡一個高興，當晚就命她侍寢。說也稀奇，太子本有姬妾十幾個人，七八年之中，未得一男半女，卻與政君一宵同夢，便即一索得男。甘露三年秋季，太子宮內甲觀畫堂，忽有呱呱之聲，有人報知宣帝。宣帝知己抱孫，當然大悅，賜名為驁。彌月之後，即令保姆抱去相見，撫摩兒頂，號為太孫。嗣後常令在側，一刻不見，就要問及，不料翁孫緣淺，不到兩載，宣帝崩逝。

太子仰承父意，自己一經繼位，便擬立驁為皇太子；又因不能先子後母，乃立王政君為后。立后未度一歲，即命驁為太子，其時太子驁尚僅四歲呢。

元帝內事既已佈置妥貼，遂辦外事。首將諸王分遣就國，於是淮陽王欽、楚王囂、東平王宇，次第啟行，各蒞封土。只將宣帝少子竟，因未長成，雖封為清河王，仍留都中。

當時大司馬史高，職居首輔，並無才幹。他本是告發霍氏有功，漸蒙先帝寵信，當日隨班進退，人云亦云，所以看不出他短處，現在獨當一面，自然露出馬腳來了。元帝登基未久，不便斥退老臣，但把朝廷大事責成蕭望之、周堪二人決斷。二人又是元帝正副師傅，因此格外信任。

望之復薦劉更生為給事中，使與侍中金敞，左右拾遺。金敞為金日磾之侄，金安上之子，正直敢諫，有伯父風。更生為前宗正劉德之子，博學能文，曾任諫大夫之職。兩人當然不負望之的推薦，多所輔弼。

惟獨史高以外戚顯貴，起初尚知自己才不及人，情甘藏拙，後見徒擁虛名，未免相形見絀，又經多數戚友慫恿，漸懷嫌隙起來。可巧宮中有兩個宦官很是用權，一是中書令弘恭，一是僕射石顯。自從霍氏族誅之後，宣帝恐怕政出權門，特召兩閹侍直，使掌奏牘文件。兩閹小忠小信，頗得宣帝歡心。

尚幸宣帝是位英明之主，雖然任用兩閹，猶能制其跋扈。及到元帝手裡，英明已經不及乃父，又屬新主嗣祚，對於舊日近臣，更要重視三分，因此之故，兩閹得以蟠踞宮廷，漸漸欺蒙元帝起來。正想聯絡外援的當口，史高有心結合，自然打成一氣，表裡為奸了。

石顯為人尤其刁猾，時至史高府中，參預謀議。事被蕭望之等看破，特向元帝進言，請罷中書宦官，上法古時不近刑人的遺訓。元帝其時已為兩閹所盡，留中不報。望之憤而辭職，元帝居然准奏。因此國事日非，已不似宣帝時代太平。

這且不在話下，單說元帝因為時常有病，每每深居簡出，只在後宮取樂。那時除了王皇后外，要算馮、傅兩位婕妤最為寵幸。傅婕妤係河南溫縣人氏，早年喪父，母又改嫁。傅婕妤當時年幼，流離入都，得侍上官太后，善伺意旨，進為才人，後來輾轉賜與元帝。

憑她的柔顏麗質，趨承左右，甚得歡心。

就是宮中女役，因她待下恩多，無不極口稱頌，常常飲酒酹地，祝她康健，幾年之後，生下一男一女：女為平都公主，男名康，永光三年，封為濟陽王，傅婕妤因得進號昭儀。元帝對她母子二人，萬分憐愛，甚至過於皇后太子。光祿大夫匡衡，曾經上書進諫，請元帝分出嫡庶，不可使卑踰尊。元帝總算採納，遂任匡衡為太子太傅。

匡衡受命之日，倒也高興，以為元帝既是納諫，必定已知前非。豈知元帝憐愛傅昭儀母子如故，匡衡只得辭職，元帝並不挽留。

傅昭儀之外，就要輪到馮婕妤了。馮婕妤的家世，又與傅昭儀不同。她的父親，便是光祿大夫馮奉世。奉世討平莎車，嗣因矯詔犯了嫌疑，未得封侯，元帝初年，遷為光祿勳。未幾隴西羌人為了護羌校尉辛湯嗜酒好殺，激變起事，元帝素知奉世深諳兵法，授為右將軍，率兵征討，一戰平羌，封為關內侯，升任左將軍，並授其子野王為左馮翊。馮婕妤係野王之妹，由元帝召入後宮，拜為婕妤，生子名興，漸承寵幸。

永光六年，改元建昭。這年冬季，元帝病體大癒，率領後宮妃嬪親至長楊宮校獵，文武百官一律隨駕。到了獵場，元帝在場外高坐，左侍傅昭儀，右侍馮婕妤。此外六宮美人，統統像肉屏風一樣地圍在後面。文官分立兩旁，武將都去射獵。

鬧了一陣，各獻所獲的飛禽走獸，元帝分別賞賜酒食絹帛。餘興未盡，復到虎圈前面觀看鬥獸。傅昭儀與馮婕妤二人，她們與元帝本是行坐不離的，自然隨著元帝左右。虎圈內的各種野獸，各有鐵籠關住，一經放出，獸與獸鬥，凶猛無比。

元帝同著傅、馮等人，看了那些猛獸咆哮跳躍，互相蠻觸，有用角鬥的，有用口咬的，有用爪抓的，有用足踢的，真比現在的馬戲還要好看幾倍。元帝看得大樂，急命獻上酒來，邊喝邊看。

正在有趣的當口，陡聞呼嘯一聲，只見一隻極巨的人熊跳出虎圈，直向御座前面奔來。那種張牙舞爪的凶相，大有攫人而噬的情狀。幸而御座之前還有鐵柵擋住，那隻人熊用爪抓住柵欄就想聳入吃人。

說時遲，那時快，元帝與一班妃嬪一見勢已危急，不及呼喚從臣，大家急急往後四散的奔逃。那位傅昭儀更是膽小，早已不顧元帝，她卻逃得最快。

其餘一班妃嬪，也有哭喊的，也有跌倒的，也有失鞋的，也有落帽的，兀像一陣花蝴蝶的各處亂飛，只顧自己，哪裡還有工夫再管人家。獨有馮婕妤卻不慌亂，反而挺身上前，擋住那隻凶巴巴的人熊。

元帝見了，嚇得邊跑邊呵道：「你怎的不逃呀？」說了這句，又連連地跺足道：「馮婕妤今兒一定餵熊了！」

說聲未了，幸見幾個武士奮不顧身的，各用武器，把那一隻人熊亂斫亂擊。

沒有一會，只聽得那熊幾聲怪叫，方始斃命。元帝回頭再看馮婕妤，見她花容未變，依然鎮定如恆，忙把她一把拖到身邊問她道：「你可是活得不耐煩了麼？難道不怕牠吃你的麼？」

馮婕妤答道：「妾聞猛獸攫人，得人而止；妾恐那熊害及聖躬，故而拚了性命擋住那熊，讓牠在吃妾的時候，好使陛下脫身。」

元帝聽至此地，不待馮婕妤往下再講，趕忙緊握馮婕妤的玉臂，太息道：「愛卿的忠心固屬可嘉，難道忘了朕愛你如命的麼？」

馮婕妤道：「二害相並，擇其輕者，像妾這般的人，世上很多，失一不足為惜；陛下是繫社稷宗廟安危的人，豈可沒人替死？妾聞我們高祖皇帝，軍中危急的時候，曾有紀信化裝替死，妾亦食君之祿，哪好專顧自己生命呢？」

元帝聽了，心裡一個不忍，居然落下淚來。這天回宮之後，即封馮婕妤為昭儀。——昭儀這個官名，是元帝新設的，僅較皇后小了一級。——當時宮裡既有兩位昭儀，傅昭儀受封在前，自然不甚願意；從此對於馮昭儀，差不多像避面的尹、刑兩不相下了。

馮昭儀既是如此得寵，中書令石顯最會趨炎附勢，他便力保馮昭儀之弟馮逡，說他如何賢能有為，要請元帝重用。元帝即將馮逡召至，原想授他為侍中，誰知馮逡這人，倒是一位有志之士，反把原保人石顯狠狠地奏參一本。元帝聽了，盛怒之下，幾乎要將馮逡斬首，幸看乃姊之面，降為郎官。

石顯見馮逡參他不動，便向廷臣現著得色道：「這個小鱉蛋，這般沒有良心，我倒要看看他乃姊的威風有幾時呢！」

大家聽了，都拍他馬屁，反怪馮逡不好。

石顯又有一個胞姊，名叫石華，因愛郎中甘延壽為人，欲想嫁其為妻；偏偏甘延壽看輕石顯，不願與婚，石顯自然銜之刺骨。

建昭三年，甘延壽任西域都護騎都尉，與副校尉陳湯同出西域，襲斬郅支單于，傳首長安，廷臣皆為甘、陳二人請封，石顯單獨反對，因此罷議。甘、陳何故襲斬郅支，閱者且聽不佞補敘。

原來匈奴國從前內訌的時候，幸得馮夫人僚，出來調解，公認呼韓邪為一國之主。郅支事後怨漢袒護呼韓邪，拘辱漢使江迺始等，遣使入都求加封號。元帝特派衛司馬谷吉持詔前往駁斥。

郅支大怒，殺死大使谷吉。自知負漢，又聞呼韓邪與漢和親地位漸固，恐遭襲擊，正想他徙以避其鋒。適有康居國派使迎他，要想與之合兵，共取烏孫，郅支樂得應允，當即引兵西往康居。康居王便以其女配與郅支。郅支亦以其女配與康居國王，互為翁婿，真是野蠻國的行為。

元帝既知谷吉被殺，特命甘延壽、陳湯二人出征康居，一仗大勝。郅支方欲遁去，已被甘、陳襲殺，並殺死閼氏太子名王以下千五百人，生擒番奴四百十五人，搜得漢使節二柄，及谷吉前時所賚詔書。

回朝之後，一人之功，幾為石顯所歿。後由劉更生挺身力爭，元帝恐寒將士之心，始封甘延壽為義成侯，陳湯為關內侯；復追憶馮奉世前破莎車，功與甘、陳相等，亦擬補封侯爵。嗣又因奉世已歿，且破滅莎車，是先朝之事，擱起不提。

不久御史大夫甘延壽又歿，朝臣多舉馮野王可以升補。石顯又來反對道：「馮野王雖然有為，可惜是位國戚；如果重用，天下必說朝廷不公。」

元帝聽了，乃以張譚補為御史大夫。當時石顯的權力比諸從前的霍光也不相上下了。

第四十九回　昭君出塞

石顯明知元帝已經萬分信他，還防有人中傷，難保祿位，特向民間搜羅無數絕色女子，獻入後宮。只要元帝沉迷酒色，一切軍國大事，便好由他一人支配。

誰知元帝果中其計，日夜宣淫，刻無暇晷，何嘗還有工夫來顧國政？石顯因得擅作威福，一意孤行，根蒂既固，復引牢梁、五鹿充宗等人為其爪牙。當時民間便起了一種歌謠，其辭是：「牢耶？石耶？五鹿客耶？印何壘壘，綬何若若？」

可惜這種可致石顯等死命的歌辭，傳不到元帝耳中，所以元帝一朝，石顯竟得安然無恙。

那時已是建昭五年，復又改元竟寧。竟寧元年春三月，匈奴呼韓邪單于自請入朝面聖，奉詔批准。呼韓邪便由塞外啟行，直抵長安，見著元帝，行過胡邦最敬之禮以後，仍乞和親，因為前時所遺的那位公主業已逝世，故有是請。元帝也防邊疆多故，不如暫時羈縻，省得勞民喪財，多費心機，當下一口允諾。

等得呼韓邪退出，元帝回到後宮，卻又躊躇起來，他一個人暗忖道：「從前我朝與匈奴和親的辦法，都是私取宗室女子冒充公主，遣使送至他們那裡，歷朝以來，從沒一次敗露。目下呼韓邪親住都中，隨從人等耳目眾多，若照從前辦法，必至露出破綻，堂堂天朝，豈可失信番奴；若以真的公主遣嫁，朕又於心不忍，這倒是件難題。」

元帝想到此地，不禁愁眉不展起來。

當時只有馮昭儀一人在旁，便問元帝道：「陛下今日退朝，似有不悅之色，莫非朝中出了亂子不成？」

元帝聽了，即把這樁難題告知馮昭儀。馮昭儀聽完，卻向元帝笑道：「臣妾以為甚麼大事，有煩聖慮，誰知此等小事，有何煩難呢？」

元帝道：「你說不難，你有甚麼主意，快快說來！」

馮昭儀道：「目下後宮宮人至少也有二三千人，十成之中，倒有九成九沒有見過陛下一面的，陛下平時要幸宮人，都是按圖索驥，看見圖畫上面哪個美貌，就選哪個前來侍寢，這樣揀取，就是陛下聖壽萬年，也幸不完許多宮人。此事只要從宮人之中，選出一個較美的人物，扮作公主模樣，當面賜與呼韓邪，便可了結。」

元帝聽了道：「這個辦法，朕何嘗不知道；朕的意思，是恐怕這班宮人之中，未必真有美麗的，萬一當場被呼韓邪識破，大家都沒面子，甚至翻起舊案，一假百假，這事便難收場。」

馮昭儀道：「陛下放心，此事臣妾負責就是！」說著，忙把三千幅美人圖取至元帝面前，請元帝選擇。

元帝見了許多圖畫，哪有功夫細揀，隨便指著一人，對馮昭儀說道：「就是她罷！不過你要吩咐她們，須要裝束得體，不可露出馬腳為要。」

馮昭儀聽了，親去傳諭宮娥，叫她們前去關照此人。

到了次日，元帝特在金鑾殿上，設席宴請呼韓邪。酒至半酣，便命可將公主召出，以便與呼韓邪單于同赴客邸完婚。此言甫了，只見一群宮娥擁出一位美人，嫋嫋婷婷地輕移蓮步，走近御座之前辭行。

元帝不瞧猶可，瞧了一眼，直把他嚇得魂飛天外，魄散九霄起來。你道為何？原來此人真是一位絕代佳人。但見她雲鬢擁翠，嬌如楊柳迎風；粉頰噴紅，豔似荷花映日；何殊月窟姮娥，真是人間第一，不亞瑤池仙子，允稱世上無雙。

元帝當下看得癡呆一陣，忍不住輕輕地問那人道：「汝叫何名，何時入宮？」

只見那人輕啟珠喉，猶如嚦嚦鶯聲地奏道：「臣女王嬙，小字昭君，入宮已有三個年頭了。」

元帝聽了失驚道：「那末朕怎麼沒有見你一次呢？」

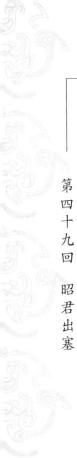

王嬙也輕輕答道：「後宮人多，陛下只憑畫工繪圖選取。」

王嬙說至此地，她的聲音已經帶著酸楚的味兒道：「那班畫工只知蒙蔽君王，以我等苦命宮人擋他的生財之道，還有何說呢？」

元帝聽了，始知畫工作弊。本想把王嬙留下，另換一人賜與呼韓邪，無奈呼韓邪坐在殿上，只把一雙眼睛儘管望著王嬙，不肯轉動，情知木已成舟，萬難掉包，只得硬了心腸，閉著眼睛，將手一揮道：「這是朕負美人，你只好出塞去的了！」

元帝此時為何閉了雙眼？他若不把眼睛閉住，說不定一股熱淚也要滾出來了。

那時王嬙也知無望，又見元帝捨不得她的情狀，女人不比男子，早已嗚嗚咽咽起來。

呼韓邪起初看見這位美人，在與皇帝說話，此刻又見她掩面暗泣，還以為骨肉遠別，應有這種現象。一個不知愛情為何物的番奴，也會英雄氣短，兒女情長起來，慌忙出座，向元帝跪奏道：「臣蒙陛下聖恩，竟將彩鳳隨鴉，外臣感激之下，除將這位公主帶至本國優禮相待，不敢損她一絲一髮外，子子孫孫臣服天朝，決不再有貳心。」

元帝此刻仍是閉著眼睛，不忍再見王嬙這人。及聽呼韓邪這番說話，僅把他的頭連連點著，吩咐群臣護送公主至客邸成婚，自己拂袖進宮。一到宮裡，不覺放聲大哭，嚇得后妃等人莫明其妙。

還是馮昭儀已知元帝的意思，趕忙一面勸慰元帝，一面又說道：「此事千不好，萬不好，要怪畫工不好；現在只有重治畫工之罪，也替我們女界吐吐惡氣。」

元帝搖著頭道：「如此一位白玉無瑕的美人，竟被這個畫工奴才生生斷送！」說著，即顧左右，速將畫王嬙容貌的這個畫工拿來，由朕親自審訊。

一時拿到，元帝問了畫工姓名，方知名叫毛延壽。元帝問他，王嬙如此美貌，爾何故把她畫得這般醜劣？毛延壽辯白道：「臣畫王嬙的時候，乃是黑夜，未免草率一點，罪該萬死！」

元帝聽了冷笑道：「恐怕不是黑夜，不過有些黑心罷！」

毛延壽叩頭如搗蒜般道：「這臣不敢，這臣不敢！」

元帝道：「索賄罪小，斷送美人事大。」說完，便把毛延壽綁出斬首。

此刻讓不佞再來敘敘王嬙的身世。

王嬙字昭君，係南郡秭歸人王穰的長女，妹子小昭君，小她兩歲，和她一般美貌。當時選取宮女的內監，原要將她們姊妹二人一同帶入宮中，還是王穰苦苦哀求，說是年老無子，將來祭掃需人，方才把小昭君留下。

王嬙入宮以後，例須畫工畫了容貌，呈上御覽，以備選定召幸。畫工毛延壽貪得無厭，有錢送他，便把你畫作西施、鄭旦的容顏；沒有錢送他，便把你畫作嫫母、無鹽的相貌。元帝本來模模糊糊，毛延壽這般作弊竟被蒙過。王嬙貌既可人，品又高潔，對於畫

工，怎肯行賄，及至得見元帝，已經事已無救，只得攜了她平日心愛的那面琵琶，跟著呼韓邪淒淒涼涼地出塞去了。

那時從長安到匈奴，都是旱道，沿途雖有官吏供應，十分考究，如何遣得開王嬙去國離鄉的愁懷？她又想著元帝和她分別時候的形狀，明知元帝十分不捨，她的身世倘若不被畫工作弊，一定得蒙寵幸。像她這般花容月貌的人材，如在元帝身邊，豈不是朝朝寒食，夜夜元宵！何至跟著這個面目可憎，語言無味的番奴呢？雖然去到匈奴，便作閼氏，無奈塞外是個不毛之土，每年自春至冬，地上不生青草，即此一端，已知那些地方的瘠苦了。

王嬙一個人自思自嘆，自怨自艾，長日如年，百無聊賴，無可解愁，只有在馬上抱著琵琶，彈出一套《出塞曲》來，藉以消遣。誰知天邊飛雁，見她美貌，聽了琴聲，居然撲撲地落在馬前。這個便是落雁的典故。

古來有四大美女：第一個是越國西施，她在浣紗的時候，水中游魚見了她的影子，自慚形穢，沉了下去；第二個就是昭君的落雁；第三個是三國時代，王司徒允的婢女貂嬋，她因主人憂國致病，她每夜對月焚香，祈禱主人病癒，可以為國效力，那個月亮見她的丰姿，也會閉了攏去；第四個是唐代的楊玉環，肌膚豐腴，白皙勝似梨蕊，那些花朵見了她也會含羞紛紛落地。所以文人譽美的名詞，便有「沉魚落雁，閉月羞花」這四種的典故。

這且不講，單說王嬙到了匈奴之後，呼韓邪倒也言而有信，待她甚厚，號為寧胡閼氏，逾歲生下一子，叫作伊屠牙斯。後來呼韓邪病死，長子雕陶莫皋嗣位，號為復株累若鞮單于。那時王嬙尚是花信年華，她在匈奴已有數年，故國規矩略知一二。她既然曉得胡俗的陋習，父死可以娶母，她於復株累若鞮登基的那一天，急把新主召至問道：「爾是胡人，我是漢女；爾現做了單于，對於閼氏問題，還是從胡，還是從漢？」

復株累若鞮答道：「臣兒生長斯土，自然應從胡俗。」

王嬙當下聽了，又嚇又羞，早把她的那張粉臉泛出朵朵桃花，低頭不語。

復株累若鞮見了這位國色天香，怎肯捨了美人，又背國教，便笑對王嬙道：「本國風俗如此，人臣不可違抗。否則人民不服，天也不容。」

王嬙無法，只得忍辱含羞地從了胡俗。復株累若鞮即封王嬙為閼氏，一切待遇，倒也和去世單于一樣。

王嬙復生二女，長女為須卜居次，次女為當於居次。又過十餘年，王嬙病歿，埋葬之後，她的墓上草色獨青，當時呼為青塚。

後人因她紅粉飄零，遠適異域，特為製了一曲，譜入樂府，名叫《昭君怨》。或說王嬙跨馬出塞馬上自彈琵琶，編成此詞。後又不從胡俗，服毒自盡，這都是代她不平，附會其辭，並非事實。不佞說她苟且貪生，願失貞操，雖是正論，但是一介女流，身處威權之後，除了一死之外，自然只好失節的了。論者略跡原心，未為不可。

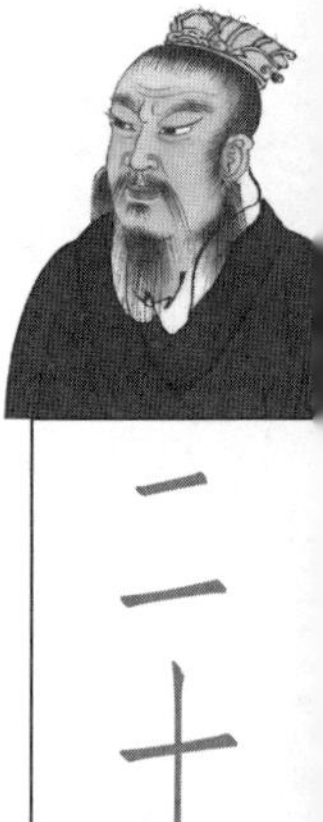

再說元帝自從王嬙出塞之後，雖把毛延壽立時問斬，因為到口饅頭被人生生奪去，懨懨不樂，竟至生起相思病來，后妃等人趕忙代覓佳麗，投入對症之藥。

豈知元帝見了別個女子，視如糞土，不能去他心頭的煩悶。馮昭儀便令內監出去打聽王嬙有無姊妹，內監回報，說有一個妹子，名叫小昭君，貌與乃姊一式無二，可惜早嫁濟南商人，已成破璧，馮昭儀當下據實奏知元帝。

元帝一聽王嬙尚有胞妹，又是面貌相同，也不管業已嫁人，急令召入宮中，封作婕妤。不料有位冒失的廷臣，名叫蒯通，諫奏道：「世間閨女甚多，皇宮裡面，豈可容這再醮民婦？」

元帝忿然道：「汝為我朝臣子，劉氏上代歷史，汝知道否？」

蒯通道：「臣知道是知道的，從前王太后固是再醮，這種亂法，不學也好。」

元帝聽了道：「這是朕的家事，汝不必多管！汝把國事辦好，也就難為你了。」說完，揮令退去，倒也未曾降罪。

石顯為見好元帝，便譖奏道：「蒯通此奏，明明污辱王婕妤的身分，應該問斬！」元帝准奏。蒯通身首於是異處。

那位小昭君卻有兩樣絕技，勝於乃姊：一樁是出口成章，比較後來的那個曹子建還要敏捷；一樁是具房中術，有通宵不倦之能。這第二樁絕技，便把元帝樂得無可如何，特地建築一座好合亭，居於未央宮的東北，每日同了小昭君遊宴於此。有時也令傅、馮兩位昭儀與宴。馮昭儀原是媒人，況又知趣，一任元帝與小昭君歡樂，毫不爭夕。

獨有那位傅昭儀，性情狹窄，氣量極小，常常打翻醋罐，甚至與小昭君扭成一團。有一天，卻被元帝親眼看見，先命左右設宴好合亭上，自己和小昭君一同坐下，方把傅昭儀召至，裸其體膚，逼令跪在地上，眼看他們行樂。

傅昭儀不敢抗旨，只好忍辱遵辦。跪在地上，還是小事，眼見元帝與小昭君二人花開並蒂，鏡合鴛鴦的當口，可憐她的臉上忽然紅一陣白一陣，一刻一變樣子。至於傅昭儀是羞憤方始露出這個樣兒的呢，還是有所感觸，情不自禁起來，始有這種面上升火的形象，不佞當日身不在場，不敢妄斷。

單講元帝正在特別懲戒這位傅昭儀的當口，就有宮娥前去報知馮昭儀。馮昭儀一聽元帝做出這樣不成體統的事情出來，不覺動了兔死狐悲之感，想來責備小昭君，要她繫鈴解鈴，不可撐足滿篷，不料走上好合亭去，一見內中如此情狀，連她也羞得慌忙退了出來。提筆吟上一首長歌，諷勸元帝。

元帝與小昭君見了這詩，一時感動，便把傅昭儀放了起來，後來傅昭儀感激馮昭儀解圍之恩，始把心中妒嫉她的酸味統統取消。後由傅昭儀也進一個美女，名喚梅君的，元帝復將好合亭改稱四美亭，日夕與傅昭儀、馮昭儀、小昭君、梅君等四人樂而忘返。唐人宮

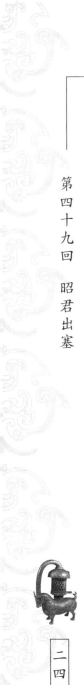

詞云：「桃花欲與爭顏色，四美亭前月信明」，就是詠此。

那時她們四人之中，自然是小昭君最美。元帝對她，也比其餘三個來得憐愛。小昭君忽然想起其姊，逼著元帝諭知匈奴，恭送王嬙入朝省親。元帝也想再見王嬙一面，或有一箭雙鵰之事，也未可知，即派上大夫呂乾親迎王嬙。那時王嬙已嫁復株累若鞮單于，長女甫經出世，復株累若鞮好色過於呼韓邪，不准王嬙離開身邊。

王嬙聞得其妹小昭君業已事帝，雖然不能回國，倒也高興，乃作一書，以報元帝，其辭是：

臣妾幸得備禁臠，設身依日月，死有餘芳；而失意丹青，遠竄異域，誠得捐軀報主，何敢自憐？獨惜國家黜陟，移於賤工；南望漢闕，徒增愴絕耳！有父有妹，惟陛下幸少憐之！

王嬙書後，又附一詩云：

秋木萋萋，其葉萎黃。有鳥處山，集於苞桑。養育毛羽，形容生光。既得升雲，上遊曲房。離宮絕曠，身體摧藏！志念沒沉，不得頡頏。雖得委食，心有徊徨。我獨伊何，來往變常！翩翩之燕，遠集西羌！高高峨峨，河水泱泱。父兮母兮，道悠且長！嗚呼哀哉！憂心惻傷！

呂幹擕書回報元帝。元帝展誦未畢，淚已盈眶。小昭君在旁見了，也是欷歔不已。元帝從此復又憂悶。

傅、馮二人暗怪小昭君多事，小昭君也懼因此失寵，更是以色取媚元帝。沒有數年，小昭君先患瘵病而歿，元帝悲傷過度，也得重疾，日加厲害。每見尚書入省，問及景帝立膠東王故事，尚書等雖知帝意所在，應對卻多吞吐。

原來元帝有三男，最鍾愛的是傅昭儀所出之定陶王康，初封濟陽，徙封山陽，最後即是定陶。康有技能，尤嫻音律，與元帝才藝相若。元帝能自製樂譜，創成新聲，常在殿下擺著鼙鼓，親用銅丸連擲鼓上，聲皆中節；甚至比較坐在鼓旁，以槌擊鼓，還要好聽。臣下希冀得寵，每學不能；惟有定陶王康，技與乃父不相上下。元帝讚不絕口，且與左右時常談及。

駙馬都尉史丹，係前大司馬史高之子，隨駕出入，日侍左右。他見元帝屢屢稱讚定陶王康，便有些不服氣起來，對元帝說道：「臣意音律小事，縱有技能，無非一位樂官而已，哪裡及得上聰明好學的皇太子驁呢？」

元帝聽了，不禁失笑。

未幾，元帝少子中山王竟，得病遽殤。元帝挈著皇太子鷩，前往視殮，元帝猶且揮淚不止，獨太子面無戚容。元帝見了發怒道：「臨喪不哀，是無人心！天下豈有無心肝的人，可以仰承社稷宗廟的麼？」

又見史丹在旁，特責問道：「汝言太子多材，今果如何？」

史丹免冠謝罪道：「此事怪臣不好，臣見陛下哀悲過甚，務請太子勿再哭泣，免增陛下傷感。」

元帝聽說，不知是謊，方才不怪太子。

後來元帝寢疾的時候，定陶王康與傅昭儀母子二人，衣不解帶地日夕側侍。元帝被他們母子所感，因欲援膠東王故例，諷示尚書。史丹一聽這個消息，等得傅昭儀母子偶離元帝左右的當口，大膽趨入元帝寢宮，跪伏青蒲上面，儘管磕頭。

青蒲是青色畫地，接近御榻，向例只有皇后方可登上青蒲。那時史丹急不暇擇，若一耽擱，傅昭儀母子就要走來，便沒有時間可與元帝說話了。當下元帝一聞榻前有磕頭的聲音，睜眼一看，不禁大怒。

第五十回　亙古奇災

元帝一見史丹跪在青蒲之上，不禁大怒，方欲責備史丹越禮。史丹早已涕淚陳辭道：「太子位居嫡長，冊立有年，天下業已歸心；今聞道路傳言，宮中似有易儲之舉。陛下若無此事，天下幸甚，漢室幸甚！陛下若有此意，盈廷臣工，心定死爭。臣今日斗膽跪此青蒲奏事，已存死節之心。獨有廢儲大事，幸陛下三思！臣到九泉，方才瞑目。」

元帝素信史丹忠直，聽他侃侃而談，也知太子不應輕易，於是收了怒容，又長嘆一聲道：「朕因太子不及康賢，廢立之事，本在躊躇，爾既拼死力保太子，這是太子為人或有幾分可取。太子原為先帝鍾愛，只要他不負祖宗付託，朕也不是一定要廢他的。朕病已入膏肓，恐將不起，但願汝等善輔太子，使朕放心。」

史丹聽畢，叩謝而出。不料元帝就在當晚瞑目逝世，享年四十有二，在位十有六年，改元四次。

太子鷔安然即位，就是成帝，首尊皇太后王氏為太皇太后，母后王氏為皇太后，封母

舅陽平侯王鳳為大司馬大將軍，領尚書事。奉葬先帝梓宮於渭陵，廟號孝元皇帝。

越年改元建始，就有一樁黜奸大事發現。

原來成帝居喪讀禮，不問朝政，所有一切大小事件均歸王鳳負責。王鳳素聞石顯攬權用事，民怨沸騰，因即奏請成帝，徙石顯為長信太僕，奪去政權。那時匡衡已因阿附石顯任為丞相；御史大夫張譚，也是石顯的黨羽。今見石顯失勢，二人即聯銜彈劾石顯種種罪惡，以及黨羽五鹿充宗等人。

於是將石顯革職，勒令回籍。石顯怏怏就道，亡於中途。少府五鹿充宗，降為玄菟太守；御史中丞伊嘉也貶為雁門都尉，牢梁、陳順等等，一概免職。一時輿論稱快。又起一種歌謠道：

「伊徙雁，鹿徙菟，去牢與陳實無價。」

當時匡衡、張譚二人，以為自動地劾去石顯，總道可蓋前愆，誰知惱了一位直臣王尊，飛章入奏，直言丞相、御史前與石顯一黨，應即問罪。成帝見了此摺，也知匡衡、張譚本失大臣體統，惟因甫經即位，未便遽斥三公，遂將該奏擱置不理。

匡衡、張譚聞知其事，慌忙上書謝罪，乞賜骸骨歸里，同時繳還印綬。成帝降詔慰留，仍把印綬賜還，並貶王尊為高陵令，顧全匡衡等面子。匡衡等始照舊治事。但是朝臣都替王尊抱屈，背後很怪匡衡等無恥。

王尊係涿郡高陽人氏，幼年喪父，依他叔伯為生，叔伯家亦貧寒，令他牧羊。王尊且牧且讀，得通文字，後充郡中小吏，遷補書佐。郡守嘉他才能，特為薦舉，遂以直言聞時，任虢縣令。輾轉升調，受任益州刺史，蒞任以後，嘗出巡屬邑，行至邛萊山，山前有九折阪，不易行走。從前臨邛縣王吉，任益州刺史時，行至九折阪，仰天嘆道：「我的身體膚髮承受先人，不可毀傷，何必常常經此冒險。」當即辭官歸去。

及王尊過九折阪，記起先哲遺言，偏使御夫疾行向前，且行且語道：「此處不是王吉先生的畏途麼？王吉是孝子，王尊是忠臣，各行其是，都有至理。」

王尊在任二年，復調任東平相。東平王劉宇，係元帝之弟，少年驕縱，不奉法度。元帝知道王尊忠直敢言，故有是命。王尊果能直諫，不為威勢所屈。

劉宇最喜微行，王尊屢諫不改，乃令廄長不准為之駕馬，劉宇只得作罷，但是心裡大為不悅。

一日，王尊進謁劉宇。劉宇雖與有嫌，因是父皇派來之相，不得不延令就坐。

王尊早經窺透其意，即正色向劉宇說道：「臣奉詔來相大王，臣的故舊皆為臣弔。臣聞大王素負勇名，也覺自危，現在待罪相位有日，未見大王勇威，臣自恃蒙大王寵任。這

樣看來，大王倒不勇，臣才好算真勇呢！」

劉宇聽了王尊之言，勃然變色，意欲把王尊立時殺死，又恐得罪朝廷，亦有未便，眉頭一皺，計上心來，因即與語道：「相君既自詡勇，腰間佩劍定非常品，可否讓我一觀？」王尊偷看劉宇面色，似帶殺氣，猜他不懷好意。也用一計，卻向劉宇左右近侍說道：「大王欲觀我的佩劍，爾等可代解下，呈與大王。」邊說邊把雙手懸空高舉，一任近侍解他所佩之劍。等得劍已離身的當口，方始又對劉宇微笑道：「大王畢竟無勇，僅不過想設計陷臣不義而已。」

劉宇既被王尊道破隱衷，暗暗叫聲慚愧。又知王尊久負直聲，天下聞名，只得解釋道：「寡人並無是意，相君未免多疑了！」說完，即令左右設宴，與王尊同飲，盡歡而散。

豈知劉宇之母公孫婕好，平生僅有劉宇一子，萬分心愛，固不待言，此時既為東平太后，眼看王尊這般管束其子，大為不悅，於是上書朝廷，參劾王尊倨傲不臣，臣妾母子事事受制，必定逼死而後已。元帝覽奏，見她情詞迫切，不得不將王尊去職。

及成帝即位，大將軍王鳳素慕王尊為人，因召為軍中司馬，兼任司隸校尉。任事未久，偏又為了匡衡、張譚二人之事坐貶，王尊赴任數月，因病辭職。王鳳也知王尊受屈，不去挽留，由他自去，且過幾時，再圖召用。

那時成帝因念太后撫養之恩，十分優待王姓，除已封王鳳為大將軍外，復封王崇為安成侯，王譚、王商、王立、王根、王逢時等，統統賜爵關內侯。王鳳、王崇二人俱係太后同母弟兄，爵亦較尊，其餘是異母弟兄，爵故稍卑。那時朝臣明知此舉，不合祖宗遺訓，但貪爵祿，個個噤若寒蟬。

哪知人不敢言，天已示警，夏四月天降黃霧，咫尺莫辨，市民喧擾。宮中疑有變故，查問之後，始知為了大霧的事情。成帝也覺有異，詔問公卿，各言休咎，毋庸隱諱。諫大夫楊興、博士駟勝等，異口同聲地奏稱，說是陰盛陽衰，故有此徵。從前高祖臨歿有約，非功臣不准封侯；今太后的弟兄無功受祿，為歷朝所無，應加裁抑等語。大將軍見了此奏，立即上書辭職。

成帝不肯照准，而且愈加親信，是年六月，忽有青蠅飛至未央宮殿，集滿群臣坐次。八月復見兩個月亮並現，晨出東方。九月夜有流星長四五丈許，狀似蛇形，貫入紫宮。種種奇突的災異，內外臣工都歸咎於王氏。成帝因母及舅倚畀如故。

還有太后母李氏，早與后父王禁離婚，嫁與苟姓，生子名參，貪無聊賴。太后既貴，便令王鳳迎還生母，且欲援田蚡故例，授苟參為列侯。倒是成帝謂田蚡受爵，實非正辦，苟參不宜加封。太后無奈，猶授苟參為侍中水衛都尉。此外王氏子弟七侯以外，無論長幼，俱進官爵，不在話下。

成帝踐阼以後，年方弱冠，大有祖上遺風，嗜酒好色，很能跨灶。在東宮時代，已喜

獵豔。元帝又因母后被毒，未享遐齡，特選車騎將軍平恩侯許嘉之女為太子妃。許女名婭，秀外慧中，博通史事，並擅書法，復與太子年貌相當，惹得太子意動神馳，好像得了一位月裡嫦娥一般，整日的相愛相親，相偎相倚，說不盡千般恩愛，萬種溫存。

當時元帝曾經暗令黃門郎許沅，前往東宮，窺探兒媳是否和諧，及所為何事。沅既是奉旨私探，當未便直入東宮，只得私下喚了一個東宮內監，同至僻靜地方，仔細一問，不禁也覺好笑起來。你道為何？原來太子正在扮作嫖客模樣，又令太子妃以及諸良娣，統統扮作勾欄妓女，學那倚門賣笑的行徑，陪他取樂。

許沅不便以此事奏知元帝，只得改辭回報，說是太子正與妃姬等人埋頭誦讀，唔咿滿堂，東宮變為學校。元帝與后妃未曾聽畢，早已樂得心花怒放，當下擬賜太子黃金千斤，以作膏火之貲。

后妃等人因見元帝高興，都湊趣道：「陛下閒著無事，何不同去看看一對兒媳呢？」

元帝聽了又笑道：「我們大隊人馬同至東宮，豈不衝散他們讀書的好事麼？」

馮昭儀更是在興頭上，不待元帝許可，急去拿了許多書籍，拖了元帝就走。元帝打趣馮昭儀道：「爾也想去上學不成！」

馮昭儀笑答道：「臣妾滿腹詩書，不必再讀，只因陛下為人儉約，每常吝發我等花粉之費，臣妾要去毛遂自薦，做個鄉村教讀，以便糊口呢！」

元帝聽了，不禁失笑道：「如此說來，朕的宮裡，倒成了詩書之邦了。」說完之後，便與后妃等人邊說笑著，邊緩步來至東宮。

這個時候，卻把黃門郎許沅嚇得要死，慌忙溜到太子那裡，把萬歲爺如何令他窺探，他自己如何謊說東宮變了學校，萬歲如何大悅，又與馮昭儀如何說笑，現在已經就要到了等，一口氣對太子說完。

許妃在旁聽畢，趕緊命大家改換裝束，假意坐下誦讀。許沅剛剛溜走，元帝等人早已走到東宮廓外。尚未進門，真的聽見裡面咿唔之聲達於戶外，不禁點點頭對后妃等人笑道：「如此不枉先帝愛他一場。」

皇后也笑道：「臣妾教養有功，陛下如何說法？」

元帝道：「從優獎敘如何？」說著，跨進東宮室門。

太子同了許妃以及良娣等人，當然出來跪接。馮昭儀忙去拉著許妃的手，笑對她說道：「你的皇帝公公背後在讚你相夫有道，很是嘉許，因此前來看看你們。我呢，要想前來謀個教讀位置，不過稍覺腹儉一點。」

馮昭儀還要往下再說，那時小昭君方在得寵之際，急忙用她的那隻柔荑纖手按住馮昭儀的嘴道：「你像打蓮花落的說了一連串，難道不怕嘴酸的麼？」

大家一笑，方始進至裡面。

元帝一見滿桌上都擺著書本，便對太子微笑道：「讀書固是好事，但是死讀書本，未嫺政治，也是無益。」

許妃最擅詞令，忙跪下奏道：「太子常向臣媳說，他說父皇現把國事辦得太太平平，將來只要依樣葫蘆，便宜不少。」

元帝聽了，心下自然歡喜，嘴裡卻笑罵太子道：「癡兒只趁現成，不知有此福命否？」

小昭君道：「先帝鍾愛孫子，哪會錯的，太子如無福命，也不會投胎到劉氏門中來了。」

元帝這天格外大悅，就在東宮擺上酒筵，作了一個團圓家宴，並賞賜太子、許妃、良娣等人十萬金錢，方才回宮。不久許妃產下一個男胎，元帝正慶抱孫之喜，豈知未曾彌月，即已夭折。

後來太子即位，做了皇帝，這位許妃當然立后。惟皇太后王氏，因見許后不再生育，皇帝身邊的嬪嬙亦無一男半女，於是特傳詔旨，採選天下良家女子，入備後宮。

前御史大夫杜延年之子杜欽現任大將軍武庫令，進白大將軍王鳳道：「古禮一娶九女，無非為廣嗣起見。今主上春秋方富，未有嫡嗣，將軍何不上效古人，選取淑女，使主上一娶數后。從來后妃賢淑的，絕不致沒有良嗣。」

王鳳聽了，甚以為然，即入告太后。誰知太后拘守漢制，不欲法古，王鳳只好退出。

建始二年三月，長安忽然大旱，直至次年春季，方始降雨。一年多沒有點滴雨水，這也是亙古未有的奇災，成帝卻在宮內只知行樂，不顧民間疾苦。

一天聽了一個余婕妤的條呈，將命巧匠製造一座飛行殿，廣方一丈，形如鳳輦，選取有力的宮女百名，負之以趨。成帝同了后妃坐在殿內，既捷且穩，兩耳亦聞風雷之聲，改名曰雲雷宮。復納卞貴人之奏，在太液池畔建造宵遊宮，用漆為柱，四面全用黑綈之幕，器皿乘輿，也尚黑色。后妃以下，盡服玄色宮衣。既至宵遊宮中，上懸一顆夜光珠子，照得如同白日，玄服所繡之花，朵紋畢現。

成帝大樂道：「古人秉燭夜遊，真正寒酸已極！朕承先人餘蔭，享此繁華之福。曾記先帝生時，偶至東宮，說朕不知有無福命，今竟如何？」說著，偶然記起黃門郎許沅、光祿大夫史丹均曾替他扯謊，瞞過元帝，不為無功，乃授許沅為上大夫，史丹為左將軍，並封牟靖侯，食邑萬五千戶。

許后笑道：「陛下記性真好，臣妾早已忘記此事。」

成帝也笑道：「朕有恩必報，有罪必罰，也算萬分平允的了，不知怎麼上天總降災異，臣下又說陰陽不和，誠屬費解！」

許后雖然尚覺賢慧，對於要分愛情於他人一節，也有些當仁不讓，更是獻媚承歡，無微不至，所以成帝十分愛她。

次年八月，霪雨為災，一連四十餘日不肯放晴，長安人民陡然哄起一種謠言，說是洪

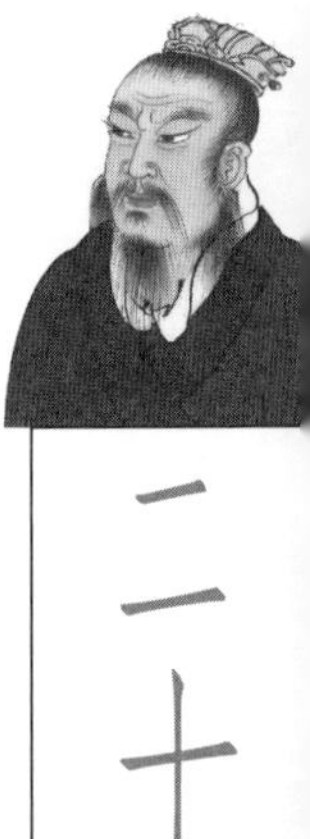

水將至，紛紛逃避，弄得你要爭先，我怕落後，老幼婦孺，自相踐踏，傷亡不知其數。

這個消息傳到成帝耳內，慌忙升殿，召集群臣，各陳意見，商量避水方法。

大將軍王鳳道：「洪水果至，陛下可奉太后以及后妃等人，乘舟浮水，絕無危險，都中人民可令他們登城，由國家暫給衣食。」

話猶未畢，右將軍王商接口向成帝奏道：「古時國家無道，都中尚未水及城郭，今政治和平，人民相安，雖是連旬大雨，河水並未氾濫，何至洪水暴發？定是不肖遊民造言生事，斷不可信。再令百姓登城，未免庸人自擾了！」

成帝聽畢，方才稍覺安心。王商自去巡視四城，一面曉諭民眾，毋得驚惶自亂；一面嚴拿造謠之人，以便重懲，於是民心略定。直到晚上，並沒所謂的什麼洪水到來，又過一宵，仍是平安無事。成帝因此重視王商，說他確有定識，溫諭有加。王鳳聽了，不覺有些慚愧，自悔一時以耳為目，反為訛言所誤。

這個右將軍王商卻與王鳳庶弟同姓同名，他是宣帝的母舅樂昌侯王武之子。王武歿後，王商襲爵為侯，居喪既哀，又能兄弟怡怡，盡將家財分給異母弟兄。廷臣因他孝義可風，交章舉薦，由侍中升中郎將。元帝時代，已任右將軍之職。成帝也敬他老成持重，本擬升他為左將軍。他說史丹之忠勝他十倍，情願相讓，成帝乃將左將軍之職畀了史丹。

史丹、王商雖為成帝信任，終究不及王鳳的得寵。

連那位車騎將軍平恩侯許嘉，他與成帝兼有兩重親誼，而且輔政有年，成帝猶恐怕他牽制王鳳，竟把他本兼各職取消，假說他年高有德，理應在家納福，不該再作腳靴手版的官兒。又因許后面上交代不過，特賜田園金帛，總算是有面子的勒令還鄉。

建始三年十二月朔日，日食如鉤，夜間地震，未央宮的房屋也被搖動。成帝心慌起來，暗想：「難道許后這人真的為老天所忌不成！我姑且再在民間選幾個女子，弄到身邊，稍稍分她一點愛情，就算被老天所征服罷。」

成帝主意一定，次日示意廷臣。廷臣一聽主上要選女子，誰不想來巴結，於是分頭覓寶。但是鬧得滿城風雨，所見的無非俗豔凡葩，非但要比許后還美的，實在沒有，就是較遜一籌的，也是難覓。每逢上朝之日，你問我可有佳人，我問你可有美女，大家都是橫搖其頭而已。

誰知一班廷臣，弄得一籌莫展的當口，卻被一個小小縣吏姓周的，居然搶到一位現世觀音。

這個周縣吏，那天正在家中閒坐，忽然來了一個鄉親。周縣吏偶然談起皇帝要覓幾個美貌女子的事情，那位鄉親連連說道：「不難，不難！我有一位親戚，他娶了一房妻子，名叫班姬，此人真生得天上少有，地下難尋，目下業已守寡。明天午間，她就要到南苑上墳，南苑地方很是僻靜，我與你只要多帶幾個人，等她一到，走去搶來，豈不便當。」

周縣吏聽了，起初不甚相信，以為平常女子，哪有出色人材，後經那位鄉親賭誓罰咒地道：「她有賽西施的綽號，如果不是二十四萬分的標緻，怎會有此綽號？」

周縣吏聽了，方才有些相信起來。到了次日，就請那位鄉親充作眼線，自己率領多人，等在南苑地方。未及亭午，果見一個手持祭品，全身素服的少婦單身走來，周縣吏一聲吆喝，頓時擁了上去，把那個少婦攔腰一抱，搶到所備的車上，加上幾鞭，頃刻之間，已到他的府居。

那個少婦大哭大喊，尋死覓活地罵道：「青天白日，強搶良家寡婦，該當何罪！」

周縣吏卻不慌不忙地將那少婦，命人把她撳在一張太師椅上，自己納頭便拜，口稱娘娘息怒。

第五十一回　沐猴而冠

班姬被人硬掀在一張太師椅上，突見為首搶她來家之人，朝她納頭便拜，復又連著口稱娘娘。

班姬弄得莫明其妙，只得暫且停住罵聲，聽他底下的說話，當下只見他接著說道：「當今皇帝因為沒有子嗣，後宮人物雖眾，貌皆不美，必須覓一位天字第一號美麗女子，進宮即封娘娘，大小臣工四處尋訪，迄未覓得，小人久聞娘娘是位天上神仙，故敢斗膽硬將娘娘請到寒舍，即日伴送進宮，娘娘後福無窮，將來尚求娘娘栽培一二。」

班姬聽畢，心下便像車水輪盤似的，開足馬力，飛快地轉了幾轉，於是含羞似地答道：「此言真的麼？我乃寡婦，已是敗柳殘花的了，皇帝是何等眼光，未必選中，如何是好。」

班姬說完，又聽此人答道：「娘娘儘管放懷，小人包娘娘做成娘娘便了！」

周縣吏說完，情知班姬已經首肯，不致變卦，趕忙驅散眾人，急用一乘車子將班姬直

送宮門。那時宮門之外，本已派了十名內監，以備招待民間自願入宮的女子，一見有人送來一位極妙人材，當然據實奏聞。

成帝傳旨召入，班姬見了成帝，俯伏不語。成帝命她抬起頭來，不見猶可，這一見真把成帝樂得心旌搖搖不定，急問班姬的家世姓氏，班姬奏對稱旨，立刻送入後宮，改換裝束。成帝即授周縣吏為益州什郊令，周縣吏大喜過望，真像狗顛屁股似地到任去了。

成帝進得宮來，並不隱瞞此事，馬上攜了班姬來見許后。許后心裡自然不甚情願，因見木已成舟，只得勉強招呼。成帝一見許后並不吃醋，更是歡喜，便封班姬為婕妤。

班婕妤也還知趣，除了在枕邊獻媚外，對於許后尚屬恭順。許后又帶她見過太后，這且不提。

那時成帝對於天降災異，還不放心，翌日下詔，令舉直言敢諫之士，杜欽及太常丞谷永同時奏稱，猶言後宮婦女寵愛太專，有礙繼嗣。成帝聽了，明知他們指斥許后，便微慍道：「朕已封了班婕妤了，後宮並沒什麼專寵之事，汝等不治朝事，每每以後宮為言，毋乃不覺不倫乎！」

杜欽、谷永二人不敢再言。丞相匡衡也上一疏，規諷成帝，疏中的說話是，請戒妃匹，慎容儀，崇經術，遠技能，成帝也不採納。

匡衡及見災異迭出，屢乞讓去相位，成帝不許。沒有幾時，匡衡之子匡昌，現任越騎校尉，酒醉殺人，坐罪下獄。越騎官屬乃與匡昌之弟匡明密謀，擬劫匡昌出獄，謀洩事敗。有司劾奏，奉詔從嚴懲辦。匡衡大驚，徒跣入朝，謝罪自劾。

成帝尚給面子，諭令照常冠履，匡衡謝恩趨出。不料司隸校尉王駿等，又劾匡衡封邑踰界，擅盜田地，罪非尋常，應請罷官候訊。成帝也知匡衡無顏立朝，令他去職歸里。右將軍王商繼任相位，少府伊忠，升任御史大夫。

建始四年正月，亳邑隕石四塊，肥壘隕石兩塊。成帝命罷中書宦官，另置尚書員五人。四月孟夏，天降大雪，人民凍斃不知其數。成帝詔令直言極諫諸士，詣白虎殿上對策。太常丞谷永奏對道：

方今四夷賓服，皆為臣妾，北天薰粥冒頓之患，南無趙佗、呂嘉之難，三陲晏然，靡有兵革。諸侯大者仆食數縣，不得有為，無吳楚燕梁之勢。百官盤互，親疏相錯，骨肉大臣，有申伯之忠，無重合安陽博陸之亂。三者無毛髮之辜，乃欲以政事過差，咎及內外大臣，皆瞽說欺天者也！竊恐陛下舍昭昭之白過，忽天地之明戒，聽暗昧之瞽說，歸咎於無辜，倚異乎政事，重失天心，不可之大者也！陛下即位，委任遵舊，未有過政。

元年正月，白氣起東方；四月黃霧四塞，覆冒京師，申以大水，著以震蝕，各有占應，相為表裡。百官庶士，無所歸依，陛下獨不怪與！白氣起東方，賤人將與之表也；

黃霧冒京師，王道微絕之應也。夫賤人當起，而京師道微，二者甚醜。陛下誠深察愚臣之言，致懼天地之異，長思宗廟之計，改往返過，抗湛溺之意，解偏駮之憂，奮乾綱之威，平天覆之施，使列妾得人人更進，猶尚未足也；急復益納宜子婦人，毋擇好醜，毋論年齒，廣求於微賤之間，祈天眷佑，慰釋皇太后之憂慍。解謝上帝之譴怒，則繼嗣繁滋，災異永息矣！

疏賤之臣，至敢直陳天意，斥譏帷幄之私，欲離間貴后盛妾，自知忤心逆耳，難免湯鑊之誅。然臣苟不言，誰為言之！願陛下頒示腹心大臣，腹心大臣以為非天意，臣當伏妄言之罪；若以為誠天意也，奈何忘國大本，背天意而從人欲？惟陛下審察熟念，厚為宗廟計，則國家幸甚！

谷永此策，完全好說，私意他已爬做到大將軍王鳳的走狗了，貌似極言敢諫之臣，心懷附勢趨炎之念。他因見王鳳攬權用事，一門七侯，盈廷臣眾，大有煩言；恐被眾人推倒，乃掉弄文筆，硬說天意示變，都因許后霸佔宮幃，不准成帝分愛於人，以致觸動天怒，真是一派胡言！許后為人尚無什麼大惡，至於獻媚成帝，這也是女為悅己者容的意思。頂多把成帝弄成色癆，算是她的罪惡，何至釀成天怒人怨！老天哪有這樣閒空工夫，來管他們被窩裡頭的把戲呢？

此外還有武庫令杜欽，也和谷永一般論調。成帝竟被他們說得動聽，二人之名於是高列前茅。當時谷永取了第一，杜欽取了第二。谷永升了光祿大夫，杜欽升了諫大夫。谷永字子雲，籍隸長安，就是前衛司馬谷吉之子。谷吉出使匈奴，死於郅支之手。杜欽字子夏，一目已瞽，在家自讀，無心出岫。王鳳聞他是位飽學之士，羅致幕中。同時又有一個郎官杜鄴，也字子夏，倒是一位學優而仕的人物。時人因為二杜齊名，同姓同字，無從區別，遂稱杜欽為盲杜子夏。

杜欽恨人說他短處，特地自製一冠，戴著遊行都市，都人復稱杜鄴為大冠杜子夏，杜欽為小冠杜子夏。杜欽因感王鳳知遇之恩，阿附王鳳，還可說他飲水思源，尚不忘本。獨有谷永，本由陽城侯劉慶忌薦舉，也欲附勢求榮，這是比較起來，更在盲杜之下了，不入，天復霪雨，黃河決口，百姓都怪大將軍王鳳沒有治國之才。不過王鳳深居簡出，無從聽見小百姓的輿論罷了。

說起黃河為害，非自漢始，歷代皆是如此。就令大禹重生，恐怕也沒良策。漢朝開國以來，潰決之事已是數見不鮮。文帝時代，河決酸棗，東潰金堤。武帝時代，河徙頓邱，又決濮陽。元封二年，曾發卒數萬人塞瓠子河，築宣房宮，後來館陶縣又報河決，分為屯氏河，東北入海，不再堵塞。至元帝永光五年，屯氏河仍復淤塞不通。河流氾濫，所有清河郡屬靈縣鳴犢口，變作汪洋。

那時馮昭儀的弟兄馮逡，方為清河都尉，奏請疏通屯兵氏河，分減水勢。元帝曾令丞相御史會議，估計工程之費其數頗巨，因此因循不行。

建昭四年秋月，大雨二十餘天，河果復決館陶，及東郡金堤，淹沒四郡三十二縣。平地水深三丈，隳壞官舍廬室四萬餘所。各郡守飛章報聞，御史大夫尹忠尚說是所誤有限，無關大局。成帝下詔切責，痛斥尹忠不知憂民，將加嚴譴。

尹忠為人最是拘泥，一見了此詔，惶急自盡。成帝乃命大司農非調，發付錢糧，賑濟災民；一面截留河南漕船五百艘，徙民避水。朝廷雖是心關民瘼，可是事後補救，百姓已經大遭其殃了。

谷永那時愈蒙王鳳寵信，便向王鳳大吹其牛道：「此次黃河決口，皆因從前辦事的人員沒有治水之學。不才幼即研究《禹經》，對於天下河道源流瞭如指掌，大將軍若向主上保舉我去督辦，不出三月，可不再見水患。」

王鳳聽了大喜道：「強將手下無弱兵這句言語，真的不錯！以君之才，何往不利，莫謂區區一個黃河，老夫即刻上書奏保便了。」

果然不到兩個時辰，谷永已奉詔旨，兼任治河大臣。谷永馬上孝敬王鳳一筆重禮，率領所屬，首先建造衙署，竟將工程之費半入私囊，半作賄賂。第二天就鬧出一樁強搶民女的大案。好好一座都城，幾乎斷送他的手內！

原來谷永最是懼內，他的夫人蔣氏，素具獅吼之威。谷永少時，家況清貧，沒人以女配他，他又是一個登徒子流，七尺昂藏，怎好沒有內助，於是東去吊膀，西去偷香。無如一班女子見他面目雖然長得標緻，但是兩手空空，嫁他之後，只好去喝西風，因此大家都以閉門羹相向。

適值這位蔣氏，那日因掃雙親之墓，回到半途，天忽下雨。蔣氏明知清明時節，晴雨不時，只要暫避一霎就會放晴。她心中想罷，抬頭一看，遙見半箭之外，就有一座小小涼亭，她忙兩腳三步的奔進亭內，坐在一具石凳上面，守候天晴。誰知等來等去，天已將黑，雨尚未止，蔣氏此時倒有些心慌起來了。

為什麼緣故呢？蔣氏住在長安東門城內，家中雙親既亡，全仗她一人當家。她一出門，家裡便沒第二個大人，稍有遺蓄，盡藏箱內。平常每有一班狂蜂浪蝶到來勾引，一則愛她略具姿首，二則愛她也有數千金的首飾。若能把她弄到手內，就是人財兩得。

蔣氏頗有心計，看出大家行徑，自然嚴詞拒絕，那班浪子因此漸漸恨她。她也明白，她既一人在外躲雨，心裡怎不惦記家中？長安城門，照例入夜即閉，一閉之後，沒有大將軍府的對牌，斷無權力開城，所以蔣氏情急起來。誰知蔣氏越是著急，那爿老天越是與她作對，非但雨勢加大，而且天黑更快。那時正是三月天氣，入夜便寒。蔣氏身上僅穿兩件單衣，更加抖個不止。

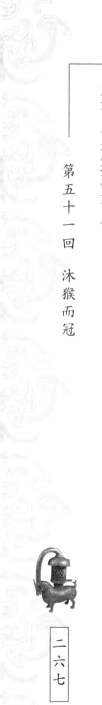

就在此時，只見亭子外面，匆匆走進一位美貌少年進來。蔣氏忙問那位少年，城門已否關閉？那個少年答道：「城門不閉，在下也不來此避雨了。」

蔣氏聽了，便自言自語道：「這樣怎麼得了！」

那個少年邊在她的對面坐下，邊問她道：「這位姑娘，可是也被此雨所阻，關在城外的麼？」

蔣氏答道：「正是！」

那個少年又道：「姑娘身上只穿這件單薄衣裳，長長一夜，必至受寒。」說著，就在身上脫下一襲長衫，恭恭敬敬地遞與蔣氏道：「姑娘如果不嫌冒昧，可將此衣披在身上，暫作禦寒之具。」

蔣氏正在熬冷不過的時候，只得老實謝了一聲，把衣披在身上。豈料就被這件衣裳做了良媒，於是男有情，女有意，由疏而親，由親而密，一對野外鴛鴦便在亭上成其好事。不過事後，蔣氏卻有兩樁條件：一樁是蔣氏可以嫁此少年，嫁了之後，就是一百歲沒有子女，不准納妾嫖妓；第二樁是蔣氏的數千金首飾，也可借與少年作為運動資本，將來發達，一切財權須交夫人執管。少年聽了，有此便宜事情，怎不滿口應諾？這位少年，便是谷永。

次日入城成親，即以蔣氏奩資結交都中人士，後由宗正劉德之孫陽城侯劉慶忌薦舉入朝，方有今日。最可笑的是，蔣氏沒有福命，一等谷永貴顯，早已一命嗚呼。

谷永繼室因無條件束縛，當然可以任意妄為。這天，正在巡河的時候，忽見一個孀婦鄧氏，長得十分齊整，欲永便喝一個搶字。可憐一個弱質女子，如何抗抵？自然服服貼貼地被谷永如願以償了。

豈知一班民眾，以及數萬河工，聽了一個綽號大力將軍王登的慫恿，即以谷永強搶寡婦，激變民眾為題，聚眾作亂。那時國家承平已久，大有馬放桃林，刀存武庫之概，一班將官，日事嫖賭；一班兵丁，夜作浪遊，一時匆迫，無從召集。抵擋既然無人，那班亂民如入無人之境，連毀官舍一千一百餘所，殺斃現任官吏一百四十餘人。

成帝已擬出亡，幸有一位侍中張放其人，持了天子符節，乘了快馬，衝入人叢之中，高喊有旨：朝廷已將谷永拿下治罪，此次為首聚義的王登，官封列侯，以獎民氣是國家的後盾等語。那個王登，本無目的，一聞朝廷不加誅戮，反授侯封，頓時解散眾人。

俗語說得好，叫做「蛇無頭兒不行」，於是一場滔天大亂，頃刻之間風平浪靜。只便宜了那個王登，以亂民封侯，這也是椿奇事。

哪知劉氏天下不失在王登之手，卻失在王莽手裡。天意如斯，毋庸研究。

再說那時亂事既平，谷永當然要族誅的了，不料竟有王鳳代他力求太后，僅僅革職了事。不到半年，仍又起用，並與王登結了兒女親家。國是如此，真堪浩嘆！

張放是此次的首功，成帝封他為厚定侯。張放又保舉犍為縣人王延世，素習河工，辦理必有把握，成帝即授為河堤使者。延世受命之後，巡視河濱，他謂若要永不決口，必須用竹篾為絡，長四丈餘，大九圍足，中貯碎石，由兩舟夾載而下，再用泥石為障，費時兩月，便告成功。成帝准他便宜行事。延世倒能言行一致，不像谷永只知吹牛不算外，險些兒肇成天子蒙塵的巨禍。

那時成帝一見河工告成，即於次年改元，號為河平，進延世為光祿大夫，賜爵關內侯。成帝因見春光明媚，正想過他那個調鶯嬉燕，風流的日子，忽據西域都尉段會宗馳書上奏，報稱，烏孫小昆彌安犁靡，叛命進攻，請急派大軍應援等語。究竟小昆彌何故叛漢，應該補敘。

先是元貴靡為大昆彌，烏就屠為小昆彌，劃境自守，彼此相安。後來元貴靡死了，其子星靡代為大昆彌。虧得馮夫人嫽，持節往撫，星靡總算受命無事。不久又傳位於其子雌栗靡，忽被小昆彌末振將遣人刺死。末振將即烏就屠之孫，恐怕大昆彌前來併吞他，故而先行下手。漢廷得信，立派中郎將會宗出使烏孫，冊立雌栗靡季父伊秩靡為大昆彌，再擬發兵往討末振將。兵尚未行，伊秩靡已暗使翎侯難棲，誘殺末振將，送交段會宗，段會宗據實奏聞。

成帝以末振將雖死，子嗣尚存，終為後患，再命段會宗為西域都尉，囑發戊己校尉及各國兵馬，會討末振將子嗣。段會宗奉命前往，調了數處人馬，行至烏孫境內，聞得小昆彌嗣立有人，乃是末振將兄子安犁靡；並探知末振將之子番邱，雖然未得嗣立，也為顯爵，因思率兵進攻，安犁靡與番邱必然合拒天兵，與其徒費兵力，難有把握，不如誘誅番邱，免得勞兵動眾。計劃既定，遂紮住兵馬，僅率三十騎前往，派人往召番邱打話。

番邱問明去使，既知沒有兵馬，以為不足為患，便即帶了數人，輕騎來看會宗。會宗一見番邱到來，喝令拿下，命他跪聽宣讀詔書，內言：「末振將骨肉尋仇，擅殺漢朝公主子孫，應該誅夷；番邱為末振將子，不能免罪。」

會宗讀詔到此，拔出佩劍，就把番邱一刀兩段，番邱從人不敢入救，抱頭鼠竄，回報小昆彌。小昆彌安犁靡聽了，不禁狂怒，復作獰笑道：「我不踏平漢地，誓不為人！」說罷，立即率領一萬鐵甲兵來攻會宗。會宗急急奔回原駐行營，一面堅守，一面馳報朝廷乞援。

以上所敘，乃是段會宗求救的原因。

當下成帝急召王鳳入議。王鳳想起一人，便即保舉。此人是誰，就是前射聲尉校陳湯。陳湯自與甘延壽立功西域，僅得賜爵關內侯，已覺功賞未當；又聞甘延壽病歿，快快不樂，托病不朝。成帝嗣位，丞相匡衡復劾陳湯盜取康居財物，陳湯坐是免官。王鳳知他熟諳邊情，故請召用。

第五十二回　直臣王尊

成帝治國，本以王鳳之言是聽，王鳳既然保舉陳湯，當然准奏，便即宣召陳湯入朝。陳湯免官以後，心裡豈會高興，成帝事急召他，理應搭點架子；誰知仍舊熱衷，朝命一到，立即隨行。

但他前征郅支時候，兩臂受了濕氣，不能伸屈自如，已與朝使言明。朝使回報，成帝正在用人之際，諭令陳湯免去拜跪之禮，陳湯謝恩侍立。成帝便將段會宗的奏本給他觀看。

陳湯閱畢，繳呈御案，始奏陳道：「臣老矣，不能用也！況且朝中將相九卿，個個都是英材，此等大事，伏乞陛下另選賢能為妙！」

成帝聽了道：「現在國家正是有事之秋，君是舊臣，理應為國效忠，幸勿推辭！」

陳湯此時一見成帝給了面子，方始答道：「依臣愚見，此事定可無慮。」

成帝不解道：「何以無慮呢？爾可說出道理！」

陳湯道：「胡人雖悍，兵械卻不精利，大約須有胡人三人，方可當我們漢兵一人；今會宗奉命出討，手下豈無兵卒，何至不能抵禦烏孫？況且遠道行軍，最需時日，即再發兵相助，也已無及。臣料會宗之意，並非定望救兵，不過有此一奏，勝則有功，敗則卸責，實為一種手段，臣故敢請陛下勿憂！」

成帝道：「匈奴為患，歷朝受累無窮，高祖皇帝何等英武，項羽都被他老人家除去，獨征匈奴，卻也被困七日，足見邊患倒是國家心腹大病，嗣後朕當對於邊將功重罰輕就是了。」

說著，又問陳湯道：「據爾說來，會宗未必被困，即使偶爾被困，也不要緊的麼？」陳湯見問，一面輪指一算，一面答道：「老臣略有經驗，不出五日，必有喜報到來。」

成帝聽了大悅，於是便命王鳳暫緩發兵，便又嘉獎陳湯幾句，令其退去。到了第四天，果然接到會宗軍報，說是小昆彌業已退去。

原來小昆彌安犁靡，進攻會宗，會宗一壁堅守，一壁飛奏朝廷乞援，他的用意果被陳湯猜著。會宗當時救兵如救火，長安至他行營，至少非三個月不辦，胡兵既已臨頭，只有設法退敵。他卻守了幾天，等得敵人銳氣已減，方才出營打話道：

「小昆彌聽著！本帥奉了朝旨，來討末振將，末振將雖死，伊子番邱，應該坐罪，與汝卻是無干。汝今敢來圍我，就是我被汝殺死，漢室兵將之多，也不過九牛亡了一毛而已，朝廷豈肯不來征討？從前宛王與郅支懸首藁街，想汝也該知道，何必自蹈覆轍呢？」

當下安犁靡聽畢，頓時醒悟，也認有理。但還不肯遽服，便答辯道：「末振將辜負朝廷，就是要把番邱加罪，理應預先告我，今誘之斬殺，太不光明。」

會宗道：「我若預先告汝，倘若被他聞風逃避，恐汝亦當有罪，又知汝與番邱，誼關骨肉，必欲令汝捕拿番邱交出，汝必不忍；所以我們不預告，免汝左右為難，此是我的好意，信不信由汝。」

安犁靡無詞可駁，不得已在馬上號泣數聲，復又披髮念咒，算是弔奠番邱的禮節，鬧了半天，便即退去。

會宗一見安犁靡退去，便也一面出奏，一面攜了番邱首級，回朝覆命。成帝嘉他有功，除封爵關內侯外，又賞賜黃金百斤。

王鳳因服陳湯果有先見之明，格外器重，奏請成帝，授為從事中郎，引入幕府，參預軍機。後來陳湯又因受賄獲罪，法應問斬，還虧王鳳營救，免為庶人，因此憂鬱而亡。

不佞的評論，陳湯為人，確是一位將材。若能好好做去，也不難與唐時的郭子儀勳名相並。無如貪得無厭，他任從事中郎，不過一個幕僚位置，還要受賄，這是從前匡衡的劾他盜取康居財物，並不冤枉他了。名將如此，遑論他人？黃金作祟，自古皆然，不過如今更加厲害罷了。

閒言說過，再講段會宗後由成帝復命他出使西域，坐鎮數中，壽已七十有五，每想告歸，朝廷不准，竟至病歿烏孫國境。西域諸國，說他恩威並用，不事殺戮，大家為他發喪立祠，比較陳湯的收場，那就兩樣了。

那時還有一位直臣王尊，自從辭官家居之後，雖是日日遊山玩水，以樂餘年，心裡還在留意朝政。偶然聽見朝中出了一個忠臣，他便自賀大爵三觥；偶然聽見朝中出了一個奸賊，他便咬牙切齒，恨不得手刃之以快。他的忠心之處，固是可嘉，但是忠於一姓的專制獨夫，未免誤用。

有一天，王尊忽然奉到朝命，任他為諫大夫之職，入都見過成帝，始知是為王鳳所保，他只得去謝王鳳。王鳳素知他的操守可信，又保他兼署京輔都尉，行京兆尹事。

誰知王尊接任未久，終南山卻出了一名巨盜，名叫傰宗，專事糾眾四掠，大為民害。校尉傅剛，奉命往剿，一年之久，不能蕩平。王鳳保了王尊，王尊蒞任，盜皆遠避。卻惱了一個女盜，綽號妖精的，偏偏不懼王尊。她對人說：「王尊是位文官，手無縛雞之力，大家為何怕他？」

當時一班盜首聽了笑道：「你既不怕王尊，你能把他的首級取到，我等便尊你為王；否則你也退避三舍，不得誇口。」

妖精聽了，直氣得花容失色，柳眼圓睜，忿然道：「爾等都是懦夫，且看老娘前去割他首級，直如探囊取物。」說完之後，來到長安，飛身上屋，竄至王尊所住的屋頂。

其時已是午夜，一天月色，照得如同白日，一毛一髮纖微畢現。妖精揭開一塊瓦片，往下一看，只見王尊正與一個形似幕賓的人物，方在那兒高談闊論。

妖精便自言自語地說道：「姑且讓這個老不死的多活一刻，老娘倒要聽聽他究竟講些甚麼。」

妖精一邊在轉這個念頭，一邊索性將她的身體側臥在屋上，仔細聽去，只聽得王尊駁那個幕賓道：「君說奸臣決不會再變忠臣的，這就未免所見不廣了；要知人畜關頭，僅差一間。大凡曉得天地君親師的便是人，那個禽獸無法受到教育，所以謂之畜生。便是這個畜生並非一定專要淫母食父，牠因沒有天良，所以有這獸性。你看那個猢猻，牠明明也是畜類，變戲法的叫牠穿衣戴帽，或是向人乞錢，牠竟無一不會，這便是教字的力量。還有一班婦女，譬如她在稠人廣眾之間，十目所視，十手所指，大家都說她是個淫婦；她無論如何臉厚，沒有不馬上面紅耳赤起來的。倘若讚美她一聲，是一位貞女，她沒有不自鳴得意的。既然如此，一個人何以要去作惡，為人唾棄呢？」

那個幕賓聽了，尚未得言，可把在屋上的這個妖精，早已聽得天良發現，自忖道：「此人的說話倒是有理。我也是天生的一個人，為何要做強盜？這個強盜的名頭，我說更比犯淫厲害。犯淫的人，只要不去害人性命，法律上原無死罪，不過道德上有罪罷了。我現在

是弄得藏藏掩掩，世界之大，幾無安身之處，這又何苦來哉呢！」

妖精想至此地，急從瓦縫之中，撲的一聲竄到地上，便向王尊面前跪下，一五一十地把她來意說明。

王尊聽畢，毫沒驚慌之狀地問妖精道：「汝既知罪，現在打算怎樣？」

妖精道：「犯婦方才聽了官長的正論，已知向日所為，真是類於禽獸，非但對不起祖宗父母，而且對不起老天爺生我在世。現擬從此改邪歸正，永不為非的了！」

王尊聽了，沉吟一會道：「法律雖有自首一條，此處乃是私室，我卻無權可以允許赦汝。汝明天可到公堂候審，那時才有辦法。」

妖精聽了，叩頭而出。

那個幕賓等得妖精走後，笑問王尊道：「此女明日不來自首，有何辦法？」

王尊也笑答道：「此女本是前來暗殺我的，既是聽了我們的談論，一時天良發現，情甘自首，明日又何必不來呢？」

那個幕賓聽了，始服王尊見理甚明，確非那些沽名釣譽之流可比。

到了次日，王尊果見這個女盜隨堂聽審，王尊查過法律，便對她說道：「汝既自首，死罪可免，活罪難饒；現要將汝監禁三月，汝可心服麼？」

妖精聽了，連連叩頭道：「犯婦一定守法，毫沒怨言。」

王尊辦了此事，於是地方肅清，人民稱頌。成帝即把王尊補授京光尹實任，未滿三月，長安大治。

獨有一班豪門貴戚，大為不便，暗中嗾使御史大夫張忠彈劾，反說王尊暴虐橫行，人民飲恨，不宜備位九卿等語。成帝初尚不准，後來滿耳朵都是說壞王尊的說話，便將王尊免職。

長安吏民爭為呼冤，湖縣三老公乘興上書，力代王尊辯白。成帝復起用王尊為徐州刺史，旋遷東郡太守。

東郡地近黃河，全仗金堤捍衛，王尊抵未久，忽聞河水盛漲，將破金堤。王尊其時方在午餐，慌忙投箸而起，跨馬往視。及至趕到堤邊，一見水勢澎拜，大有搖動金堤之勢，急急督飭民失，搬運土石忙去堵塞。誰知流水無情，所有擲下的土石都被狂瀾捲去，並把堤身沖破幾個窟窿。

王尊見了這種情形，也沒良策，只有恭率人民，虔禱河神。先命左右宰殺白馬，投入河中，自己高捧圭璧，恭而敬之地端立堤上使禮，復官代讀祝文，情願拚身填堤，保全一方民命。

那時數十萬人民見了這等好官，爭向王尊叩頭，請他暫行回署，不要被水捲去，失了萬家生佛，那就沒有靠山。豈知王尊只是兀立不動，甚至仰天號泣，如喪考妣一般。

俄而水勢愈急，一陣陣像銀山般的浪頭，直向堤邊捲來。那班百姓一見不是頭路，只好丟下王尊，各自逃命，頓時鬼也沒有一個。王尊依然站著，並不稍退一步。身旁還有一個巫姓主簿，也願誓死相從。

說也奇怪，那派洶湧的水勢竟被王尊屈服，一到堤邊，劃然終止，不敢沖上岸來，幾次三番的都是如此。直至夕陽西下的時候，居然回流自去，漸漸地平靜下來。人民聞得水退，大家忙又趕回。王尊漏夜飭令修補堤隙，一場危險，總算無恙。

白馬三老朱英等，做了代表，奏稱太守王尊愛民如子，身當水沖，不避艱險，才得安瀾，返危為安云云。成帝有詔，飭令有司復勘，果如所奏，乃加王尊秩中二千石，金二百斤。

又過幾時，霸上民變告急，成帝又令王尊前往查辦。王尊奉命之後，奏稱河上責任重大，未便一日虛懸，請即派員代理，成帝即著張放兼代。

王尊到了霸上，安撫民眾，亂事即平。正擬回朝覆命，忽然生起病來，纏綿兼旬，方才告痊。行至中途，即聞金堤又在決口，趕忙兼程並進。等得將到任所，只聽得沿途百姓紛紛議論，說是張放辦理不善，已經上負朝廷，下誤民眾；還要信了一個女巫的鬼話，說是河神托夢給她，河神定要裸婦十名，投入河中，納作妾媵，方無水患。張放擬把監內犯婦提出十名，洗剝乾淨，投諸中流，明日便要舉行這個典禮。

王尊聽了，氣得大罵張放竟效桀紂行為。就是犯婦也須情罪相當，何得以人性命視同兒戲？他便不先入朝，徑至任所，且不入署去會張放，卻在逆旅住宿一宵。

次日大早，擠在人叢之中去看張放怎樣辦法。這天大男小女的塞滿一途，都來觀看怪事。日未旁午，只聽得一聲炮響，那個張放，已是朝衣朝冠地設擺香案，案上果然排列裸婦十名，一俟張放祭畢，就要把這十名裸婦投諸中流，以備女巫所說的河神笑納。

王尊一見張放正在磕頭，他便出其不意，自裸全身，奔至案側，一躍而上，也去躺在棹上。張放見了，大嚇一跳，急問王尊道：「老丈瘋了不成？何故如此？殊失官長身分。」

王尊聽罷，方才慢慢地坐了起來，以手戟指張放道：「老夫倒沒有失了官長身分，你這惡賊，卻壞了人的良心。」說著，又指指那十名犯婦道：「她們就是有了死罪，也該用國法辦理，怎好輕信女巫妖言，竟要把她們活活地葬諸河流？老夫即是原任京兆尹，如何對得起這班人民？」

王尊說到此地，復又一躍而下，奔至堤邊。說時遲，那時快，只聽得噗咚的一聲，王尊早已跳入中流，跟著只見幾個浪花冒上幾冒，王尊身體已與波臣為伍去了。

那時在看熱鬧的民眾，頓時一陣吆喝，分了一半，趕緊下河去救王尊；還有一半，一擁上前，拳腳交向的，已把張放打個落花流水。

張放正在性命交關的當時，幸而來了一位救命大王。你道是誰？乃是大將軍王鳳。原

來王鳳在家也聽得張放所為荒謬，急急奔來阻止。大家一見王鳳到來，始將張放這人交與王鳳，請他據實奏聞。王鳳聽了，一面將張放發交有司，一面來救王尊。

也是王尊命不該絕，入水之後，卻被一個浪頭打到沙灘之上。等得有人來救，水已吃飽，奄奄一息。後經眾人灌醒，抬入署內，另行醫治。至於案上的那十名犯婦，亦由王鳳吩咐獄官，仍舊安置監中去了。

王鳳奏過成帝。成帝因與張放有肌膚之親，僅把他辦了一個罰俸的罪名。王尊病癒，仍任原職。無奈王尊年紀已高，精神本來不濟，現又灌了一肚河水，雖經治癒，不到半載，病歿任所。大眾因他為民而死，爭為立祠，歲時致祭，循吏收場，流芳千古。

河平二年正月，沛郡鐵官冶無故失性，鐵塊高飛。到了夏天，楚國雨雹，形如大釜，毀壞田廬無算。成帝見慣災異，了不在心，還要盡封諸舅。

當時封王譚為平阿侯，王商為成都侯，王立為紅陽侯，王根為曲陽侯，王逢時為高平侯。五人同日受封，世因號為五侯。

王禁八子除王曼早逝不計外，其餘七子都沐侯封。漢朝外戚，以此為盛。當年呂雉握權，也不過封了呂產、呂祿二人，比較王氏，猶覺望塵莫及呢！

那時前宗正劉向，已起用為光祿大夫。成帝詔求遺書，便令劉向校勘。劉向也見王氏威權太盛，意欲借書規諫，乃因《尚書》洪范，推演古今符瑞災異，歷詳占驗，號為洪範五行論，呈入宮中。成帝一見，便知劉向寓有深意；但是對於王氏，依然不能杜漸防微。丞相王商雖然也是外戚，惟與大將軍王鳳相較，勢力懸殊，信任莫敵。王鳳又與王商原有嫌隙，恨不得立將王商相位擠去，方才痛快。

可巧匈奴呼韓邪病死，其子復株累若鞮單于繼立，特遣右皋林王伊邪莫演入貢土物。伊邪莫演自稱願降，不欲回國。廷臣都以異國來歸，理應允准。只有杜欽等人謂匈奴稱臣，既無二心，今若收降貢使，心生嫌隙，輕重之間，似宜斟酌。成帝依了杜欽等人的主張，不納伊邪莫演之降。復株累若鞮聞知此事，雖然未將伊邪莫演問罪，心中卻感激漢朝之德，因於河平四年，親自入朝道謝。

成帝召見，安慰一番，即命左右送至館邸，復株累若鞮甫出朝門，適與丞相王商相遇，因問左右，方知就是天朝丞相，慌忙與之行禮。又見王商身長八尺有餘，威風凜凜，嚇得肅然倒退數步，方才辭去。左右告知成帝，成帝喟然道：「這才不愧為漢室丞相！」

成帝此言，本是隨便說的，毫無成見，誰知王鳳因此一語，越加心忌王商。

適值琅琊郡內迭出災異事件十幾樁，王商即派屬吏前往查辦。琅琊太守楊彤，乃是王鳳的兒女親家，王鳳恐怕楊彤被參，即向王商說情道：「災異本是天降，並非人力可以挽救。楊彤甚有吏才，幸勿吹求。」

王商不允，奏劾楊彤不能稱職，致於天譴，請即罷官！成帝見了，雖未批准，王鳳已

恨王商不買他的人情，便欲乘隙構陷。無奈一時無隙可尋，乃以閨門不謹四字，暗令私人耿定上書訐發。

成帝閱奏，暗思事關曖昧，又無佐證，便也擱置不提。王鳳入內力爭，定須徹底查究，成帝遂將原奏發出，令司隸校尉查辦。王商得知消息，也覺著忙，一時記起從前王太后曾擬選取己女，充備後宮，當時因女患有痼疾，不敢獻進，現已病癒，不若送入宮中，備作內援。適有後宮侍女李平，新拜婕妤，方得上寵。李平與己略有戚誼，托她向上進言，或有希冀。王商想罷，便去照辦。

第五十三回　牛衣對泣

王商果然密囑一位內戚，徑至宮內，拜託那位新封婕妤的李平，保奏其女入宮。李平答稱，此事不能太急，要有機會，方可設法，王商得覆，只得耐心等候。

豈知事已不及，早被王鳳下了先著去了。

原來第二天忽然日蝕，大中大夫張匡奉了王鳳所使，上書力言咎在近臣，請求召對，成帝乃命左將軍史丹面問張匡。張匡所說的是丞相王商，曾汙父婢，並與女弟有姦；前者耿定上書告訐，確是實情。現方奉詔查辦，王商賊人心虛，夤緣後宮，意圖納女，以作內援。堂堂相國，行為如此，恐怕黃歇、呂不韋的故事，復現今日。

上天變異，或者示警，也未可知，只有速將王商免官，按法懲辦，庶足上回天意，下絕人謀，務乞將軍代奏等語。史丹聽完，即將張匡之言，轉奏成帝。

成帝素重王商，並不相信張匡的說話。王鳳又來力爭，成帝無法，方命侍臣，往收丞相印綬。王商繳出印綬之後，悔憤交並，即日便吐狂血，不到三天，一命歸陰。

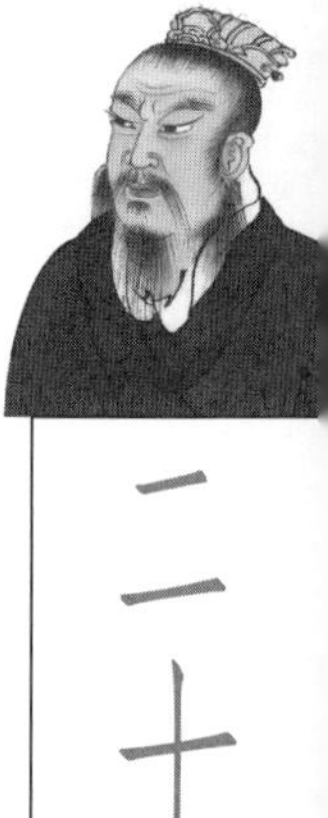

朝廷予謚曰戾，所有王商子弟，凡在朝中為官的，一概左遷。那班王鳳手下的走狗，還要落井下石，爭請成帝革去王商世封。總算成帝有些主見，不為所動，仍許王商之子王安嗣爵樂安侯，一面拜張禹為丞相。

張禹字子文，河內軹縣人氏，以明經著名。成帝在太子時代，曾經向其學受《論語》，即位之後，特加寵遇，賜爵關內侯，授官光祿大夫兼給事中，令與王鳳並領尚書事。張禹雖與王鳳同事，眼見王鳳攬權植黨內不自安，屢次託病乞休。成帝每每慰留。張禹固辭不獲，勉強就職，一切大事全歸王鳳主持，自己唯唯諾諾，隨班進退而已。現在雖然升任丞相，並受封安昌侯，因為王商的前車之鑒，更不敢過問朝事了。

越年改元陽朔，定陶王劉康入朝謁駕，成帝友於兄弟，留令在朝，朝夕相伴，頗覺怡怡。王鳳恐怕劉康干預政權，從旁牽制，因即援引故例，請遣定陶王回國。

誰知成帝體貼親心，暗思先帝在日，嘗欲立定陶王為太子，事未見行，定陶王並不介意，居藩供職，極守臣禮；如此看來，定陶王倒是一個賢王。目下后妃皆未生育，立儲無人，將來兄終弟繼，亦是正辦，因此便把定陶王堅留不放，雖有王鳳屢屢援例奏請，成帝卻給他一個不睬。

不料未滿兩月，又遇日蝕。王鳳乘機上書，謂日蝕由於陽盛所致，定陶王久留京師，有違正道，故遭天戒，自宜急令回國云云。成帝已為王鳳所蠱，凡有所言，無不聽從；為了定陶王留京一事，已覺拂了王鳳之意。現即上天又來示戒，只得囑令劉康暫行東歸，容羅後會。劉康涕泣辭去，王鳳方始快意。

偏有一位京光尹王章，見了王鳳這般跋扈，直上封事，老老實實的歸罪王鳳。成帝閱後，頗為醒悟，因召王章入對。王章侃侃而陳，大略說是：

> 臣聞天道聰明，佑善而災惡，以瑞異為符效；今陛下以未有繼嗣，引近定陶王，所以承宗廟，重社稷，上順天心，下安百姓。此正善事，當有禎祥，而災異迭見者，為大臣專政故也。今聞大將軍鳳，猥歸日食之咎於定陶王，遣令歸國，欲使天子孤立於上，專擅朝事，以便其私，安得為忠臣！且鳳誣罔不忠，非一事也。前承相商守正不阿，為鳳所害，身以憂死，眾庶湣之；且聞鳳有小婦弟張美人，嘗已適人，托以為宜子，納之後宮，私以其妻弟。此三者皆大事，陛下所自見，足以知其餘。鳳不可令久典事，宜退使就第，選忠賢以代之；則乾德當陽，休祥至而百福駢臻矣等辭。

成帝見王章講得似有至理，欣然語之道：「非君直言，朕尚未聞國家大計。現有何人忠賢，可為朕輔？」

王章答道：「當世忠良，莫如琅琊太守馮野王了。」

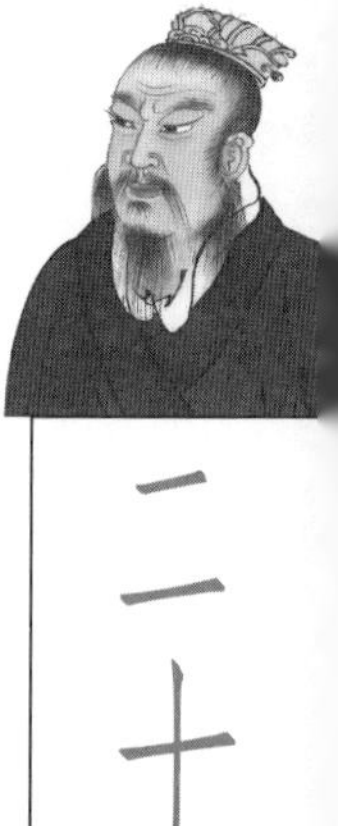

成帝頷首至再。王章退出。

這件事情，早已有人飛報王鳳。王鳳聽了，頓時大罵王章忘恩負義，便欲俟王章入朝的時候，與他拚命。還是盲杜足智多謀，急勸王鳳暫時容忍。說著，又與王鳳耳語數句，王鳳方才消了怒氣，照計行事。

說到王章這人，卻有小小一段歷史。

他的小字，叫做仲卿，籍隸泰山郡，鉅平縣。宣帝時代，已任諫大大之職。元帝初年，遷官左曹中郎將，曾因詆斥中書令石顯，為石顯所陷，幾遭不測，有人營救，方得免官，保全性命。成帝聞其名，起為諫大大，調任司隸校尉。王鳳籠絡名臣，特薦舉他繼王尊為京兆尹。

王章少時家境極寒，遊學長安，其妻閔氏，相隨不離左右。王章一日患病，困臥牛衣之中。什麼叫做牛衣？編成亂麻為衣，用之覆蔽牛身，這種東西，古代俗稱，叫做牛衣。當時王章自恐將死，與妻訣別，眼中落淚不止。

其妻閔氏，甚是賢淑，一見王章這樣的無丈夫氣，不禁含嗔，以手拍衣道：「仲卿太沒志氣！滿朝公卿，何人及汝學業；今汝一寒至此，乃是命也！至於人生疾病，本屬常事。為什麼嚶嚶不休，作兒女之態耶？」

王章被他妻子這樣一說，頓覺精神陡長，病便漸癒。及至慢慢地做到今職，雖為王鳳保薦，心裡不直他的為人，每欲奏劾，苦無機會。近見王鳳逼走劉康，成帝也為屈服，於是忍無可忍，繕成奏牘，函封待呈。其妻閔氏知道此奏必攖王鳳之怒，倘因參之不倒，必有大禍，趕忙阻止王章道：「人當知足，君今貴了，獨不念牛衣對泣的時代麼？」

此時王章已是義憤填膺的當口，哪裡還顧利害，竟搖頭答覆他妻子道：「此等大事，斷非女子所知，亦非女子所應言的。汝去料理中饋，切勿阻止乃公事。」

次日，把摺呈入；又次日，奉詔入對。因為奏對稱旨，接連又召入數次。

王章正在感激成帝的知遇之恩，不料大禍臨頭，居然被他妻子料著。那時王鳳聽了盲杜之計，一面上書辭職，一面入求太后。太后本是女流，只知娘家兄弟為重；至於國家大計，並不在她心上。自從王鳳哭訴以後，太后終日不食，以淚洗面，並且時時刻刻叫著先帝名字，怪他何故不來引她同死。成帝見了，自然大驚失色。起初還不知道為了何事，後來暗中打聽，方才知是為的王鳳辭職的事情，趕緊下詔慰留王鳳，勸速視事。

太后尚不罷休，定要懲治王章誣告之罪，暗使尚書出頭，嚴劾王章黨附馮野王，並言張美人，受御至尊，非所宜言。成帝沒法，只好把王章下獄。其妻閔氏，尚是徐娘，其女慧嬌，年僅十二，一同被逮，隔室而居。

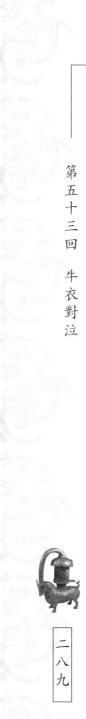

王章入獄之後，始悔不聽婦言，好好的京兆尹不做，反而身入囹圄，妻女被累，既憤且懼，不到數日，乘人不備，仰藥自盡。他的女兒慧嬌，睡至黎明，偶聞隔室獄吏檢查囚

犯，所報數目，料知其父已死，慌忙喚醒她娘，邊哭邊說道：「父親必已自盡了！」

閔氏聽罷，也吃一嚇道：「我兒何以知道汝父自盡？快快告知為娘！」

慧嬙道：「每日黎明，獄吏必來檢查囚犯一次，女兒昨前兩天，聽得獄吏在門壁所報囚犯名數，卻是九個；方才女兒聽得所報的數目，只是八個了。吾父性剛，必已氣憤自殺。」

閔氏忙去問知獄卒，果被其女猜著，一時慟絕，暈了過去。

慧嬙將她喚醒。閔氏猶長嘆了一聲道：「汝父不聽吾勸，如此下場，豈不可慘！為娘與汝，就是蒙恩赦罪，弱質伶仃，將來依靠何人呢？」

閔氏與她女兒，尚未說完，忽見獄吏進監向她說道：「汝等二人，業已判定充戍嶺南合浦地方，所有家產，籍沒充公。」

閔氏母女只得含悲起解。及至合浦，幸可自由，閔氏便與其女採珠度日。原來合浦地近海邊，素產明珠。遠省人民雖不充配，到那裡謀生，因而致富的人數，不知凡幾。閔氏既在那裡十多年，倒積蓄了許多錢財。後來遇赦回里，尚不失為富人，不必說她。

當時馮野王在琅琊任上，聞得王章薦己獲罪，恐怕受累，即上書告假。成帝允准。王鳳又嗾令御史中丞，奏劾野王擅自歸家，罪坐不敬，應即棄市。成帝心裡本是明白，因為不肯違忤太后，只好眼看這班人，尋死的尋死，乞假的乞假；既有御史中丞奏參野王，但將野王革職了事。

不久，御史大夫張忠病逝，王鳳又保他的從弟王音為御史大夫。王姓一門，均登顯職。

那時王鳳之弟王崇，業已去世，此外王譚、王商、王立、王根、王逢時五位侯爺，門庭赫奕，爭競奢華，四方賄賂，陸續不絕于途，門下食客數百人，互相延譽。

惟有光祿大夫劉向，委實看不過去，上書於成帝道：

臣聞人君莫不欲安，然而常危；莫不欲存，然而常亡；失御臣之術也！夫大臣操權柄，持國政，鮮有不為害者，故書曰：「臣之有作威作福，害於而家，凶於而國。」孔子曰：「祿去公室而政逮大夫，危凶之兆也。」

今王氏一姓，乘朱輪華轂者二十三人，青紫貂蟬，充盈幄內。大將軍秉事用權，五侯驕奢僭盛，依東宮之尊，假甥舅之親，以為威重。尚書九卿，卅牧郡守，皆出其門。稱譽者登進，忤恨者誅傷；排擯宗室，孤弱公族，未有如王氏者也。夫事勢不兩大，王氏與劉氏不並立，如下有泰山之安，則上有累卵之危。

陛下為人子孫，守持宗廟，而令國祚移於外親，縱不為身，奈宗廟何！婦人內夫家而外父母家；今若此，亦非皇太后之福也。

明者造福於無形，銷患於未然，宜發明詔，吐德音，援近宗室，疏遠外戚；則劉氏得

以長安，王氏亦能永保；所以褒睦內外之姓，子子孫孫無疆之計也。如不行此策，齊田氏復見於今，晉六卿必起於漢，為後嗣憂，昭昭甚明，惟陛下留意垂察！

成帝見了此奏，也知劉向忠心，便將劉向召入私殿，對之長嘆道：「君言甚是，容朕思之！」

劉向聽了，叩謝退出。

誰知成帝一時莫決。因循了一年多，王鳳忽得重病，成帝就大將軍府問候，執了王鳳的手道：「君如不起，朕當使平阿侯繼君之任。」

王鳳伏枕叩謝道：「臣弟譚與臣雖係手足，但是行為奢僭，不如御史大夫音，辦事謹慎，臣敢垂死力保。」

成帝點頭允諾，安慰數語，命駕回宮。

翌日，王鳳謝世，成帝即准王鳳之言，命音起代鳳職，並加封為安陽侯；另使王譚位列特進，領城門兵。

王譚不得當國，便與王音有嫌。無奈王音雖是大權在握，卻與王鳳大不相同，每逢大小事件，必奏明成帝而行。如此小心翼翼，王譚還有何法尋他的錯處呢？成帝亦因此得以自由用人，遂擢少府王駿為京兆尹。

王駿即前諫大夫王吉之子，夙負才名，兼諳吏治。及任京兆尹，地方無不悅服，都說他與從前的趙廣漢、張敞、王尊、王章等人，同為名臣。那時人稱王尊、王章、王駿為三王。於是就有童謠道：「前有趙、張，後有三王；國家有事，遇難呈祥。」

成帝既因四方無事，詔書稀少，樂得賞花飲酒，安享太平。

從前許后專寵，廷臣總怪許后恃寵而驕，害得成帝沒有子息。其實許后當時色藝兼優，成帝又是風流君王。許后獻媚，不過十之二三，成帝愛她美麗，倒有十之七八，如何好怪許后呢？後來日復一日，年復一年，許后的花容月貌，已經漸成黃臉婆子，成帝憐愛她的心理，也從那些青春而去。

就是那位班婕妤，也不及從前。成帝除此二人以外，只有王鳳所進的張美人了。

這樣的混了年餘又覺無味起來；於是捨正路而勿由，日夜的和一個嬖人張放形影不離。張放就是聽了女巫之言，竟把犯婦十名，洗剝乾淨，打算投入中流獻與河神作妾媵的。雖被奏參，成帝愛他貌如處女，罰俸了事。前者成帝上有許后，下有班、張二美，所以對於張放，不過偶一為之，近來是竟以張放作姬妾了。

張放明明是個男子，他既肯失身事人，還有什麼品行呢？

張放有一夜與成帝有事已畢，又向成帝獻策道：「長安北里甚夥，其中美妓最多，陛下何不改換衣衫，臣陪陛下私出遊玩，定多妙趣；可惜大將軍要來干涉，似有未便。」

成帝聽了，即用手指彈著張放的面龐道：「愛卿勿懼，現下的大將軍，不比從前的那個大將軍了。他與太后較疏，不敢入宮多嘴，我們儘管暢遊就是。」

張放聽了，自然大了膽子，天天導了成帝去作狎邪之遊。

一次遊到一家名叫櫻桃館的妓院，見著一個舞女名喚春燈，妖淫怪蕩，確在宮中后妃之上。這個春燈，昔年曾作一個怪夢，她夢見的是無端象服加身，居然做了正宮娘娘。她這一喜，當然非同小可，誰知忽然將她笑醒轉來，她便認為這個怪夢，定非尋常，秘有應驗，因此常常的把這怪夢，說與同院的姊妹們聽。

起初的當口，大家聽了也認為奇怪。於是一院之中的妓女，口有所言，言她這人；目有所視，視她這人。她也以此自豪，弄得她的那位鴇母，竟以娘娘稱她。後來還是一位穩客，勸她們不要這般冒昧，若被有司知道，就好用造反的罪名辦你們。大家聽了，當然害怕。複見沒甚效驗，都又絕口不提。

春燈也知被夢所騙，只好偃旗息鼓，閉口不談。

不意這天忽然光臨二位嫖客，一個是龍行虎步，相貌堂堂；一個是粉裝玉琢，豐神奕奕。春燈雖與這位相貌堂堂的客人有了交情，可是不知他的真姓實號。

有天晚上，春燈等得這位客人睡著之後，悄悄起來偷查他的衣袋，有無什麼憑據，俾作研究的資料；誰知突見一顆小小印章，直把春燈嚇得魂不附體。

你道她所見何物？乃是皇帝的私章。此時春燈又喜又懼：喜的是若是真正遇著皇帝，從前一夢已有奇驗，將來說不定真能象服加身了，怎麼不喜？懼的是此人若是假扮皇帝，自己就有窩藏叛逆之罪，娘娘不能做成，身首倒要分家。怎麼不懼？

春燈卻也乖巧，仍將那顆印章納入袋裡，不去動它，每日留心這位怪客的舉動。事有湊巧，第二天大早，春幻正在後房有事，正房裡面，只有怪客一人睡著。陡然之間，只聽得那個標緻客人急急忙忙地奔進房來，走至床前，輕輕地叫了一聲：「萬歲快快醒來！太后宣召，業已多時了。」同時又聽得床上客人驚醒轉來，似露驚慌之狀地答道：「不得了！了不得！朕出宮私遊，如被太后知道，豈不大受譴責？」說著，匆匆下床，似乎要走的樣子。

春燈此時已知這位皇帝並非贋品，趕忙奔出後房，撲的向床前跪下道：「臣妾罪該萬死，不知陛下駕臨。」

只見那位客人含笑答道：「汝既識破朕的行藏，務必代朕守秘，稍緩時日，朕當派人前來迎汝入宮便了。」

春燈聽了，喜出望外地叩頭謝恩，恭送聖駕出門。

春燈等得成帝走後，日日地望成帝派人來接；哪知一直等了兩三個月，影蹤毫無，於是一急而病，一病而死。陽世不能再作皇后，或者在陰曹守候成帝，也未可知。

那末成帝為什麼言而無信的呢？起初在成帝的心理，原想把春燈納入後宮。後來又是張放上的條陳，說是春燈這人，究是娼家妓女，若進後宮，日子一久，總要露出馬腳來的；陛下倒不要緊，可是臣的吃飯東西，便要搬家了。成帝也以為然，春燈的一條小性命，就被張放這一句說話斷送了。

成帝既然拆了那個春燈姑娘的爛汙，他老人家只好躲在深宮，當然不來重訪枇杷門巷，終日無事，便帶著張放在甘泉、長楊、五祚諸宮，東闖西撞。成帝有時穿著便衣，那班監不認識他的，他只詭說是富平侯的家人。好好一位皇帝，情願冒充侯門家奴，豈不是椿笑話！

第五十四回　得隴望蜀

成帝與張放繾綣了年餘，又是臘盡春回。是年改易年號，號為鴻嘉元年。丞相張禹老病乞休，罷歸就第，許令朔望朝請，賞賜珍物無算。用御史大夫薛宣為相，加封高陽侯。薛宣字贛君，東海郯人，歷任守牧，遷官為左馮翊。光祿大夫楊咸，亦是飽學之人，前稱薛宣經術文雅，能斷國事，成帝因即召為少府，擢任御史大夫，至是代了張禹為相。

越年三月，博士行大射禮，忽有飛雉群集庭中，登堂呼鷇，旋又飛繞未央宮承明殿，並及將軍丞相御史等等府第，車騎將軍王音因此上書，諫阻成帝微行。那時成帝遊興方濃，又有張放助趣，哪肯中止。

一日，成帝偶經一座花園，抬頭看見園內聳出高臺，臺下似乎有山，儼然與宮裡的白虎殿相似，不禁奇怪起來，顧問從人道：「此是誰人的花園？」從人答是曲陽侯王根的，成帝當下作色道：「如此僭越，成何體統！」言罷，立刻回

宮，召入車騎將軍王音，嚴詞詰責道：「朕前至成都侯第，見他穿城引水，灌入宅中，行船張蓋，四面帷蔽，已經奢侈踰制，不合臣禮，如今曲陽侯又疊山築臺，規仿白虎殿形，更無忌憚，這般放肆，真是目無皇室了！」

王音聽罷，啞口無言，只得免冠謝罪。成帝拂袖入內。

王音慌忙趨出，奔告王商、王根。王商、王根聽畢，也嚇出一身冷汗，意欲自加黥劓，至太后處請罪。妻孥聽了，號啕大哭，說是黥面劓鼻，非但痛苦難當，而且大不雅觀。堂堂侯爵，皇皇國戚，還成什麼模樣？

大家正在紛紛議論躊躇莫決的當日，又有人入報道：「司隸校尉及京兆尹等官，已由尚書傳詔詰問，責他們何故放縱五侯，不知舉發。現在這班官兒，統統入宮請罪去了。」王商、王根兩個聽著這等不祥消息，當然更加惶恐。

沒有多時，復有人賫入策書，交與王音。王音跪下捧讀既畢，方始遞與大眾觀看。大眾一看上面寫著的是：「外家日強，宮廷日弱，不得不按律施行。將軍速召集列侯，令待府舍，聽候後命。」

大家傳閱之後，個個猶如鑽糞的蛆蟲一般，那種惶急情形，筆難盡述。

當時王音詳問朝使，又知成帝更下詔尚書，命查文帝誅薄詔故事，王音因為事不干己，不過替他們著急罷了。

王商、王根本是兩個紈褲子弟，當時仗著王鳳的威勢，不知天有幾許高，地有幾許厚；及至冰山失靠，大禍臨頭，除了抖個不止之外，眼看朝使揚長出門而去，惟有你看看我，我看看你，毫沒一些主張。

還是王音略有見識，忙對大眾說道：「此事已是燃眉，惟有一面快快遣人進宮，力求太后轉圜；一面大家同向主上請罪，聽候發落。」

王商、王立、王根等人於是身負斧鑕，俯伏闕下。好容易候了兩三個時辰，始見一個內監出來口傳詔旨，准照議親條例，赦罪免誅。大家聽了，悄悄抽了一口冷氣，趕忙謝恩，歡躍回第。

成帝擬將諸舅懲治一番，又知太后必來說情，只要他們知罪，從此改過，便也罷休。有一天，成帝遊至陽阿公主府中。公主乃是成帝的異母姊妹，長得異常美貌，家中富有，真堪敵國。單是歌女一項，上等的一百名，中等的二百名，下等的三百名。就是成帝宮裡樂工也無如此之多，即此一端，可以想見公主府中的奢華了。

當時公主一見聖駕到來，慌忙設宴，恭請成帝上坐，自己在下相陪，並出上等歌女數十人，侍席侑酒。成帝起初尚不在意，以為普通人物，不值御眼一看。誰知內中有一絳衣女郎，非但歌聲嬌潤，舞態輕盈，此人的相貌真稱得起人間第一，天上無雙，就是許后、班、張兩婕妤，妙齡的時代，也難比擬。

成帝便笑問公主道：「此女姓甚名誰？御妹能夠割愛見賜否？」

公主聽了，含笑答道：「此女姓趙，小字宜主，原姓馮氏，其母即江都王孫女姑蘇郡主的便是。郡主曾嫁中尉趙曼，復與舍人馮大力之子馮萬金私通，孿生二女，分娩時不便留養，棄諸郊外。據說虎來哺乳，三日不去，郡主知有奇異，又去收回。長即此女，妹名合德。及至數齡，趙曼病逝，二女復歸馮氏撫養。數年之後，萬金又歿，家境中落，二女無依，流寓長安。臣妾聞其姊妹花的歷史，特地收養寒家，平日教以歌舞，一學便會。其妹現方患病，不在此間。惟此女身材婀娜，態度蹁躚，大家見她輕似燕子，一時都呼她為飛燕，現充臣妾歌女的總管。臣妾萬分愛她，無異手足，今蒙陛下垂青，臣妾焉敢不遵！陛下且請寬飲數杯，稍停回駕，命隨之入宮便了。」

成帝邊聽公主說話，邊以雙目頻頻注視此女，只見她雖有無限嬌羞，而一種若即若離的情狀，令人不覺骨軟筋酥。成帝此時心花怒放，呵呵大笑。豈知一個不留神，身子朝後一仰，只聽得砰訇一聲，好一位風流天子，早已跌翻在地上了。

公主一見聖駕樂得跌在地上，慌忙親手去扶成帝。成帝一面笑著起來，一面有意捏了公主的玉臂一把，真個又柔軟，又滑膩，不覺淫意大動，一想我們劉氏祖上，有好幾代都與姊妹有關係的，我此生幸得投胎做了天子，這也是我的福命，到口饅頭，何必客氣，急向公主扮了一個鬼臉道：「朕雖跌了一跤，身上倒不覺痛，御妹扶我起來，被我用力一拉，你嬌嫩皮膚恐怕有些觸痛了罷？」

公主本是一位聰明人物，歷代風流典故早已爛熟胸中，此刻一見成帝與她調情，如何不懂，如何不悅？於是報以一笑道：「陛下請莊重些！難道得隴還要望蜀不成？」

成帝聽了，一把將公主擁至懷內道：「媒人哪好冷淡！」說著，忙把面前的酒盞滿斟一杯，自己先去呷了一口，又自言自語道：「此酒溫涼合口，御妹請用一杯！」邊說邊把酒杯送到公主的口邊。

公主不敢推辭，就在成帝手中將酒呷乾，也去斟上了酒，回敬成帝道：「陛下請喝這杯喜酒，今夕好與宜主成雙。」

成帝也在公主手內一口呷完道：「朕已醉了，今夕要在御妹的府上，借住一宵的了。」

公主聽了，慌忙推辭道：「寒寓骯髒，哪好有褻聖駕！還是攜了宜主，同回宮中去的好。」

成帝聽了，並不答腔，又用手招著宜主道：「汝且過來，朕有說話問你。」

公主此時還是坐在成帝的膝上，正想下去，讓出地方，好使成帝去與宜主廝混，成帝一把將公主拖住道：「御妹何必避開！宜主乃是御妹一手教導出來的人物，難道敢與她的主人吃醋不成？」

公主聽了，仍坐成帝身上。

宜主走近御座，花枝招展的拜了下去，成帝此時雙手抱著公主，一時卻騰不出手去扶宜主起來，急將他的嘴唇皮向著公主掀動著，是要公主把宜主扶起的意思。

公主知趣，一邊俯身扶起宜主，一邊對她笑道：「聖上如此垂憐於你，你進宮之後，得承雨露，不可忘記我這媒人。」

宜主起身站著，紅了臉輕輕地答：「奴婢若有寸進，如忘主人舉薦之恩，天也不容！」

成帝笑著接口道：「朕從前待遇皇后，略覺密切，有時天降災異，盈廷臣工，總說皇后太妒。到了後來，方知天上示戒，卻是為的那個王鳳專權太甚。這樣說來，老天倒也難做，專在管理人間之事，宜主方才所說天也不容一語，卻有道理。」說完，便與公主、宜主兩個邊喝邊笑，其樂融融。

這一席酒，直吃到月上花梢，方才罷宴。此夕成帝真的宿在公主家中。至於錦帳如何銷魂，羅衾如何取樂，事屬曖昧，未便描寫。

到了次日，成帝命取黃金千斤，明珠十斛，贈與公主，以作執柯之報。公主也備無數妝奩贈與宜主。

成帝攜了宜主回宮，即封宜主為貴人，又因飛燕二字較為有趣，賜名飛燕。宜主二字，從此無人稱呼了。

成帝自得飛燕之後，非但與之行坐不離，即平日最心愛的那位男寵張放也冷淡下去。

皇后許氏當然不在話下了。

皇后有一位胞姊，名叫許謁，嫁與平安侯王章為室。這個王章，卻與牛衣對泣的那位王章同名。他是宣帝王皇后之兄王舜的長子，不幸早已去世，許謁做了寡鵠。她與許后既為姊妹，自然常常入宮。這天她又進宮，只見許后一個人在那兒垂淚，許謁便詢許后何故傷心。

許后邊拭淚，邊長嘆了一聲道：「從前皇上與我何等恩愛！就是盈廷臣工日日參我太妒，皇上不為所動，甚至更加親暱逾恆，這是姊姊親眼所見的。姊姊那時還與我鬧著玩笑，說我幾生修到，此言總在我的耳邊。曾幾何時，皇上竟將我冷落如此！我因未曾生育，為子息計，為宗廟計，皇上另立妃嬪，原是正辦。你看從前的班婕妤、張美人，我何曾吃過什麼醋呢？不料近日由陽阿公主家中，進來一個甚麼趙飛燕，日夜迷惑皇上，不准皇上進我的宮，還是小事；連皇上視朝，她也要干涉起來。也有這位昏君，居然奉命維謹，從此國家政治恐怕要糟到極的了！姊姊呀，你想想看，叫我怎麼不傷心呢？」

許謁聽完道：「皇后不必傷感，皇上納趙飛燕，原是子嗣起見；皇后只要能夠坐喜，不怕皇上不來與你恩愛如初。」

許后聽了，把臉一紅道：「人老珠黃不值錢，我哪裡還能生育？」

許謁道：「皇后莫這般說，皇后如今也不過三十來歲的人，人家四五十歲的生育，也

是恆事。」

許后聽了，又與許謁咬了幾句耳朵。許謁道：「這是皇上色欲過度，無關緊要，我有一法，能使皇后必定恭喜。」

許后聽了，忙問何法，許謁道：「此地三聖庵中，有一位老尼，求她設壇祈禳，就會得子。」

許后急付許謁黃金十斤，速去照辦。

事為內侍所聞，即去報知飛燕。此時飛燕正想擠去許后，她便好扶正，因為無隙可乘，只得忍耐，一聞內侍所言，她卻先去奏明太后。太后盛怒，要把許后處死，又是飛燕假意求情，方交成帝辦理。成帝乃將許后印綬收回，廢處昭臺宮中，又把許謁以及老尼問斬，並且牽連班婕妤。

班婕妤從容奏道：「妾聞死生有命，富貴在天，修正尚且未能得福，為邪還有何望？若使鬼神有知，豈肯聽信沒意識的祈禱？萬一神明無知，咒詛有何益處！妾幸略識之無，這些事情，非但不敢為，並且不屑為！」

成帝聽她說得坦白，頗為感動，遂命班婕妤退處後宮，免予置議。

班婕妤雖得免罪不究，自思現在宮中已是趙飛燕的天下，若不想個自全方法，將來仍是許后第二。她左思右想了一夜，趕忙繕成一本奏章，遞呈成帝。成帝見她自請至長信宮供奉太后，便即批准。班婕妤即日移居長信宮內，太后那裡，不過朔望一朝而已，暇時吟詩作畫，藉以度過光陰。雖然秋扇堪悲，到底保全性命，毋須細談。

再說許后既廢，主持中宮的人物，自然輪到飛燕了。照成帝之意，本可隨時冊立，誰知太后卻嫌飛燕出身微賤，不甚許可。成帝無法，只好請出一位能言善語的說客前來幫忙。此人是誰？乃是太后的外甥，現在長信宮衛尉，名叫淳于長的。經他力向太后說項，也經好久，飛燕方得如願，乃改鴻嘉五年為永始元年，先封飛燕義父趙臨為成陽侯，然後冊立趙飛燕為后。

趙臨係陽阿公主的家令，飛燕入公主家時，因見趙臨與之同姓，拜為義父，俾有照應。趙臨既為后父，得蒙榮封。

偏有一個不識時務的諫大夫劉輔，上書抗議道：

臣聞天之所與，必先賜以符瑞；天之所違，必先降以災變，此自然之占驗也！昔武王周公，承順天地，以饗魚鳥之瑞，然猶君臣只懼，動色相戒；況於季世，不蒙繼嗣之福，屢受威怒之異者乎？雖夙夜自責，改過易行，妙選有德之世，考卜窈窕之女，以承宗廟，順神祇，子孫之祥，猶恐晚暮；今乃觸情縱欲，傾於卑賤之女，欲以母天下，惑莫大焉！俚語曰：「腐木不可以為柱，人婢不可以為主。」天人之所不平，必有禍而無福，市途皆

共知之。朝廷乃莫敢一言，臣竊傷心，不敢不冒死上聞。

成帝此時對新后趙飛燕，比較從前的許后，還要愛憐百倍，見了此奏，怎麼不大發雷霆呢？當下即命御史收捕劉輔，繫入掖庭秘獄，已擬死罪。還虧大將軍辛慶忌、右將軍廉褒、光祿勳師丹、人中大夫宣商等人聯名援救，方把劉輔徙繫詔獄減死一等，釋為鬼薪。從此以後，還有何人敢來多嘴！

當時後宮有一位女官，名叫樊嫕，乃是趙后的中表姊妹。成帝看在飛燕面上，對於樊嫕自然特別看待。

樊嫕受寵若驚，便獻殷勤道：「陛下可知皇后尚有一妹，名喚合德的麼？」

成帝道：「朕知合德從前有病，近狀如何，卻未知道。」

樊嫕道：「合德之病，早已痊癒，皇后之美，固屬世間罕有，說到合德呢，肌膚瑩澤，出水不濡，較於乃姊捧心西子，真有異曲同工之妙。陛下正好一箭雙鵰，似乎不能使合德向隅。」

成帝聽了，不禁大悅，即命舍人呂延福，用著百寶鳳輦，往迎合德入宮。

呂延福見了合德，也吃一驚。暗想此人豐若有餘，柔若無骨，何以趙家專出美人？當下叩拜之後，合德問來何事？延福稟明來意，合德沉吟一會道：「可有皇后娘娘的手詔？」

延福道：「臣奉主上面諭，前來恭迓貴人，皇后定是同意，故無手詔。」

合德道：「汝可回宮，代我覆奉主上，我非矯情，辜負聖恩；如無我姊一書，不敢應命！」

延福回報成帝。

成帝雖是嘉許合德知禮，但是皇后面上未便啟齒，也是一樁難題，乃與樊嫕酌，命她再向合德勸駕。

樊嫕道：「合德既有此言，她是恐遭娘娘妒嫉，也有一番苦衷。陛下勿急，容臣女去求娘娘或者不辱君命，也未可知。」

成帝聽了，立賞樊嫕黃金百斤，又付她奇珍異寶無算，轉賜飛燕。樊嫕去了多時，方始滿面笑容地前來覆命道：「娘娘始恐陛下得新忘舊，後由臣女力說，現已應允，現有娘娘手詔在此。」

成帝道：「如此，汝可持了此詔往接，愈速愈妙！」

樊嫕去後，成帝特地騰出一座別宮，鋪設得非常華麗，名曰遠條館，備作合德的新房。剛剛收拾停當，合德已經盛妝進宮，先由樊嫕帶引朝謁飛燕，姊妹相見，悲喜交集。

合德奏道：「主上派人召妹，妹不敢進宮；及奉娘娘手詔，方敢來此。」

飛燕道：「皇上新近立我為后，若是另選妃子，為姊當然不願。我妹乃是同胞，共事

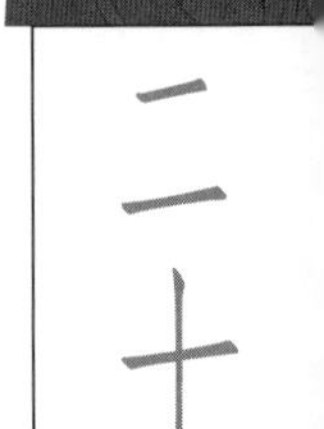

一主，我妹也可略事分勞。」說完，命人伴送合德進了新房。

這天晚上，成帝之樂，可想而知。

次日成帝大排筵席，自己與飛燕坐在上面，合德含羞旁坐。酒過三巡，成帝笑顧合德，謂飛燕道：「從前出塞的那個王嬙，天下稱為美人，皇后之美，固不必說了，她呢，也是人間尤物。」

飛燕尚未答言，站在成帝背後的一位披香博士淖方成，暗忖道：「此是禍水，將來定要滅火的。」

方成雖能獨具隻眼，卻是腹誹，成帝幸未聽見，不然，於事無補，這個方成恐怕也要做鬼薪呢。

當下飛燕笑答成帝道：「陛下既是讚許吾妹，應該封為昭儀。」

成帝點頭許可。

合德離座謝恩之後，又謝飛燕。

飛燕含笑令她免謁，仍去坐下。合德跪進一杯道：「可惜亡母已在九泉，否則見了我們姊妹同事一主，豈不快樂！」

飛燕眼圈一紅道：「吾母為我們姊妹二人，受盡辛苦。」

成帝不待飛燕往下再說，忙勸慰道：「皇后勿悲，朕當追封姑蘇郡主為咸和君，再令有司速建園邑，春秋致祀可也。」

飛燕、合德二人，一同離坐謝恩道：「陛下天恩高厚，亡母也得瞑目九泉了！」

這天之樂，成帝說是近年中的第一天。飛燕、合德自然也是樂不可支。

第五十五回　紅顏禍水

成帝自得趙氏姊妹花之後，花朝繾綣，月夜綢繆。這等風流舊案，毋庸深談。

有一天，成帝嫌憎飲酒看花，有些膩了，特命巧匠在太液池中，建造一隻大舟，自挈飛燕、合德二人登舟取樂。趁著兩岸樹上的鳥聲，以歌和之，覺得另有一種情趣。又使侍郎馮無方吹笙，親執文犀簪頻擊玉盞，作為節奏。

舟至中流，忽起大風，吹得飛燕的裙帶飛揚亂舞。那時情勢，飛燕身輕，險些兒被風吹上天去。成帝大驚失色，急令馮無方救護飛燕，無方丟下手中之笙，慌忙緊緊握住飛燕雙履。

飛燕本是一個淫娃，早已心愛無方，只因成帝與她寸步不離，一時沒有機會；此時既被心愛的情人手捏雙足，頓時覺得全身發麻，心旌蕩漾起來。索性讓他捏住，凌風舞得格外有興，且歌且舞，音節更是悠揚。當時成帝在旁見了這般有趣的事情，反望大風不要就停，好讓飛燕多舞一刻。後人遂稱飛燕能作掌上舞，便是這個訛傳。不然，天下哪有這般

大的掌，天下哪有這般輕的人？聖人謂盡信書，則不如無書，確有至理，也是閱歷之談。

再說那天成帝回宮之後，甚讚馮無方奮不顧身力救皇后之命，許為忠臣，賞賜金帛無數，並准自由出入宮中，俾得衛護后妃。飛燕聞知其事，當然大喜，沒有幾時，便與無方成了連理之枝。

又由無方引得侍郎慶安世，也與飛燕有了曖昧。飛燕一俟成帝宿在合德宮中的時候，即命馮無方、慶安世二人黑夜入宮衛護，肆無忌憚，無所不為。還要假以借種的大問題，見著侍從等官，凡是青年美貌的人物，無不誘與寢處。今日迎新，明天送舊，一座昭陽宮中彷彿成為妓院一般。復闢一間秘室，托言供神求子，無論何人不准擅入，任她胡行妄為，成帝一毫不知。

合德住的是翡翠宮，她見乃姊所為，自然仿照辦理。飛燕還只重人材，不尚裝飾；合德是情人既須姣好，居室尤要考究，於是有百寶床，九龍帳，象牙簟，綠熊席，這等異常奢華的東西發現。成帝入了這座迷魂陣中，早已醉生夢死，兼之合德雖然淫亂，因為新承帝寵，自然稍加斂跡，但將成帝籠絡得住，夜夜到來，就算得計。

飛燕呢，入宮為時較久，自以為蒂固根深，日思借種，秘室之內藏著無數男妾，姿意尋樂，反而情願成帝不到她的宮中纏擾，即使成帝偶爾光臨，也不過虛與周旋，勉強承接而已，因此成帝覺得飛燕的風情不及合德，翡翠宮中倒常常看見成帝的足跡了。

一夕，成帝正與合德錦帳鏖兵既畢，偶然談起乃姊近日的行徑，似有不滿之意。合德明知乃姊迷著情郎，對於成帝自然較為冷落，一想我姊倘若因此失寵，我亦有連帶關係的，狐兔之悲，不可不防，趕忙替飛燕解說道：「妾姊性剛，容易遭忌；況且許后被廢，難免沒有許黨從中造謠，倘若陛下輕信人言，恐怕趙氏將無遺種了！」

成帝聽了搖首道：「非也，朕倒不信讒言！不過汝姊近來對朕甚形冷淡，不及當日的情致纏綿，朕故有此語。」

合德垂淚道：「陛下勿言，臣妾當請吾姊不必專去供神求子，以致因此分心，冷淡了聖駕。」

成帝見她落淚，慌忙安慰道：「汝亦勿愁！朕決不聽信讒言，薄待汝姊便了！」

合德謝過成帝，更以枕上風月，獻媚邀憐。成帝已被合德迷昏，對於飛燕便覺事事可原，件件可恕，毫沒喪失感情的地方。

誰知有一班冒失鬼，以為飛燕將要失寵，趕緊把飛燕的姦情出頭告發。成帝因有合德先入之言，反把這班冒失鬼一個個的斬首，飛燕因得公然宣淫，更加放縱。

後來合德把成帝與她一問一答的言語，告知飛燕，飛燕卻也感激，待薦一個宮奴，名叫燕赤鳳的，給了合德受用，作為答報。

原來燕赤鳳，遼東人氏，身長貌美，兼之孔武有力，還有一種絕技，真的身輕似燕，

能夠黑夜之間射斷楊枝，縱過百丈高城，如履平地。飛燕與之寢宿，極為得意，因此使合德分嘗一臠。合德便俟成帝到她乃姊宮中的時候，命人引入赤鳳，一宵歡娛，勝於伉儷。赤鳳往來兩宮，毫不告乏。

不過飛燕與合德隔得太遠，赤鳳兩面走動，頗覺不便。飛燕即請成帝，在她的宮左建造一座少嬪館，使合德遷入，於是赤鳳這人隨成帝為轉移，成帝幸姊，他便淫妹；成帝幸妹，他便淫姊。成帝戴上綠頭巾，反把二趙愛得胡帝胡天。

可惜二趙貪色太過，寵幸有年，卻無一男半女生養出來，成帝於此，不能不另有所屬，隨意召幸宮人，冀得生子。飛燕、合德兩宮俱不見成帝的影蹤了。她們姊妹二人只要有了姦夫，成帝來也好，不來更好。有一天，姊妹二個為了赤鳳一人，幾至破臉，後來還是樊嫕從中調和，方始無事。

當時光祿大夫劉向，實在忍無可忍，因採取詩書所載賢妃貞女，淫婦嬖妾，序次為《列女傳》八篇，又輯傳記行事，著《新序說苑》五十篇，奏呈成帝，並且上書屢言得失，臚陳諸戒，原是望成帝輕色重德，修身齊家。成帝見了，非不稱善，無如儘管口中稱善，稱過便罷，可憐劉向依然白費心機！

成帝更有一件用人失當之事，種下亡國禍根，險些兒把劉氏子孫凌夷殆盡，漢朝的大好江山，竟至淪沒了十八年之久。

你道何人為崇？就是王太后從子王莽。

王莽係王曼次子，又為叛徒而反封官的王登之侄。王曼早逝，未曾封侯，長子亦是短命。王莽字巨君，生得五官端正，兩耳垂肩，望去倒像一表人材。事母總算孝順，待遇寡嫂，尤能體貼入微；至於侍奉伯叔，交結朋友，禮貌之間極為周到。嘗向沛人陳參受習《禮經》，勤學好問，待下甚厚，責己極嚴，平時所著衣服，儉樸無華。當時輿論，個個稱他為王氏子孫中的賢者。

他的伯父王鳳病危，他偏衣不解帶地親侍湯藥。王鳳臨死的時候，猶執了他手嗚咽道：「王氏無人，汝是一個克家之子，可惜我從前未能留心及汝，致未提攜！」

說到此地，可巧太后前來問疾，王鳳即伏枕叩頭，力託太后授以一官。太后回宮，告知成帝，成帝乃授王莽為黃門郎，旋遷射聲校尉。叔父王商，也稱王莽恭儉有禮，情願自讓食邑。朝廷大小官吏，只要一與王莽接談，回家就上封奏保他。

成帝因見眾人交口稱譽，始尚不信。後來仔細留意，方知不是尋常之輩，乃封為新都侯，進官光祿大夫侍中。

王莽越加謙抑，折節下交，所得俸祿並不攜回私宅，半饋親朋，半贍貧苦；因此名高伯叔，聲望益攏。那時成帝優待外家，有加無已，王譚死後，即令王商入代王譚之職；未幾王音逝世，復進王商為大司馬衛將軍，又使王商之弟王立領城門兵。

王商因見成帝耽戀酒色，荒淫無度，也覺添愁，每入見太后時，力請面戒成帝。太后也有所聞，屢次訓誡。王商從旁的譏諫，不止一次，孰知成帝樂而忘返，終不稍改。

永始二年二月，星隕如雨，連日日食。適值谷永為涼州刺史，入朝白事。成帝無暇召對，僅遣尚書面詢谷永，有無封事。王商暗囑谷永具疏規諫，谷永懼怕獲譴，未敢上瀆。王商仗他膽子，願以身家性命擔保。谷永有恃無恐，遂把成帝的短處知盤揭出。成帝果然大恚，正擬命御史兵收谷永下獄。

王商早在暗中留心，急令谷永飛馬出都，自去回任。等得御史去捕，業已望塵莫及，只得據實覆奏。那時成帝怒亦漸平，又經王商力求，便不追究，每日仍在宮中淫逸如前。

侍中班伯，即班婕妤胞弟，迭請病假，續而又續，成帝催他銷假，方才入宮報到。可巧成帝又與張放重敦舊好，方在並肩疊股，一同飲酒。班伯朝拜既畢，站在一旁，並不開口，惟把雙目注視一座畫屏。成帝呼令共飲，班伯口雖唯唯如命，依然目不轉睛地直視屏風。

成帝笑問道：「汝在癡看什麼？」邊說邊把眼睛跟著班伯所視之處看去，卻見那座屏風上面，並沒特別景致，只有繪著一幅古代故事。

成帝又笑謂班伯道：「這座屏風乃是王商進呈，汝既愛不忍釋，朕可賞汝。」

班伯聽了，便把眉毛直豎，怒氣衝衝地奏對道：「臣見此畫的事實，直非人類所為，臣恨不得一火焚之呢！」

成帝此時酒已喝得糊裡糊塗的當口，雙眼朦朧大有醉態，因聞班伯說得如此，便將張放推在一旁，走近屏風面前，細細一看，方見屏風上面繪著紂王在與妲己淫亂，妲己身無寸縷，仰面承恩，栩栩如生，惟妙惟肖。

成帝忽然看得動興，忙把手向張放亂招道：「汝快來看！汝快來看！」

張放趨近屏風，正擬向成帝說話，陡然又聽得班伯續奏道：「紂王無道，沉湎酒色，微子所以告去。此圖這般穢褻，也是王商借畫規諫的深意，誰知陛下竟被無恥龍陽誘惑得昏昏沉沉，即不為國家計，難道不為子嗣計麼？」

成帝此時因為看見妲己的形態，忽然想起班婕妤起來，現在雖屬面目已非，不堪重令侍寢，但念前時風月，似覺有些對她不起，所以聽見班伯當面直諫並不動怒，反而嘉他忠誠，授為秘獄廷尉之職。班伯慌忙謝恩，似有喜色。

成帝道：「汝平日不喜做官，經朕催逼方肯銷假；何以今日一聞廷尉之命，喜形於色起來呢？」

班伯道：「臣因前受之職，有位無權，實在辜負朝廷；現既得任法官，便可執法維嚴，以警亂法犯上之徒。」

成帝聽了，深悔授以此職，卻於嬖人等等大有不利，一時又不便收回成命，只得拉了

張放回宮，且戒張放道：「班伯執法無赦，汝千萬勿攖其鋒！」

張放冷笑道：「臣任中郎將，權位大於彼僚多多，看他敢奈何我麼？」

成帝聽了，還是連連搖首，似乎不以張放之言為然。

不說他們君臣二人，手挽手地進宮，單說班伯到任接印，親查獄犯，有罪即懲，無罪即釋；不到三天，監中囚犯為之一清，一班廷臣也敬他正直無私，交口佩服。

一天，班伯正在朝房與各大臣商酌公事，忽見張放衣冠不整，吃得醉醺醺地由宮內出來。班伯有意懲戒他一番，因為捉不著他的錯處，無法奈何；不意張放忘記時辰八字，偏來站在班伯的對面，半真半假，故意揶揄，班伯眉頭一皺，計上心來，急在懷中摸出一包紙張，執在手中，直向張放身旁撞去。

張放哪裡肯讓，不知怎麼一來，二人已經扭結一團。各位大臣都來相勸，班伯就用手中的那捲紙張，向張放頭上打去。張放不知班伯用意，趁勢奪去，撕得粉碎。

班伯見他已經上當，急顧左右差役道：「快將這個犯了欺君之罪的張放拿下！」

那班差役素知班伯鐵面無私，便把張放拿下。

張放被拿，還破口大罵道：「反了，反了，你這小子，敢拿天子侍臣麼？」

班伯把臉一沉道：「汝將聖旨撕碎，已犯大不敬之罪，法應棄市！」說著，吩咐左右，速將張放斬首報來。

此時張放一見自己所撕之紙，果是聖旨，也曾嚇得發抖，忙求各位大臣替他說情。各位大臣明知他是成帝的男妾，豈有袖手之理？於是都向班伯說情。

班伯道：「既是各位替他說情，死罪可免，活罪難饒！」說罷，喝令拖下重責八十大板。當下就有一班執刑差役，奔了上去，一把將張放掀翻在地，剝去褲子，頓時露出一個又白又嫩，粉妝玉琢，風花雪月的屁股出來，一聲吆喝，一五一十地打了起來。

可憐張放自從出生娘胎以來，何曾受過這個刑罰？只把他打得流紅有血，挨痛無聲。一時打畢，只得一蹺一拐，慢騰騰地去向成帝哭訴去了。

不到一刻，成帝視朝，責問班伯道：「張放誤撕聖旨，罪有應得；不過汝應看朕之面，饒他也罷！否則他的身上，何處不可責打，為何偏偏打他臀部呢？」

班伯應聲奏道：「臣正因為他的臀部犯法。陛下是尊重國家的法律呢？還是憐愛他的皮肉呢？」

成帝聽了，半晌不答。當下群臣都說張放犯法，班廷尉辦得不錯，成帝聽了，只得罷休。到了晚上，成帝和張放同床共枕的當口，自然有一番肉麻的說話。

次日，太后又下一道手詔交給成帝，說是班廷尉秉性忠直，應該從優待遇，使輔帝德；富平侯張放可令就國，不得再留宮中。成帝雖然掃興，還不肯馬上將張放遣走。丞相薛宣、御史大夫翟方進，俱由王商授意，聯名奏劾張放。成帝不得已，始將張放左遷，貶

為北地都尉，過了數月，復又召為侍中。王商見了，大不為然，入白太后，太后大怒，面責成帝。成帝俯首無詞，再遣張放出為天水屬國都尉。

張放臨行時，與成帝握手泣別。成帝俟他去後，常賜璽書勞問。後來張放母病，乞假終養。及母病癒，成帝又任為江東都尉，不久仍召為侍中。那時丞相薛宣業已因案奪職，翟方進升任丞相，再劾張放，不應召用。成帝上憚太后，下怕公論，只好賜張放錢五百萬緡，遣令就國。張放感念帝恩，休去妻子，情願終身獨宿，以報成帝情好。及成帝宴駕，張放聞信，連日不食，毀瘠而死。

後來晉王羲之有句嘲張放，云：「不是含羞甘失節，君王膝下尚無男。」這個挖苦，明明說張放要替成帝生養兒子，大有趙飛燕借種的風味。一語之貶，萬年遺臭。張放死而有知，也該紅潮上面呢。此是後話，說過不提。

再說當時丞相薛宣免官的事情，乃因太皇太后王氏得病告崩，喪事辦得不周。成帝本恨薛宣逼走張放，便用假公濟私的手段坐罪薛宣，免為庶人；翟方進事同一律，連帶處分，降為執金吾。廷官都為方進解說，爭言方進公正不阿，請託不行。於是成帝復擢方進為相，封爵高陵侯。

方進字子威，汝南上蔡人，以明經得官，性情褊狹，好修恩怨；既為丞相，如給事中陳咸、衛尉逢信、後將軍朱博、鉅鹿太守孫閎等人，或因新仇，或因舊怨，先後均被劾去；惟他奏彈紅陽侯王立，說他奸邪亂政，大逆無道，總算不避權貴，大膽敢為。成帝既見方進尚能辦事，自己樂得燕安如恆。不過年已四十，尚無子嗣，也覺憂慮。

趙家姊妹又是奇妒，只許自己秘藏男妾，不許成帝別幸宮人。她們的意思呢，不佞倒可以替她們辯白，倘若成帝去幸別個宮人，萬一生下一男半女，她們姊妹的后妃之位便要告終；不過為了自己位置，情願帝室絕嗣，未免不知輕重。

誰知越是防別個宮人，要替成帝生出兒子，那些鬼鬼祟祟暗渡陳倉的把戲，越是來得會養。

第一個是宮婢曹曉之女曹宮，只與成帝交歡一度，便已珠胎暗結，產下一男。

成帝聞知，暗暗心歡，特派宮婢六名服伺曹宮。不意被趙合德知道，矯了成帝之命，竟將曹宮收下廷獄，迫令自盡；所生嬰兒，也即設法謀斃，詭云痘症夭折。甚至連那六婢勒斃了事。成帝懼怕合德，不敢過問。

第二個是許美人，住居上林涿沐館中，每月由成帝召至復室，臨幸一次，不久，即已有孕，也生一男。成帝使黃門靳嚴，帶同醫生乳媼，送入涿沐館內，命許美人靜心調養。又恐為合德所聞，躊躇多日，自思不如老實告知，求她留些情面，免遭毒手。當下至少嬪館，先與合德溫存一番，始將許美人生子一事說了出來。

話猶未完，合德便指著成帝哭鬧道：「你既每每對我說，並未與別人寢宿，既未寢

宿，小兒從何而來？」

成帝被她駁倒，只得直認臨幸許美人之事。合德始允將小兒交她撫養，不准許美人與子相見。成帝無法，只索依她。

第五十六回　錢可通神

成帝既允嬰兒交與合德撫養，便用葦編篋，將嬰兒裝入其中，送至少嬪館裡。在成帝之意，以為合德自己未曾生育，想將此子據為己有，後日即有皇太后的希望。

這種理想，本在情理之中。誰知合德是奉了乃姊使命，彷彿有意要使成帝絕嗣的樣子一般，莫說害死一個，又是一個，就是有一百個，一千個，既是蓄心要害死不會講話的嬰孩，那是並不繁難的。於是不到數日，少嬪館裡，忽有一個宮人，攜著一只上有封條的葦篋，付與掖庭獄丞籍武，使他埋葬僻處，不准給人知曉。

籍武原是合德所保薦的，當然奉命惟謹，即在獄樓下面，掘坎埋篋。這個篋中，自然是許美人所養的骨血。趙氏姊妹未曾入宮以先，都中就起了一種童謠，叫做「燕飛來，啄皇孫，」至是果驗。

合德一連斃了兩孩，成帝竟致無後，反而便宜了一位劉欣，現現成成地做了皇帝。

劉欣即定陶王劉康之子。劉康自被王鳳逼令回國，鬱鬱不樂，未幾病歿。王后張氏無

出，只有王妃丁氏生了這個劉欣，由祖母傅昭儀撫養成人，得襲王爵。傅昭儀早年即為王太后，隨子就國，向有智略，人臣無不稱許她的為人。她聞得成帝無嗣，蓄心已久，想將孫子嗣與成帝，以便入統江山。

元延四年春正月，中山王劉興，係成帝少弟，為馮昭儀所出，由信都移封中山。因為惦記都中皇太后、皇上，他們母子二人乘暇入都朝謁，事為傅昭儀所知，也忙幫著孫子劉欣，帶同多數臣眾，趕緊追蹤入都，總想達她目的，後來有志竟成，且讓不佞慢慢說來。

當時傅、馮兩位昭儀，以及中山王劉興、定陶王劉欣，分途到了長安，大家見過太后王氏。老年姊妹久別相逢，自有一番樂趣。成帝見了這位侄兒劉欣，少年英俊，很是歡喜，便笑問他道：「汝此次入朝，何故帶同許多官吏？」

劉欣聽了，從容謹答道：「諸侯王入朝，照例得使二千石隨行，臣因傅相中尉，秩皆二千石，故令回來，以備遇事顧問，免致失禮有罪。」

成帝聽畢，又問道：「汝平日曾習何經？」

劉欣答：「習的《詩經》。」

成帝有意考他一考，即隨意指出數章，令其背誦。劉欣朗朗背出，一字無訛，還能講解經義，闡發微旨。成帝聽完，邊撫其背，邊讚許道：「汝能如此，劉氏繼替有人了。」

劉欣欣然奏道：「臣侄年幼，教導無人，倘能長侍陛下，得有日進，乃臣侄之幸也。」

成帝頷首至再，復問劉興道：「御弟為何只帶太傅一人？」劉興本來不及乃侄聰穎，及被成帝一問，瞠目不能答。成帝又問他所習何經，劉興答稱習的《尚書》。成帝也令他背誦數篇，他竟弄得面紅耳赤，囁嚅許久，方始斷斷續續地背誦幾句，成帝見他那種侷促情形，令人好笑，因暗思：「吾弟年已三十有餘，為何這般呆笨，反不如十六七歲的侄子？」

成帝因此越加歡喜劉欣了。劉欣也甚知趣，對於成帝事之如父，一絲不敢荒唐。

成帝正想同了弟侄等人前往御花園遊玩，適值傅昭儀已經謁過太后，亦來朝見成帝，成帝慰問路上辛苦，並絕口讚她的孫子聰敏。傅昭儀聽了，心裡自然十二分快樂，嘴上只好謙遜一番，答稱：「老身此番幫同欣孫入朝，一是專誠恭請聖安；二是恐怕欣孫年幼失儀，不甚放心，老身也好隨時指導。」

成帝謝了她厚意，留住宮中。傅昭儀真有手段，別過成帝，又到趙飛燕皇后、趙合德妃子兩處，殷勤奉謁，所談之話，除了馬屁以外，無甚可述。並命劉欣先謁后妃，次訪大司馬王根，四處周旋，面面俱到。

最使人眼睛發紅的，金帛珍寶隨帶甚多，半贈趙氏姊妹，半賂王根，以及盈廷臣眾。趙氏姊妹雖然貴為后妃，但是見了這些貴品，也會笑逐顏開；至於王根廷臣，貪財如命，那就不必說了。傅昭儀這樣一辦，不到幾天，上自后妃，下至臣工，無不交口稱譽劉欣多

才多藝，足為帝嗣。成帝本有此意，不過一時未決，尚望二趙生育，免得繼嗣別房，先替劉欣行了冠禮，暫遣回國，傅昭儀自然隨歸。

趙氏姊妹早被傅氏拍上，殷勤餞別，不忍分離。傅昭儀就在席間乘機請託，二趙滿口應允，一定從旁進言。等得傅昭儀挈孫返國，劉興母子早已先走多時了。

又過了一兩年，趙氏姊妹依然並未生育，每在成帝面前慫恿，勸立定陶王劉欣為儲君。王根也上書申請，成帝方始決定，改元綏和，使執金吾任宏，署大鴻臚持節去召劉欣入京。傅昭儀以及劉欣生母丁氏，親自伴送劉欣前來，朝臣統統郊迎。

惟有御史大夫孔光，單獨上書請立中山王劉興。成帝批斥不准，並貶孔光為廷尉。但怕劉興不悅，特別封食邑三萬戶。劉興母舅諫大夫馮參為宜鄉侯，免得他們甥舅背有怨言。同日即立劉欣為皇太子，入居東宮；又思劉欣既已過繼，不便承祀共王劉康，劉康歿後，予謚曰共，乃另立楚孝王孫劉景為定陶王，使奉共王之祀；復命傅昭儀、丁妃二人，仍留定陶邸中，不得跟隨太子入宮。傅、丁二人當然十分怏怏。

傅昭儀又去力求太后，許與太子相見，太后商諸成帝，成帝答稱太子入承大統，照例不應再顧私親。太后說：「太子幼時全靠傅昭儀抱養，好似乳母一般，就是准她常見太子，於事想亦無礙。」

成帝不好故違母意，准令傅昭儀隨時入宮，惟生母丁妃不在此例。

那時孔光既經遭貶，改任京兆尹何武為御史大夫。何武字君公，蜀郡郫縣人，素來守法奉公，頗有政聲。及為御史大夫，上言世事煩瑣，宰相才不及古，若令職兼三公，恐防廢弛政務，應仿古制建三公官。成帝認可，以王根本為大司馬，仍任舊職；惟罷去驃騎將軍官銜，即任何武為大司空，封汜鄉侯，罷去御史大夫官銜，俸祿皆如丞相，與丞相並稱三公。嗣因王根生病，一時無人接替，暫從緩議。

誰知侍中王莽，覬覦王根之位，恐被淳于長奪去，乃向王根詭說道：「淳于長自恃太后之戚，見叔乞病，常有喜色，每與朝臣私議，自言必代叔位。且有種種不端行跡，人民恨之刺骨，果成事實，似於國家不利。」

王根聽畢大怒，便命王莽據實入白太后。

淳于長本是太后外甥，前次飛燕得能冊立為后，全仗淳于長向太后疏通之力，因感其情，每請成帝封他侯爵。成帝准奏，即封淳于長為定陵侯。淳于長既有兩宮為之內援，於是勢傾朝野；又因成帝不時賞賜，諸侯王歲時饋送，積貲億萬，他便飽暖思淫，廣蓄妻妾，竟達百人之多。

適有龍頟侯韓寶之妻許孊，為廢后許氏胞姊，喪夫寡居，徐娘雖老，風韻猶存。淳于長一天偶見許孊標緻，弄得廢寢忘食，就借弔問為名，百般勾引。好在許孊正在思春，乾柴烈火，一碰即燃。不久，許孊便做了淳于長的小妻。許孊還要不顧羞恥，有時探視其妹

廢后許氏，竟是堂而皇之地直告其事。

那時廢后方徙居長定宮，寂寞無聊，一聽乃姊得與淳于長雙宿雙飛，甚為眼紅，遂向乃姊說道：「皇后一席，既被趙氏占去，我也不想復位，但我守此活寡，情何能堪？我姊既與定陵侯成了伉儷，我想姊去轉求定陵侯，他倘能為我辦到婕好之職，我必重報。」

許孊聽了，明知此事難辦，不敢即允。廢后又出金珠無算，送與許孊，叫她須看姊妹之情，不可推託。

許孊當時見了黃澄澄的金子，白光光的珠子，哪肯不受。便拿出騙賊行徑，對廢后說道：「我妹相贈，為姊只好拜領！我想婕好一職，比較昭儀還小，我妹做到皇后，豈可自貶身分？我既想出一法，我去轉求汝的姊夫，入請太后，封你為左皇后的職位，你道如何？」

廢后聽了，自然喜出望外。決不防到同胞姊妹竟會騙她。

等得送走乃姊之後，日夕盼望佳音，不意過了許久許久，卻如石沉大海，音信杳然，沒有法子，日日派人去催乃姊。乃姊被她催急了，方始告知淳于長。

淳于長起初倒也致書廢后，請她靜心守候，俟有機會，必為進行，無如這位廢后孤衾似鐵，度日如年，天天催逼，弄得淳于長發了脾氣，便老老實實覆了一封挖苦的回信，大意是已答應為爾進行，但是事已至此，只好忍耐。爾若過於著急，臣只好謹謝不敏；否則若肯降尊就卑，爾與乃姊同事一夫，亦一辦法。

廢后見了此書，雖然有些動氣，復又轉折一想，求人之事，只好忍氣。哪知事被王莽知道，馬上告知王根。王根正在恨淳于長的時候，一聽有此奇事，就叫王莽去奏太后。王莽當然加油加鹽，甚至說得廢后已與淳于長有通姦情事。太后大怒，立命王莽告知成帝。成帝聽了，心裡還想袒護淳于長，不欲加罪，僅令淳于長速去就國。

淳于長無奈，只索束裝準備就道。方要動身的當口，忽見王立的長子王融，前來送行，淳于長道：「承蒙表兄枉駕，愧感交並。」

王融聽了笑答道：「我來送行，尚在其次；兄的車馬太多，斷乎不能一齊攜走，務請分贈若干，備我使用。」

淳于長本與王融為中表之親，當下便也應允。王融大悅，正擬告辭，淳于長留他飲酒。飲至半酣，淳于長忽託王融道：「我的出都，乃是太后之意；主上待我良厚，不過太后面上，不能不這樣一辦，我想託兄代求令尊為我轉圜。」說著，即以廢后贈與許孊的金珠，送與王融。王融收了金珠，一力承擔而去。回到家中告知乃父，並把金珠一半呈出，其餘一半自己受用了。

王立從前不得輔政，疑心淳于長向太后進讒，深恨淳于長，弄得數年不通慶弔；及見許多金珠，又把前嫌忘得乾乾淨淨，慌忙入宮，見了成帝，代淳于長呼冤。

成帝聽完，反而因此起疑，默然不答。等得王立趨出，竟命有司根究。有司查察之後，探出王融有私受淳于長的賄賂情事，便要派役拘拿王融。

王立聞知其事，方才懊悔不應聽信其子主張，入宮代人求情，急逼王融自盡，始能保全自己。王融哭了一場，服毒而斃。及至吏役到來，一見王融自盡，回報有司。有司覆奏，成帝越想越疑，索性把淳于長下獄。可巧廷尉宋亞，正是淳于長的冤家，數次刑訊。淳于長受痛不過，所有姦淫貪詐的事件，統統供出，罪坐大逆，未及付斬，已經病死獄中。妻妾子女，移徙合浦；母已年高，放歸故里。那個闖禍祖宗的許孊，不知下落，或者又去琵琶別抱去了。

成帝當時見了讞案，方知廢后真的交通外官，乃命副廷尉孔光，持了酖酒，至長定宮賜廢后許氏自盡。可憐許氏在位十有四年，起初時代何等風光！後來誤於兩個乃姊手裡，既失后位，復喪生命，雖是自貽伊戚，也覺紅顏薄命的了！

成帝辦結此案，復勒令紅陽侯王立速去就國，免予置議。

王莽既是這次發奸的首功，且由王根薦令代位，遂拜大司馬之職。王莽秉了國鈞之後，欲使名譽高出諸父，特去搜羅四方名宿，作為幕僚。所得賞賜，悉數分給賓佐，自己菲食惡衣，格外從儉，直與貧民相同。

一日，王莽之母有疾，公卿列侯各遣夫人問候，個個綺羅蔽體，珠翠盈頭。

王莽妻子王式，為故相宜春侯王訢的曾孫女，當下慌忙出門迎迓。眾位夫人見她衣服襤褸，形似僕婦，不甚理睬，及問左右，方知她就是大司馬夫人，於是一面雖然跪下道歉，一面腹中仍是暗笑。一時來至內室，問過太夫人疾病之後，並見屋中陳設既陋且劣，就是宴客酒筵，也是素菜數事而已。這樣一來，一傳十，十傳百，漸漸傳至上千累萬，無人不知王莽儉約。王莽聞知，自然暗喜。

綏和二年仲春，天降災禍，人民驚擾。丞相議曹李尋，上書丞相，說是災禍已至，君侯適當其衝，應與闔府官屬商議，擇一趨吉避凶的良策，以便自保。丞相翟方進，年老昏憒，見了此書，罔知所措。

果然不到數天，即有郎官賁麗奏稱：「天象告變，速請移禍大臣。」

成帝覽奏，立召方進入宮，責他：「為相數年，不能燮理陰陽，致出種種災異；善自為計，毋待朕言！」

方進聽完，免冠叩謝，惶然趨出，回至相府，雖知難免一死，但是猶冀生路，不肯遽然自決。

孰料次日，成帝聽見相府並無動靜，覆命朝使踵其私第，嚴加責備；且賜他上尊酒十石，養牛一頭，叫他全受。方進接到牛酒，正在躊躇，李尋慌忙上前向他哭拜道：「漢家故例，牛酒賞賜丞相，就是賜死的別名，丞相奈何尚不自裁？」

方進聽了大驚，也抱著李尋大哭道：「我悔不聽君言，早已趨吉避凶，今無及矣！我的家室，乞君照顧！」言罷，硬著頭皮，取出酖酒，忍心喝下，不久自斃。

朝使回報成帝，成帝還要托言丞相暴卒，親去弔奠。丞相出缺，成帝遍查廷臣，還是孔光謹慎，可使為相，因即擢為左將軍。並令有司擬就策文，鑄成侯印，指日封拜孔光。

那時梁王立，係梁王揖的世孫；楚王衍，係宣帝孫楚王囂之子。同時入朝，業經成帝召見數次，正擬翌日辭行。

這夜成帝宿於少嬪館內，不知夜間被合德如何擺佈，次日早起，成帝自繫襪帶未畢，陡然仆倒床上，不言不語，早已駕崩。

合德猶作戲言道：「陛下起而復臥，莫非尚有餘興不成？」邊說邊去擁抱成帝。忽覺全身冰冷，氣絕多時，方始著慌起起來，急令御醫診脈。

御醫道：「聖駕已宴，應請飛報太后。」言已而退。

合德無法，方去報知太后，以及乃姊飛燕。及至大家來到，見了成帝屍體，慟哭一番。當下由太后召入三公，獨缺丞相。

太后急問：「丞相何在？」

王莽奏稱：「丞相本已擬定孔光，尚未接任，不敢應召。」

太后聽罷，急召孔光入宮，就在靈前拜為丞相，並封為博山侯。幸而策文印綬，均已辦就，當付孔光領受。又命梁、楚二王速行返國。可笑梁、楚二王，無端而來，無端而去，彷彿像來送終的。

這且不談，單說孔光既拜丞相，便與王莽料理大喪。越宿復由太后下詔，令王莽、孔光，會同掖庭等官，查明皇帝起居，以及暴病一切的原因。王莽等奉了太后懿旨，都尊王莽作主。

王莽便要從嚴究治，親至少嬪館中，嚴詰合德。合德雖未謀死成帝，自思從前所做虧心之事甚多，若經細鞫，斷難隱諱，且恐連累乃姊，沉吟半晌，決定只有一死，並沒別樣妙策，乃對王莽說道：「君且退去，我當殉帝，毋庸細問！」

王莽退出，合德即將珍寶分賜近身宮婢，囑隱己事，即夕仰藥而亡。太后不再查究。惟成帝在位二十六年，先後改元七次，壽終四十五歲。本來氣質強健，狀貌魁梧，只因貪杯好色，斫傷過度，遂致一度歡娛，立刻暈死。後來擇日奉葬延陵，謚為孝成皇帝。

太子劉欣，即日入宮嗣位，是謂哀帝。尊太后為太皇太后，皇后趙飛燕為太后。

太皇太后王氏，喜諛寡斷，傅昭儀謀立孫兒，常至長信宮伺候，竭力趨奉，因得歡心。就是太子生母丁妃，雖然不能常入東宮，可是太后王氏的馬屁已經被其拍上，太后讚其孝順，祝如女媳一般。傅、丁二人，既與現在的太皇太后有這淵源，所以哀帝一經即位，太皇太后便准傅、丁婆媳二人，十日一至未央宮視帝。並降詔詢問大司馬王莽、大司

空何武、丞相孔光等謂：「定陶太后傅氏，應居何宮？」

王莽乖刁，不贊一辭，何武惟以王莽的馬首是瞻，也無意見。只有孔光為人耿直，自思傅昭儀素具權術，若一入宮，必致干預政事，挾制嗣君。因此覆議上去，請另擇地築宮，以居傅氏。

何武不知孔光之意，他又突然說道：「與其另地築宮，多費國幣，不如入居北宮為便。」

太皇太后依了何武之言，即命哀帝詔迎定陶太后傅氏入居北宮。傅氏聞命大樂。移入之日，丁妃也得隨同進內。北宮有紫房復道，卻與未央宮相通，定陶太后既能隨便見帝，自然就有所請求了。

第五十七回　欲加之罪

定陶太后要求哀帝，欲稱尊號，以及封賞外家親屬。哀帝甫經踐阼，不敢貿然應允，因此游移未決。

可巧有個高昌侯董宏，聞得消息，便想趁此機會，以作進身之計，費了三日三夜的工夫，做成一本奏稿。稿中引秦莊襄王故事，說是莊襄王本為夏氏所生，過繼華陽夫人，即位以後，兩母並稱太后；今宜據以為例，尊定陶共王后為帝太后。

哀帝正想上報養育之思，只因苦於無例可援，頗費躊躇，及見董宏封奏，不禁大喜。方欲依議下詔的時候，誰知大司馬王莽、左將軍師丹聯名奏效董宏，略言：皇太后的名號至尊也與天無二日，民無二王的意義相同，今董宏乃引亡秦敝政，淆惑聖聰，應以大逆不道論罪。

哀帝見了此奏，當然不快。惟因王莽為太皇太后的從子，不敢駁他，乃將董宏免為庶人。傅昭儀得信，頓時披頭散髮地奔到未央宮中，向哀帝大怒，逼著哀帝定要加她封號。

哀帝無奈，只得入白太皇太后。太皇太后早為傅昭儀所惑，即說道：「老年姊妹，哪可因此失去感情，就令於例不合，只要我不多心，誰敢異議！」說著，便尊定陶共王為共皇，定陶太后傅氏為定陶共皇太后，共皇妃丁氏為定陶共皇后。

傅太后係河內溫縣人，早年喪父，母又改嫁，並無同胞姊妹弟兄，僅有從弟三人：一名傅晏，一名傅喜，一名傅商。哀帝前為定陶王時，傅太后意欲親上加親，特取傅晏之女為哀帝妃。至是即封傅后為后，封傅晏為孔鄉侯，又追封傅太后亡父為崇祖侯，丁皇后亡父為褒德侯。

丁皇后有兩兄：長兄名叫丁明，已經去世，丁忠之子丁滿，因得封平周侯；次兄名叫丁明，方在壯年，也封為陽安侯。哀帝的本身外家既已加封，只好將皇太后趙飛燕之弟趙欽，晉封新城侯，欽兄之子趙訢為成陽侯。王、趙、傅、丁四家子弟於是並皆沐封，惟有哀帝的嫡母張姓，並未提及。平心而論，委實有些不公，但哀帝既淡然置諸意外，不佞又何必來多管閒事呢！

再說那天太皇太后王氏，十分有興，設席未央宮中，宴請傅太后、趙太后、丁皇后等人。酒筵擺上，應設坐位。太皇太后王氏坐在正中，自無疑議；第二位輪著傅太后，即由內者令在正座之旁，鋪陳位置，預備傅太后坐處。此外趙太后、丁皇后等，輩分較卑，當然置列左右兩旁。

位次既定，忽然來了一位貴官，巡視一周，即怒目視內者令道：「上面如何設有兩座？」

內者令答道：「正中是太皇太后，旁坐是定陶傅太后。」

內者令言尚未畢，陡聽得這位貴官大聲喝道：「定陶太后乃是藩妾，怎能與至尊並坐，快快將這座位移了下來！」

內者令不敢違拗，只好把坐位移列左偏。

你道這位貴官是誰？卻有如此大膽。此人非別，現任大司馬王莽便是。王莽既把座位改定，方才緩步而去。

稍停，太皇太后王氏以及趙太后、丁皇后俱已到來。哀帝也挈了傅皇后同來侍宴。只有傅太后未至，當下飭人至北宮相請，一連好幾次俱被拒絕。傅太后不肯赴宴，自然為的是座位移下，已有所聞，故而負氣不來與宴。

太皇太后不及久待，便命大家入座。太皇太后本甚高興，始設這桌酒席。誰知傅太后屢請不來，因她一人之故，自然闔座不歡。一時席散，哀帝回到宮中。

傅太后餘怒未平，迫脅哀帝立免王莽之職。哀帝尚未下詔，王莽早已得信，即呈奏章，自請辭職。哀帝正在為難之際，今見王莽自動請辭，當然立刻批准。惟防太皇太后面上不甚好看，特賜王莽黃金五百斤，安車駟馬，在第休養，每逢朔望，仍得朝請，禮如三公。

在哀帝這個辦法，以為是刀切豆腐，兩面光的了，豈知朝中公卿雖然不敢聯名奏請慰留王莽，但在背後議論，都說王莽守正不阿，進退以義，有古大臣之風。

王莽即已辭職，所遺一缺應該有人接替，當時輿論，無不屬望傅喜。為什麼緣故呢？因為傅喜現任右將軍，品行純正，操守清廉，傅氏門中，要算他極有令名。

輿論雖然如此，可是傅太后反而與他不對，怪他平日常有諫諍，行為脾氣似與王莽相同。若是令他輔政，勢必事事進勸，多增麻煩。乃進左將軍師丹為大司馬，封高樂侯。傅喜因此托疾辭職，繳還右將軍印綬。

哀帝秉承傅太后意旨辦理，也即批准，並賜黃金百斤，食光祿大夫俸祿，在第頤養。大司空何武、尚書令唐林，畢上書請留傅喜。說是傅喜行義修潔，忠誠憂國，不應無故遣歸，致失眾望。哀帝亦知傅喜之賢，惟一時為祖母所制，只好再作後圖。

過了數日，忽見司隸校尉解光的一本奏章，彈劾兩個要人，大略說的是：

竊見曲陽侯王根，三世據權，五將秉政，天下輻輳，贓累巨萬，縱橫恣意，大治室第；第中築土為山，矗立兩市；殿上赤墀，門戶青鎖；遊觀射獵，使僕從被甲，持弓弩，陳步兵，止宿離宮；水沖供張，發民治道，百姓苦其役；內懷奸邪，欲管朝政；推匠吏主簿張業為尚書，蔽上壅下，內塞王路，外交藩臣。按根骨肉至親，社稷大臣，先帝棄天下，根不哀悲。思慕山陵未成，公然聘取掖庭女樂殷嚴、王飛君等，置酒歌舞。捐忘先帝厚恩，背臣子義。根兄子成都侯況，幸得以外親繼列侯侍中，不思報德，亦聘娶故掖庭貴人為妻。皆無人臣禮，大不敬不道，應按律懲治，為人臣戒！

新主哀帝即位之後，也因王氏勢盛，欲加裁抑，俾得收回主權，躬親大政。王莽既已去官，又見解光後來奏劾王根，正中下懷，本擬批准；後來一想，太皇太后面上仍須顧全，僅將王根遣令就國，黜免況為庶人。

不料到了九月庚申那日，地忽大震，自京師至北方，凡郡國三十餘處，城郭都被震坍，壓死人民四百餘人。哀帝因見災異過重，下詔准令直言。當有待詔李尋上書奏道：

臣聞日者眾陽之長，人君之表也。君不修道，則日失其度，晻昧無光。間者日光失明，珥蜺數作。小臣不知內事，竊以日視陛下，志操衰於始初多矣！惟陛下執乾綱之德，強志守度，毋聽女謁邪臣之欺，與諸阿保乳母甘言卑詞之托，勉顧大義，絕小不忍；有不得已，只可賜以貨財，不可私以官位。臣聞月者眾陰之長，妃后大臣諸侯之眾也。間者月數為變，此為母后與政亂朝，陰陽俱傷，兩不相便。外臣不知朝事，竊信天文如此，近臣已不足仗矣！惟陛下親求賢士，以崇社稷，尊強本朝。

臣聞五行以水為本，水為準平；王道公正修明，則百川理落脈通，偏黨失綱，則湧溢為敗。今汝潁漂湧，與雨水並為民害，咎在皇甫卿士之屬，唯陛下稍抑外親大臣。臣聞地道柔靜，陰之常義。間者關東地數震，宜務崇陰抑陽，以救其咎。震曰：「土之君者善養禾；君之明者善養士；中人皆可使為君子！」如近世貢禹，以言事忠切，得蒙寵榮。當此之時，士之厲身立名者甚多。及京兆尹王章，坐言事誅滅，於是智者結舌，邪偽並興，外戚專命，女宮作亂。——此行事之敗，往者不可及，來者猶可追也。願陛下進賢退不肖，則聖德清明，休和翔治，泰階平而天下自寧矣！

哀帝看完李尋奏章，明知他在指斥傅氏太后。不過自己年幼，得有天下，皆是傅氏太后之力，又為親生祖母，如何好去駁她？只得暗嘉李尋忠直，擢為黃門侍郎，藉慰忠臣。

當時朝內臣眾已分兩派：一派是排斥傅氏太后，不欲使之干預朝政；一派是阿附傅氏太后，極望她能膨脹勢力。傅氏太后呢？自然日思攬權，大有開國太后呂雉之風，見有反對自己的大臣，必欲驅除，好教人們畏服，不敢不做她的黨羽。

大司空汜鄉侯何武，遇事持正，不肯阿諛。傅太后大為不悅，密遣心腹伺察他的過失。可巧何武有位后母在家，屢迎不至，即被近臣探知其事，彈劾何武事親不孝，難勝大臣之任。

哀帝本已批駁，誰知傅太后大怪哀帝道：「人君應當以孝治天下。今朝廷有此不孝人臣，何以不使辭去？」

哀帝道：「何武係三公之一，以此捕風捉影之事，加罪大臣，恐令臣下灰心。」

傅太后大怒道：「我撫養爾成人，今得天下，目中還有我麼？」

哀帝連連請罪，即將何武免官就國，調大司馬師丹為大司空。

師丹係瑯琊東武縣人，字仲公。少從匡衡學詩，得舉孝廉，累次升遷，皆任太子太傅，教授哀帝。此次雖任大司空，也與傅氏一黨不合。到任未久，連上奏章數十通，所說的都是援那三年無改的古訓，規諷哀帝動輒斥退公卿，濫封傅、丁外親等書。哀帝非不感動，但為傅、丁兩后層層壓迫，無法自主。

那時有一個侍中傅遷，為傅太后從侄，生得五官不正，行動輕佻，有人替他取了一個綽號，叫做花旦侍中。傅遷明明聽見，故作不聞，仍是我行我素，無惡不作。哀帝既聽師丹規勸，思有振作，特把傅遷革職，做個榜樣。哪知傅太后大不為然，竟來干涉，硬逼哀帝下詔將傅遷復任。哀帝不好不遵，重又下詔令傅遷復職。

當有丞相孔光、大司空師丹，同時進白哀帝道：「陛下所辦傅遷一事，前後詔書大相矛盾，這樣朝命，必使天下起疑，無所取信，趕緊仍將傅遷斥退，方為善著！」

哀帝聽了，一時不便說出他的苦衷，只好顧而言他。孔光、師丹二人見了哀帝這種裝

聾作啞模樣，只得暗嘆一聲，不悅而出。

中途忽遇掖廷獄丞籍武，見他手持奏章，問他：「什麼封奏？」

籍武答道：「下官雖由趙昭儀合德薦舉，但見她連斃兩個皇兒，心中很覺不滿。」

孔光、師丹二人聽至此處，相顧失驚道：「有這等事麼？」忙問籍武道：「汝既知道此事，為何不早奏先帝呢？」

籍武道：「下官曾與掖庭令吾邱遵密商，他說下官官卑職小，恐防先帝難以見信，並懼因此惹禍。吾邱遵旋即病歿，下官孤掌難鳴，故而容忍至今。」

孔光、師丹二人聽了，復搖頭道：「先朝之事，至今方始告發，君先有罪，況且趙昭儀已經自殺，奉勸執事，可以休矣！」

籍武聽了，一想有理，便即退去，燒去奏摺，也不再提。

不料事為司隸校尉解光所知，正好藉端扳倒趙氏子弟，得讓傅太后一人尊榮，自己即有功勞。當下拜本進去，追劾趙昭儀合德狠心辣手，害死皇嗣，非但中宮女史曹宮等沉冤莫雪，此外得孕宮人，統被趙昭儀合德用藥墮胎。趙合德懼罪自盡，未彰顯戮。所有家屬仍任貴爵。國法何在，天理何存！應請窮究云云。

哀帝見了此奏，也吃一驚，當下暗暗自忖道：「合德已死，其餘都是從犯，只有趙太后卻有唆使嫌疑，但她對我有恩，我那時雖由祖母向四方運動，她若不肯成全，這事早成泡影，我現在不能不留些情面。」

哀帝想至此地，便一個人私自踱到趙太后宮中。

趙太后忽見皇帝一人到來，慌忙阻止道：「此屋十分骯髒，皇帝請到外室，我即出來奉陪。」

哀帝聽了，退到外面。剛剛坐定，陡見一個標緻小官，慌慌張張地從趙太后房中逃出。哀帝點點頭嘆道：「趙太后年事已高，尚有此等不規舉動，無怪廷臣要參她了。我既有心維持，當然只好不問，讓我暗暗諷示，請她改過。否則若被我的祖母知道，那就難了。」

哀帝一個人正在打他主意，已見趙太后搴簾出來。哀帝行禮之際，趙太后十分謙虛。相對坐下，趙太后道：「聖駕光臨，實在簡褻不恭！」

哀帝道：「母后何必客套！臣兒現有一事，特來奏聞。」說著，便將解光參摺遞與趙太后。

趙太后接來一看，嚇得花容變色道：「這是無中生有之事，皇帝不可相信。」

哀帝道：「臣兒本不相信，但是既有此摺，臣兒不能不將趙姓外臣稍事儆戒。不然，盈廷臣眾鬧了起來，反於母后不利。」

趙太后道：「我說趙昭儀決無此事，若有其事，先帝那時望子情切，豈肯默然不言！」

趙太后說到此地，又向哀帝微笑道：「我說趙昭儀即有其事，也是皇帝的功臣。」

哀帝聽了，也現愧色道：「此事不必多說，臣兒尚有一事，也要母后留意！」

趙太后道：「皇帝儘管請說，老身無不遵旨！」

哀帝道：「傅氏太后，耳皮甚軟，肯信浮言；母后宮中，似乎不使外臣進來為妥。」

趙太后一聽哀帝似諷似勸之言，也將老臉一紅道：「皇帝善意，老身極端感激。」

哀帝便即退出。次日視朝，尋了一件別事，將趙欽、趙訢奪爵，充戍遼西了事。

那時已經改元，號為建平元年。三公之中，缺少一人，朝臣多推光祿大夫傅喜。哀帝不知傅太后與傅喜不睦，以為重用傅喜，必得祖母歡心，即依群臣保薦，任傅喜為大司馬，並封高武侯。

當下郎中令冷褒、黃門郎段猶，看見傅喜位列三公，傅氏威權益盛，趕忙乘機獻媚，博得傅太后快活，自己便好升官，於是聯名上書，說是共皇太后與共皇后二位，不應冠以定陶二字，所有車馬衣服，也該統統稱皇，並宜為共皇立廟京師。

哀帝不敢自決，便把此奏發交廷臣公議，是否可行。群臣誰肯來做惡人，個個隨口附和。獨有大司空師丹出頭抗議，大略是：

古時聖王制禮，取法於天，故尊卑之禮明，則人倫之序正；人倫之序正，則乾坤得其位，而陰陽順其節。今定陶共皇太后、共皇后，以定陶為號者，母從子，妻從夫之義也。欲立官置吏，車服與大皇太后相埒，非所以明尊無二上之義也。定陶共皇號謚，前已定議，不得復改。禮父為士，子為天子，祭以天子，其屍服以士服，子無爵父之義，尊父母也。為人後者為之子，故為所後服斬衰三年，而降其父母為朞服，明尊本祖而重正統也。

孝成皇帝聖恩深遠，故為共皇立后，奉承宗祀；今共皇長為一國太祖，萬世不毀，恩義已備。陛下既繼體先帝，持重大宗，承宗廟天地社稷之祀，義不可復奉定陶共皇，祭入其廟。今欲立廟於京師，而使臣下祭之，是無主也。又親盡當毀，空去一國太祖不墮之祀，而就無主當毀不正之禮，非所以尊厚共皇也！臣丹謹上。

師丹這篇覆議，真是至理名言！只要稍知大體的無不贊同。所以那時丞相孔光，竟欽服得五體投地。就是他們傅氏門中的那位傅喜，也以師丹此論，面上看去似在反對，其實他的愛護共皇，實心實意，共皇真是有益，良非淺鮮！

豈知朝房議論，早有佞臣報知傅太后。傅太后當下大發雷霆道：「別人猶可，怎麼我們傅喜反去附和人家！」

可巧傅晏、傅商二人含怒來見傅氏太后。傅晏先開口說道：「我們傅氏門中出了一個大大叛逆，太后知道否？」

傅太后道：「我正為此事生氣。」

傅商接口道：「這件事情，究是師丹破壞，我們快快先發制人，不然，他和死者作對不算外，恐怕還要與我們生者開釁呢！」

傅太后道：「汝等快快出去，探聽師丹那個賊人的過失，令人參奏，由我迫著皇帝辦理就是。」

傅晏、傅商二人退出，明查暗訪，鬧了幾天，可是一點找不著師丹的錯處。後來好容易探到一件風流罪過，說是師丹此次的本章，未曾出奏以前，已由他的屬吏抄示大眾，於是即以不敬之罪，暗使黨羽彈劾師丹。

第五十八回　鼓妖示警

傅太后一見有人奏參師丹，迫令哀帝將其免官，削奪侯封。哀帝哪敢異議，立刻照辦。盈廷臣眾，人人都替師丹不平，不過懼怕傅太后的威勢，未便出頭。

內中卻有兩個不怕死的硬頭官兒：一個是給事中申咸，一個是博士炔欽，聯銜上奏，他說：「師丹見理甚明，懷忠敢諫，服官頗久，素無過失；此次漏洩奏稿一事，尚無證據。即有其事，咎在經管簿書，與他無干。今乃因為失察細過，便免大臣，防微杜漸，恐失人心。」

誰知遞了進去，御筆親自批斥，且將申咸、炔欽二人貶秩二等。

尚書令唐林，看得朝廷黜陟不公，也來上疏，說是：「師丹獲罪極微，受譴太重，朝野臣，皆說應復師丹爵位；伏乞陛下加恩師傅，俯洽輿情！」

哀帝見了此奏，提到師傅二字，回想前情，自己學問得有造就，全是師傅的功勞，於是不去奏知傅太后，自己作主，恩賜師丹為關內侯，食邑三百戶，並擢京兆尹朱博為大司

空。從前朱博曾因赦免陳咸，義聲卓著，後來陳咸既為大將軍府長史，頗得王鳳信任，遂將朱博引入。王鳳因愛朱博人材出眾，正直無私，大加賞識。朱博於是歷任櫟陽長安諸縣令，累遷冀州刺史，瑯琊太守，專用權術駕馭吏民，人皆畏服。嗣奉召為光祿大夫，兼任廷尉。

朱博恐被屬吏所欺，特地召集全部吏屬，當眾取出累年所積案卷，獨自一一判斷，俱與原判相符。因此一班屬吏見他這般明亮，自然不敢蒙蔽。隔了年餘，得升為後將軍之職。嗣因坐黨紅陽侯王立一案，免官歸里，哀帝猶稱他為守兼優，仍復召用為光祿大夫，及京兆尹。

適值傅氏用事，要想聯絡幾位名臣，作為羽翼，遂由孔鄉侯傅晏，與他往來，結為知己。及至師丹罷免，傅晏自然力保他繼任為大司空。

朱博為人，外則岸然道貌，內則奸詐百出，專顧私情，不知大道。時人不察，以耳為目，還當他是一位好官。他呢，只想從龍，竟作走狗了。

那時傅太后既已除去師丹，便要輪到孔光。因思孔光當日曾經請立中山王劉興為嗣之奏，現在劉興雖死，其母馮昭儀尚存。從前先帝在日，因見她身擋人熊，忠心貫日，由婕妤一躍而為昭儀，使我大失顏面；當時無權報復，隱恨至今。現既大權在握，若不報仇，更待何時？況且外除馮昭儀，內除孔光，一舉兩得，何樂不為？

傳太后打定主意，可憐那位著名的賢妃馮昭儀，還蒙在鼓中，毫不知道呢！

原來中山王劉興自增封食邑之後，得病即歿。王妃馮氏，就是劉興母舅馮參的親女，嫁了劉興數年，僅生二女，並無子嗣。劉興另納衛姬，得產一子，取名箕子，承襲王爵。箕子幼年喪父，並且時常有病，遍請名醫都無效驗。

後來有一位女醫管妣，她說：「箕子是患的肝厥症，每發之時，手足拘攣，指甲全青，連嘴唇也要變灰，有時大小便都要自遺，這病斷難斷根。」

馮昭儀聽她說得極準，留她在宮，專替箕子醫病，服她之藥，尚有小效。後來管妣為盜姦污，羞憤自盡。箕子之病便又照前一般的厲害了。馮昭儀只此一個孫子，豈有不急之理。沒有法子，只得禱祀神祇，希望禳解。

哀帝聞得箕子有疾，特遣中郎謁者張由，內監袁宏，帶同醫生前往診治。既至中山，馮昭儀極知大體，自然依禮接待，不敢疏忽。張由素來性急，留居多日，因見醫生不能將箕子治癒，甚為懊惱，忽地心血來潮，要把醫生帶回長安覆命。袁宏阻止不可，只得隨同回朝。

哀帝問起箕子之病，是否痊可。張由老實答稱：「臣看中山王的病症已入膏肓，醫亦無益，故而回來。」

哀帝又問袁宏，袁宏奏稱，曾經阻止，張由不聽。哀帝聽了大怒，當面將張由訓斥一

番。等得張由謝罪退出，哀帝回宮，越想越氣，復遣尚書詰問張由，何故自作主張攜醫回朝。張由被詰，無法對答，只得跪懇尚書替他辯白。尚書不肯代人受過，非但不允所請，且將張由教訓一番，方擬據實回奏。

張由一想，尚書果去直奏，我的性命當然不保，不如如此如此，壞了良心，去向傅太后誣告馮昭儀，便有生路。張由想罷，便簡單地對尚書說了一聲：「若要知道底蘊，可請主上去問傅氏太后。」

尚書聽了，就將張由之言，奏知哀帝。

適值哀帝手中正在批閱各處奏章，無暇就至北宮去問傅太后。也是馮昭儀的不幸，但被張由走了先著。張由既向傅太后如此如此，誣奏一番。哀帝的奏章尚未批畢，傅太后已來宣召。哀帝丟下奏章，趕忙來到北宮。

一進門去，就見傅太后的臉色不好。請安已畢，忙問：「祖后何事生氣？」

當下只聽得傅太后含怒道：「我辛辛苦苦，把這皇帝位置弄來給了你這不肖，我總以為得能坐享榮華富貴幾年，再去伺候你的亡祖；豈知好處未曾受著，反被那個姓馮的妖姬，用了巫覡，詛咒你我二人。不過你能與我同死，倒也罷了。但這天下，必被姓馮的妖姬斷送，叫我拿什麼臉去見你的亡祖呢？」

傅太后說至此地，頓時號哭起來。哀帝聽了，一面嘴上慌忙勸慰傅氏太后，一面心裡也在暗怪張由，何以不先奏明於我，害我多碰這個釘子。

哀帝邊想邊把張由召至，詰問道：「汝先見朕，何故不將中山王太后之事奏知於朕，累得太后生氣？現且不說，汝速重奏朕聽，不准冤屈好人！」

哀帝還待往下再說，只聽得傅太后把御案一拍，道：「皇帝既說馮妖是好人，這是我與張由兩個誣控好人了！」

哀帝聽了，連忙跪下求恕道：「祖后千萬不可多心！臣孫因為中山王太后也是臣孫的庶祖母。」

傅太后聽了這句，更加大怒道：「皇帝只知庶祖母，難道不知還有一個親祖母活在世上受罪麼？」

哀帝此時辯無可辯，只得急命張由速速奏來。

張由方才奏道：「臣奉了萬歲之命，與袁宏二人帶同醫生去到中山。誰知當天晚上，臣見他們宮中鬼鬼祟祟。起初尚未疑心，後來細細探聽，才知中山王太后請了巫覡，詛咒太后皇上二人。並說要把中山王的病症，用了法術移在太后皇上身上。太后皇上若有不祥，中山王箕子便好入統大位。臣想太后皇上，乃是天地之尊，他們既然目無君上，臣又何必將他們醫治呢？」

哀帝聽完道：「袁宏不是與汝同去的麼？」

張由答稱是的。

哀帝道：「汝可將袁宏召來，待朕問過。」

一時袁宏來到。哀帝問他道：「張由說中山王太后咒詛朕與太后，可有其事？」

袁宏雖是內監，素來不說假話，當下一見哀帝問他，急奏答道：「臣與張由行坐未離，他實妄奏。中山王宮中，僅有巫覡替中山王箕子祈病，並無咒詛太后與皇上事情。」

哀帝聽了，尚未說話，傅太后聽了，早已氣得發抖道：「袁宏定是馮妖的黨羽，膽敢替她洗刷。」說著，即顧左右道：「快把袁宏這個奸賊砍了！」

說時遲，那時快，哀帝忙想阻攔，已經不及。可憐袁宏血淋淋的一顆首級，早已獻了上來。

傅太后那時已知哀帝大有袒護馮昭儀意思，急把御史丁玄召入，與他耳語幾句，丁玄答稱：「知道，太后放心！」說完這話，匆匆趨出。

原來丁玄就是共皇后丁氏的胞侄，專拍傅太后馬屁。所以傅太后凡遇大事，必命他去承辦。他偏能揣摩傅太后的心理行事，平日所辦之事，傅太后件件稱心。馮昭儀遇見這個閻王，試問還有性命麼？

現在不提北宮之事，單說丁玄奉了傅太后口詔，一到中山，即將宮內役吏，連同馮姓子弟，一齊拘入獄中，約計人數共有一百餘名之多，逐日由他親自提訊。

鬧了幾天，並未問出口供，一時無從奏報，傳太后等得不耐煩起來，再派中謁者史立，與丞相長史大鴻臚同往審究。

史立等人，星夜馳至中山，先去見了丁玄。

丁玄皺眉說道：「連日嚴訊，一無口供，奈何奈何？」

史立暗笑道：「這種美差，丁玄不會辦理，真是笨伯！」便請丁玄暫退，由他一人提訊人犯。那班人犯，一半是馮昭儀的子侄，一半是中山王宮的僕人，如何肯去誣攀馮昭儀呢？連審數堂，也沒證據。

史立當下想出一法，他想男子究比女子來得膽大心硬，不如嚴刑加在宮女身上，不怕她們不認。史立想罷，即將馮昭儀身邊的全部宮女統統捉至，問了一堂，仍無口供，他便命差役製造幾具大大的油鍋，燒得通紅，又把宮女洗剝乾淨，全身赤裸，首先摔了一個下去。

當時只見那個宮女滾人油鍋之中，口裡只喊著一個哎字，可憐第二個唷字還未出口，早已成了一個油餅了！一陣腥臭之氣，令人欲嘔。你道可憐不可憐！

這個宮女既死，其餘的宮女自然嚇得心膽俱碎，狂喊饒命。等得差役再要來剝她們衣裳的當口，只聽得哄然一片哭聲，大喊大叫道：「我們怕死願招。」

史立聽了，暗暗歡喜，即命眾人快快招來，好保性命。眾人聽了此言，反又大家你看我，我看你的，不知供些什麼。史立卻也真能辦事，居然由他一人包辦，做就供詞，命大眾打了指印，仍行下獄。

又把馮昭儀的女弟馮習，以及寡弟婦君之二人捉到，也要她們誣供。馮習不比宮女怕死，開口便罵史立只想升官發財，不知天地良心。史立聽了，當然大怒，就把驚堂一拍道：「你不要仗著馮后女弟，可知王子犯法，與庶民同罪麼？」

馮習又冷笑道：「沒罪又怎樣辦呢？」

史立聽了，也答以冷笑道：「沒有罪，自然不能辦你。但是全部宮女業已招認，你還想翻供麼？」說完，便不管三七二十一的，竟把馮習的下衣剝去，赤體受笞。

可憐馮習也是嬌生慣養，風吹吹都要倒的人物，如何受得起這樣大杖。一時又羞又急，又氣又痛，不到一刻，當堂斃命。

史立一見馮習死去，也覺著慌，因為她是馮后妹子，不比常人，死了無礙，只得暫將君之繫獄；一面買通醫生徐遂成，要他硬做見證。徐遂成便是張由帶去的那位醫生，既有好處，自然情願出作證人。於是依了史立之囑，當堂誣供道，馮習與君之二無人，曾經向我密語云：「武帝時有名醫修氏，醫癒帝疾，賞賜不過二千萬錢，今聞主上多病，汝在京想亦入治，就是把主上治癒，也不能封侯；不若醫死主上，使中山王能代帝位；我們二人，可以包你封侯等語。」

徐遂成說完，史立還要假裝不信，又經徐遂成具了誣告反坐的甘結，方將馮昭儀請出，面加詰問。

馮昭儀真無其事，怎肯誣服，當然反駁史立。史立冷笑道：「聞你從前身擋人熊，何等膽大，勇敢有為，因此得了忠心為主的美譽，今日何以如此膽小呢。」

馮昭儀聽到身擋人熊，乃前朝之事，宮中言語，史立何以知曉，必是有人陷我，遲早總是一死。」等到晚上，悄悄仰藥自盡。

史立一見馮昭儀已死，還要誣她畏罪自盡。當史立第一次的奏報，哀帝尚未知道馮昭儀自盡，下詔徙居雲陽宮，仍留封號。及見二次奏報，方知已死，猶命仍以王太后之禮安葬，一面召馮參入詣廷尉。馮參少通《尚書》，前任黃門郎，宿衛十餘年，嚴肅有威。

那時王氏五侯，何等威勢，見他也懼三分，每想加害，竟沒奈何。後由王舅封侯，得奉朝請，此次無故被陷，豈肯受辱，遂仰天長嘆道：「我馮參父子兄弟，皆備大位，身至封侯；今坐惡名，何顏在世！」拔劍自刎，年已五十有六。弟婦君之以及馮習之夫與子，連同箕子，或自盡，或被戮。

這場冤案，上上下下，大大小小，共死一百十有七人。惟馮參之女，為中山王劉興王妃，免為庶人，得與馮氏宗族，徙歸故郡，還算萬幸。

傅太后論功行賞，因為張由是此次告發的首功，封為列侯；史立醫官太僕，加封關內

侯；丁玄雖無功而卻有勞，亦有賞賜。張由、史立、丁玄三個，直至哀帝崩後，由孔光上書劾奏他們的罪惡，方始奪官充戍，謫居合浦。馮氏冤獄仍未申雪。

可見亂世時代，真無公理的了！那時傅太后既已害了馮昭儀，便想斥逐孔光，誰知傅喜大不贊成。傅太后私與傅晏、傅商二人密議，要連傅喜一同免職。傅晏忙去就商朱博。朱博乃命部下私人，今天你參孔光迂拙，明天他參傅喜奸邪。建平二年三月，竟免大司馬傅喜之職，遣令就國。越月，又免丞相孔光，斥為庶人。朱博復請罷三公官，仍照先朝舊制，改置御史大夫。於是撤消大司空官署，任朱博為御史大夫，另拜丁明為大司馬衛將軍。沒有幾時，便升朱博為丞相，用少府趙玄為御史大夫。

朱博、趙玄就任之日，廷臣都向他們二人賀喜。不料陡聞殿上連聲怪響，音似洪鐘，約有一刻方始停止。大家駭顧，不知所措。朱博、趙玄又是害怕，又是掃興。哀帝心知有異，急命近侍去驗殿上鐘鼓，無人擊撞，何故會發巨聲。

當有黃門郎楊雄，待詔李尋同聲奏道：「這個明明是《洪範傳》所謂的鼓妖了。」

哀帝急問：「何為鼓妖？」

李尋又奏道：「人君不聰，為眾所惑，空名得進，便致有聲無形。臣意宜罷丞相，藉應天變，若不罷退，期年以後，本人即有大禍。」

哀帝聽了，默然不答。

楊雄也進言道：「李尋所言，乃是依據古書，定有奇驗；況且朱博為人，宜為將而不宜為相，陛下應該量材任用，毋踐凶災！」

哀帝聽畢，依舊沉吟無語，拂袖回宮。

朱博既晉封陽鄉侯，感念傅氏栽培恩典，請上傅、丁兩后封號除去定陶二字。

傅太后本來只望這著，立即迫令哀帝下詔，尊稱自己為帝太太后，居永信宮；尊丁氏為帝太后，居中安宮；並在京師設立共皇廟，所有定陶二字，統皆刪去。這樣一來，同時宮內便有四個太后，各置少府太僕，秩皆中二千石。

傅太后既如所願，所行所為，竟致忘其所以，甚至背後常呼太皇太后王氏為老嫗二字。幸而這位王政君素來長厚，不與計較，因得相安。

趙太后飛燕早已失勢，反而前去奉承傅太后，口口聲聲稱她似親婆婆一般。於是永信宮中常聞趙太后的語聲，長信宮內不見趙太后的足跡了。

太皇太后眼見傅太后如是驕僭，目無他人，自然十分懊悔，不應引鬼入門，釀成尾大不掉之勢。無奈傅氏權力方盛，莫可如何，只得勉強容忍，聽她胡為。這還是王政君能夠忍耐的好處，不然，就做馮昭儀第二，也在意中。

朱博、趙玄二人，早經串成一氣，互相用事，朋比為奸。一日，又聯銜上奏，請復前高昌侯董宏封爵，說他首先請加帝太太后封號，因被王莽、師丹所劾去職，飲水思源，董

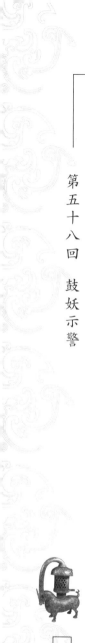

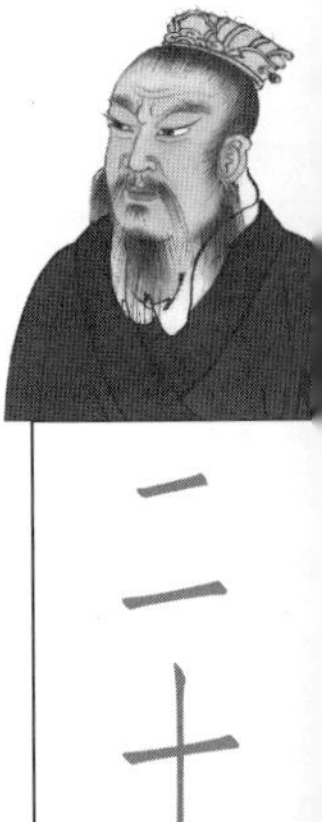

宏實有大功。帝太太后依議。

朱博兩人又參王莽、師丹二人，身為朝廷大臣，不知顯揚帝太太后名號，反敢貶抑至尊，不忠不孝，莫此為甚！應請將王莽、師丹奪爵示懲。帝太太后見了此奏，當即黜師丹為庶人，令王莽速出就國，不准逗留京師。

一班廷臣，個個噤若寒蟬，圖保祿位。惟獨諫大夫楊宣上書，規勸哀帝，略言：「先帝擇賢嗣統，原欲陛下侍奉長信宮幃。今太皇太后春秋七十，屢經憂傷，且自命親屬引退，藉避傅、丁，陛下試一登高望遠，對於先帝陵廟，能勿抱慚否？」

楊宣這樣一奏，哀帝也被說得動聽，因即封賜王商之子王邑為成都侯。又過幾時，哀帝忽患痿疾，久不視朝，所有國家大事雖有帝太太后代勞，可是孫子有病，當然擔憂。

適有待詔黃門夏賀良其人，竊得齊人甘忠可遺書，挾以自豪，妄稱能知天文，上書說道：「漢曆中衰，當更受命，宜急改元易號，方能延年益壽」等語。哀帝竟為所惑，遂於建年二年六月，改元太初，自號陳聖劉太平皇帝。

誰知祥瑞倒未看見，凶禍偏偏光臨。

第五十九回　王莽入宮

哀帝聽了夏賀良的妄語，真的改元易號，要思趨吉避凶；豈知不到旬日，帝太后丁氏忽罹凶症，溘然長逝。哀帝力疾臨喪，弄得病上加病，奄臥床笫，幾至不起。嗣由御醫多方調治，方始漸漸痊可。

這天哀帝正在朝謁太皇太后，適遇王莽入宮。面請懿訓，俾得登程，出就本國。太皇太后偶爾問及夏賀良的天文學識，究竟甚麼程度？王莽接口奏道：「夏賀良的履歷臣卻深曉，他是一個妖言惑眾的妄賊，平生並無技能，單靠甘忠可的遺書，作為秘本。甘忠可也是妖民，曾製《天官曆》、《包平太平經》二書，內中似通非通之言，不勝縷舉。忠可又嘗自稱為天帝特賜，秘使真人赤精於傳授。當時曾由光祿大夫劉向，斥他罔上欺民，奏請拿究，尋至下獄瘐死。劉向現已逝世，夏賀良以為沒人識其底蘊，入都干謁，遂由他的同學長安令郭昌，替他轉求解光、李尋等人，登諸薦牘。」

王莽說至此地，即把眼睛看了一看哀帝，又接續說道：「始蒙皇上召用。」

哀帝聽到這裡，便岔嘴向太皇太后奏道：「臣孫已知夏賀良言辭閃爍，毫無實學，此刻回宮，即擬治其應得之罪。」

太皇太后聽了，頷首道：「此人既是如此，自然應該嚴懲。」

哀帝聽了，退出長信宮，正擬下詔拿辦夏賀良，偏偏夏賀良還要不知死活，正來奏稱御史丞相，未知天道，不足勝任，宜改用解光、李尋輔政，國家方能太平。哀帝當然是火上添油，詔罷改元易號二事，立命捕緡夏賀良入獄，問成死罪；並將郭昌、解光、李尋三人謫徙敦煌郡。

照不佞說來，郭昌、解光阿附傅氏，本來該辦，李尋素負直聲，因此被累，未免冤抑。但是妄保非人，失檢之咎，也難尤人。

那時帝太太后傅氏既已削滅王、趙兩家的勢力，獨攬大權，自然滿心快活。哀帝不問國事，自然也覺清閒。飽暖思淫，無論何人難越此關。

一天，哀帝閒立階上，縱覽景致，忽見一個宮女忽來忽去，傳報漏刻。哀帝遠遠望去，這個宮女實在標緻。適因左右無人，即用手招著那個宮女，令她近前。

那人一見哀帝招她，趕忙趨近俯伏稱臣。哀帝叫她起來，仔細端詳，始知此人並非宮女，乃是一位少年官。猝然想起一事，急向他問道：「你不是曾充太子舍人的董賢麼？」

那人尚未答言，哀帝心裡忽又轉念道：「男子之中，竟有這般姿首，朕卻平生少見。」

哀帝剛剛想至此地，已聽得那人嬌聲答稱：「臣正是董賢。」

哀帝見他邊說邊現微微的笑容，又騷又媚，確是一個尤物。不好了！哀帝的魂靈模模糊糊地似乎飛往半天裡去了。哀帝便命董賢隨至秘殿，攜手並坐，大有輕薄之意。只見董賢含羞說道：「此是妾婦所為之事，小臣不敢褻瀆聖躬。」

哀帝笑道：「朕見你生得千嬌百媚，心地應該玲瓏，怎麼說出話來這樣糊塗！你要知道我朝祖上常幹此種把戲。高宗時，有籍孺其人；惠帝時，有閎孺其人；文帝時，有鄧通其人；武帝時，有韓嫣其人；就是最近的成帝，也有張放其人。老天既是賜你這般美貌，哪好自己暴棄。」

哀帝說完，居然和董賢有了情好。

原來董賢是雲陽人，父名董恭，曾官御史，生下一子一女。子即董賢，現年十六，曾為太子舍人。當時年幼，身材瘦弱，哀帝不甚注目，否則一塊美玉，何至挨到如今方始有玷呢？

此時董賢之父董恭已經出任外官，哀帝因看其子之面，即召為霸陵令，光祿大夫。董賢也是一月三遷，竟做到駙馬都尉侍中，出則驂乘，入則共榻。

有一天，哀帝與董賢在尋芳閣上晝寢，哀帝已醒，意欲起來，因見董賢好夢方濃，不忍驚覺。又因自己衣袖被他身體壓住，若要將袖抽出，必致把他吵醒，只得輕輕的用刀把

衣袖割斷，悄然下榻而去。這椿憐香惜玉的故事，後世凡稱嬖寵男色的，就叫做有「斷袖癖」。於是董賢的斷袖，竟與彌子瑕的餘桃二字，聯綴成名，萬年遺臭，自此而始。

當時董賢一覺醒來，忽見共枕之人已去，又見他的身下壓著一角斷袖，因感哀帝待遇他的恩情，真是焚身莫報，從此不肯回家去睡，托言哀帝多病，自己必須留在宮中，以便親視湯藥。

哀帝知他已娶妻室，既然如此愛他，便不好使他的妻子孤衾獨宿，幾次三番地命他回家歡聚。董賢哪裡肯聽。哀帝一時過意不去，特地創設一個女官名目，准許董賢妻子入宮，與她丈夫同宿。復又查得董賢尚有一妹，她的姿色甚是可人，也命送入宮中，封為昭儀。

董賢無可報答聖恩，自然令他妻妹同侍哀帝。有時興至，不妨大被同眠。哀帝樂極之餘，賞賜無算，旋復擢董賢為少府，賜爵關內侯。甚至董賢的岳父亦任為將作大匠。因為董賢岳父也好算是哀帝岳父的緣故。這個說話，並非不佞刻薄，諸君想想，女兒共枕之人，不稱他作岳父，請問稱他為什麼東西呢？

哀帝既是如此寵愛董賢，便替董賢建造一座大第，堂皇富麗，幾與白虎殿相似。又就自己萬年陵旁另塋一塚，以便董賢死後，做鬼也不分離。還因董賢無功，不便封侯，竟在東平巨案之內，硬說董賢也是告發的功首，封為關內侯。

當下侍中傅嘉，巴結董賢，授意董賢去慫哀帝，將帝太太后最幼從弟傅商，封為列侯。帝太太后既然歡喜，董賢方無他患。哀帝本以董賢之話是聽，便即依言擬封傅商為汝昌侯。

誰知尚書僕射鄭崇、太宰文誥同來諫道：「從前成帝，並封王氏五侯，終至天象示變，弄得黃霧漫天，日中現出黑氣；今傅商非但無功封侯，而且乳臭未乾，成何體制？壞亂祖宗垂戒，逆天行事，臣等願拚性命，領受國法，也要有面目去見先帝！」說著，大眾按著御案，不使哀帝下詔。

內中尤以鄭崇，聲色俱厲，雙眼通紅，其形其勢，洵屬令人看了生畏。

那末鄭崇如何有這般膽量呢？他係平陵人，由前大司馬傅喜薦人，直言敢諫，所說之話都在理中。每次進見，必著革履，橐橐有聲，更加助其正直莊嚴。

哀帝一聽履聲，不待見面，即笑顧左右道：「履聲又至，想是鄭尚書前來奏事了。」言未畢，果見鄭崇直立案前，振振有詞，句句有理。哀帝聽他陳奏，十件要准九件。此次又來諫奏，哀帝已想收回成命，事被帝太太后聞知，怒斥哀帝道：「世間豈有身為天子，竟受一個小臣挾制的麼？」

哀帝不敢不遵，只得封了傅商為侯。鄭崇果然嘔血而死，哀帝耳中樂得乾淨。

這且丟下，再說帝太太后之母，本已改嫁魏郡鄭翁，生子名叫鄭惲。鄭惲又生子名叫

鄭業，至是亦封為信陽侯，追尊鄭惲為信陽節侯。哀帝又欲加封董賢，先上帝太太后的封號為皇太太后，買動祖母歡心，始令孔鄉侯傅晏，齎著加封董賢的詔書，往示丞相御史。丞相王嘉為了東平冤獄，已覺不平；此時又見詔書上面，復提及董賢告逆有功，不禁觸動前恨，即與御史大夫賈延，上書諫阻。

哀帝沒法，只好遷延半年，後來實覺董賢太美，對待自己真個奮不顧身，如此忠誠，便毅然下詔道：

> 昔楚有子玉得臣，晉公為之側席而坐。近如汲黯，折淮南之謀，功在國家。今東平王雲等，至有弒逆之舉；公卿股肱，莫能悉心聰察，銷亂未萌。幸賴宗室神靈，由侍中董賢等發覺以聞，咸伏厥辜。書不云乎？用德彰厥善。其封賢為高安侯，孫寵為方陽侯，息夫躬為宜陵侯。

東平巨案，究是一件什麼事情？且讓不佞補述。

先是東平王劉宇，為宣帝之子，受封歷三十三年，老病逝世。其子劉雲，嗣為東平王。建平三年，無鹽縣中出了兩件怪事：一是瓠山上面土忽自起，覆壓草上，平坦如故；一是瓠山中間，有大石轉側起立，高九尺六寸，比原地離開一丈，遠近傳為異聞。

無鹽縣屬東平管轄。東平王劉雲聞知其事，疑心有神憑附，備了祭物，挈了王后伍謁等人，同至瓠山，向石祭禱，祭畢回宮，即在宮內築一土山，也似瓠山形狀上立石像，束以黃草，視作神主，隨時祈禱。

不料這椿事情傳到都中，竟被兩個奸人想步張由、史立的後塵便好升官，一個是息夫躬，係河陽人；一個是孫寵，係長安人。息夫躬與傅晏是同鄉，向來要好，因得任為待詔。孫寵做過汝南太守，貪贓免職，流落長安，也因上書言事，任為待詔。他們二人，一聽東平王祭石之事，同撰一本奏章，拜求中郎石師譚轉交中常侍宋弘代為呈入。

摺中大略說的是：

無鹽有大石自立，聞邪臣附會往事，以為泰山石立，孝宣皇帝遂得龍興。東平王劉雲因此生心，與其后日夜伺察，咒詛九重，欲求非望。而后舅伍弘，曾以醫術幸進，出入禁門。臣恐霍顯之謀，將行於杯杓；荊軻之變，必起於帷幄。禍且不堪設想矣！事關危急，不敢不昧死上聞。

哀帝一聽荊軻、霍顯二語，如何不怒，即命有司馳往嚴究。

去的有司，受了息夫躬、孫寵二人的囑託，到了東平，真學著史立的手段，屈打成

招。覆命之日，哀帝就把劉雲、伍弘處死，王后伍謁拘入都中秘獄。

當下就有廷尉梁相、尚書令鞠譚、僕射宗伯鳳等一同上書，說是案情未明，請再復審。哀帝不但不准，且將三人嚴辦，復又藉了這樁案子，大封特封他的幸臣董賢。

豈知董賢還要想去姦占東平王后伍謁。伍謁年輕貌美，本有西方美人之譽，她見丈夫死得可慘，恨不得替夫報仇，雖是粉骨碎身，亦所不惜。董賢一廂情願，前來姦她，你想想看，她肯不肯順從的呢？誰知這位伍謁，一見董賢，居然滿口應允，不過要求另置香巢，為婢為僕，均不反對。

董賢聽了伍謁的要求，不覺詫異起來，他便暗忖道：「伍謁素有賢名，我來占她，我總以為必要大反江東，方能如我之願；怎的竟會這般和順，莫非她要借此以作脫身之計不成？」

董賢想至此處，忽又轉念道：「逃倒不怕她逃走，只要刻刻留心，防著她行刺就是了。」於是含笑對伍謁說道：「王后若是真心誠意嫁我，真是後福無窮。不過我卻有話在先，王后若存歹心，那是王后自己不好，不能怪區區薄情。」

伍謁聽了，微笑著答道：「董侯不必疑心，螻蟻尚且貪生，何況一個人，何況我這個年輕的婦人。董侯如不見信，可請自便，任我死於獄中就是。」

董賢聽了，也笑答道：「王后勿怪！此等事情，誰也要生疑心的。王后既已表明心跡，快快隨我入宮！」

伍謁脫去犯服，換上平常衣裳，真的跟了董賢就走。

一時到了宮中，走上一座小小畫樓，董賢吩咐左右，速速擺上酒來。酒筵擺上，董賢趕忙斟上一杯美酒，送至伍謁的櫻唇前面。

說時遲，那時快，伍謁早趁董賢一個大意的當口，撲的一聲，用她十指尖尖之手，早把董賢的咽喉叉住，大罵道：「你這狼心狗肺的奴才，你們冤死我們王爺不算外，還想姦占我這個未亡人麼？」

董賢究是一個男子，當然有些氣力，一被叉住的時候，用力一掙，已經掙脫。跟著飛起一腳，可巧踢中伍謁的下部。當時只聽得砰訇一聲，可憐伍謁早已倒在地上，香消玉殞，死於非命了！

董賢索性一不做，二不休，喚進左右，喝把伍謁的上下衣裳洗剝乾淨，正想對於伍謁屍體有所非禮，陡然似乎有人擊他腦門，頓時痛得也死了過去。

左右一見出了亂子，飛奔報知哀帝。哀帝一聽此信，還當了得，馬上同了董賢的妻妹二人，兩腳三步地奔到董賢面前，用手一按，尚有微微的呼息。一面急召全部御醫，齊來救活董賢，一面命把伍謁的裸屍抬出，用火焚化。

豈知十幾個大力衛士，用盡牛力，莫想移動分毫。哀帝當下也有些奇怪起來，便諭知

眾人姑且退出，等得醫生來過再說。一時醫生診過董賢之脈，同向哀帝奏稱道：「高安侯雙脈亂顫，恐防有邪。」

哀帝一聽，知是伍謁作祟，又命速召卜者占卦。卜者占卦既畢道：「確是東平后作怪，只有祈禱方有希望。」

哀帝此時只要董賢能夠活命，不論何事，都可准奏。卜者代向祈禱之後，董賢居然回過氣來。一見哀帝在側，一面拉著哀帝之手，一面嗚咽道：「微臣犯了東平王后，我主快快替我哀求！」

哀帝真的替他求著伍謁道：「王后若赦董賢，朕准封爾！」說著，即命速以王后禮節安葬伍謁。

誰知左右去替伍謁屍體穿著衣裳，說也稀奇，衣服一近她的屍身，一件件的竟會飛得老遠，任你如何設法，休想近著她的屍體。

哀帝看了，自然著急，又命卜者再占。卜者又占一卦道：「東平王后潔身而死，不願再著漢室衣履，還是請萬歲索性成全她的志願，將她裸葬便了！」

哀帝無法，只得依奏，便命謁者等官，把伍謁的棺木葬於東平涼帽山下。後來人民因她十分靈驗，代建廟宇，稱為流芳廟。哀帝又封她為清淨仙姑。這是後話，不必再提。

單說董賢就在伍謁的棺木抬出長安的一天便有起色。因怕伍謁再來作祟，方請哀帝赦了東平王，追謚王爵，嗣子繼位。哀帝一一準奏，董賢之病果得痊癒。

息夫躬與孫寵二人，他們初見董賢害了鬼病，卻也怕懼，不敢再事害人。過了年餘，便又肆無忌憚起來，歷詆公卿大臣。廷臣畏他們的勢焰，反去附和。

大司馬丁明，忽患病病，奏請派人接替，哀帝准可，即拜董賢為大司馬。那時董賢年才二十有二，竟得位列三公，掌握兵權，漢朝開國以來，得未曾有。

又過年餘，哀帝因為色欲過度，得了癆症，日見加重。別人倒還罷了，只是那位大司馬董賢，急得神色慌張，口口聲聲願以身代，哀帝此時病已垂危，對他這位幸臣也無半句言語。

董賢心裡雖是萬分惶急，彷彿婦女，夫死便成孤孀的樣子，然又滿望哀帝年未及壯，不致一病即崩。哪知哀帝和他的孽緣已滿，即於元壽二年六月，奄然歸天，年止二十有六，在位只有六年。

當時傅皇后、董昭儀等人，一聞哀帝凶耗，一同哭入寢宮。董賢不忘哀帝恩情，也在寢門外面號慟如喪考妣。

正在鬧得烏煙瘴氣的當口，陡見太皇太后王氏親自到來，撫屍舉哀。哀止即將玉璽納入袖中，一面召問大司馬董賢，大喪如何辦理？可憐董賢只有後庭功夫，至於大喪禮節，做夢也未見過。現因哀帝告崩，如同寡婦死去情夫，三魂失掉了兩魂，自然不能對答，只

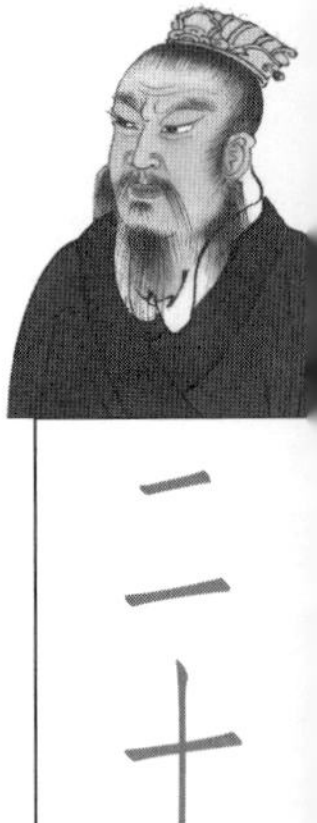

有瞪目直視太皇太后之面而已。

太皇太后見他這種情形，尚不見罪，僅對他說道：「新都侯王莽，老成幹練，適在京師，他曾承辦先帝大喪，熟習故事，我當命他進來助汝。」

董賢此時哪那知引虎入門，反遭其噬，聽了太皇太后之言，趕忙免冠叩道：「如此是幸甚了！」

太皇太后立傳懿旨，召王莽入宮。王莽進來謁過太皇太后，首言董賢臭名滿天下，不可令其守護屍位，太皇太后點頭稱可。王莽即托太皇太后意旨，命尚書彈劾董賢不親湯樂，罪列不敬，當即禁止董賢出入宮殿。

董賢得信，慌忙徒洗詣闕，免冠謝罪。王莽說聲：「來得正好！」竟傳太皇太后命令，將董賢的印綬一齊取下，傳旨罷職，就第待罪。

董賢回到府第，自思王莽如此辣手，我必為他所害。想了一會，流淚一會，又哀哀地叫著哀帝名字，痛哭一會，靜心想出一個主意，急去告知他的妻子。

第六十回　真假皇帝

董賢自知不免，忍心想出一個主意，急與他的妻子說道：「我失身於帝，甚至不惜爾軀，原望長事主上，得享殊榮，豈知帝不永年，王莽又是我們對頭，與其為他所害，不如自盡。」

其妻聽了，便嗚咽答道：「妾在宮中，除了主上一人憐愛外，背後受人羞辱，真是罄竹難書，得不償失，早已灰心，因君並無一言，妾故忍辱為之。今既如此，我們夫婦同死便了。不過主上曾在萬年陵旁為君築有一墓，想來也不能夠葬身於此窟的了！」

董賢聽罷，長嘆一聲，搖頭無語。於是夫妻二人，抱頭對哭一場，雙雙自盡斃命。他的家令也知朝中有了王莽，嚇得不敢報喪，隨便將董賢夫婦的屍體草草棺殮，夤夜埋葬僻地。

不料仍為王莽所知，疑心董賢詐死，吩咐有司奏請驗屍，自行批准。驗過之後，雖非假死，猶將董賢屍體拖出棺外，剝去殮飾，用草包裹，曝屍三日，始埋獄中。並劾董恭縱

容長子不法，次子淫佚無能，一併奪職，徙往合浦；家產全行充公，約計總數，竟達四千三萬萬緡，可謂駭人聽聞。

董賢平時曾經厚待屬吏朱詡，朱詡因感其恩，特至獄中為董賢更衣換棺，改葬他處。辦妥之後，上書自劾。王莽心裡不悅，另尋別事，把朱詡辦了死罪。

那時孔光因為巴結傅氏，已任大司徒之職，現見王莽得勢，又來獻媚，邀同百官，公推王莽為大司馬。廷臣唯唯諾諾，無人反對，只有前將軍何武、後將軍公孫祿說道：不應委政外戚，自相推薦云云。又因沒人理他，等於白說。

太皇太后平時受了皇太太后傅氏骯髒之氣，無法奈何，此次決拜王莽為大司馬領尚書事，藉為自己出氣地步。王莽因得手握大權，不似當年的謙恭下士，漸漸的拿出手段來了。

太皇太后遂與王莽商量，應立何人為嗣？王莽聽了，慌忙免冠伏地，口稱：「臣有死罪，不敢奏聞！」

太皇太后命他起來道：「汝有何罪，皆可赦免不究，儘管直奏！」

王莽起來侍立道：「從前馮昭儀被傅氏太后使人逼死，她的孫子箕子當時遭害，乃是假的，實由臣設法掉換，至今藏於遠地。」

太皇太后聽了，失驚道：「當時誰不知道箕子已死，汝何以做得這般神秘的呢？」

王莽道：「那時傅太后耳目眾多，稍一不慎，臣即有殺身之禍。」

太皇太后聽了，又大喜道：「如此說來，汝無罪而有功了。汝既提及此事，莫非擬以箕子入統不成？」

王莽道：「照臣算來，現在宗室之中，惟有箕子為宜。」

太皇太后頷首道：「既然如此，汝即命人迎入可也。」

王莽即遣車騎將軍王舜，持節往迎。

王舜係王音之子，為王莽的從弟，王莽有意使他迎立有功，便好封賞。王舜奉命去後，尚未回來，朝中無人主持，一切政令全由王莽獨斷獨行。王莽首將皇太后趙氏貶為孝成皇后；皇后傅氏逼令徙居桂宮。趙太后的罪狀是唆使女弟趙合德專寵橫行，殘滅繼嗣；傅后的罪狀，是縱令乃父傅晏驕姿不道，害及國家。

二后罪案宣布以後，朝臣並沒一人敢出反對，王莽索性再貶皇太太后傅氏為定陶共王母；已逝丁太后為丁姬，所有傅、丁二氏子弟，一律免官歸里，並把傅晏全家同徙合浦。

當時廷臣個個私議，以為傅喜這人同是傅氏子弟，現既將他個人擱置未辦，或者必有重譴，也未可知。與傅喜知己的，且替他擾憂不已。哪裡曉得王莽故作驚人之舉，以博美譽。這是什麼驚人之舉呢？

原來王莽等得譴責傅氏子弟完畢以後，特將傅喜召入都中，位居特進，使奉朝請。傅

喜不知王莽沽名釣譽，還當他是忠臣，便也受命不辭。又過幾時，王莽聽得太皇太后偶然提及定陶共王母的劣跡，重復再廢定陶共王母、孝成皇后為庶人。二后一聞此信，又知大勢已去，同時憤而自殺。自作自受，倒也不必憐她。

王莽又見孔光是三朝元老，為太皇太后所敬，不得不陽示尊榮，特薦孔光女婿甄邯為侍中，並兼奉車都尉。朝中百僚凡與王莽不合的，王莽即羅織成罪，使甄邯賫著草案，往示孔光，孔光不敢不如旨舉劾。王莽便去奏知太皇太后，說是廷臣公意，他不敢有私，要請太皇太后作主。

太皇太后真的認作廷臣公意，因此沒有一件事情不奉批准。何武公、孫祿二人遂坐互相標榜之罪，一齊免官。

董宏之子董武，本嗣高昌侯，坐父諂佞，褫奪侯爵。關內侯張由、太僕史立等，罪坐中山馮太后冤案，一律處死。紅陽侯王立，為王莽諸父，成帝遣令就國，哀帝時已召還京師。王莽不免畏忌，又令孔光劾他前愆，仍使就國。

太皇太后只有這個親弟，這道本章有些不願准奏。復經王莽從旁攛掇，說是不應專顧私親，太皇太后人本老實，只得含淚遣令王立回國。

王莽遂引用王舜、王邑為心腹，甄邯、甄豐主彈劾，平晏領機事，劉歆典文章，孫建為爪牙。等得佈置周密，中山王箕子可巧到來，乃由王莽召集百僚，奉著太皇太后詔命擁之登基，改名為衎，是為平帝。當時年僅九歲，自然不能親政，仍是太皇太后臨朝，王莽居了首輔。至是始奉葬哀帝於義陵，兼諡為孝哀皇帝。

大司徒孔光，一則年紀已高，無力辦事；二則為人傀儡，似也憂懼，於是上書求乞骸骨。奉詔遷孔光為帝太傅，兼給事中，掌領宿衛。這樣一來，政治大權盡歸王莽獨攬了。

王莽又思權勢雖隆，功德未敷，特地派了心腹至益州地方，暗令官吏買通塞外蠻人，叫他詭稱越裳氏，入貢白雉。平帝元始元年元月，塞外遣使入貢，口稱越裳氏，心服天朝威德，特貢白雉。王莽奏報太皇太后，將那白雉薦諸宗廟。

從前周成王時代，越裳氏重譯來朝，也曾進貢白雉，王莽自比周公，故而想出此法。果然盈廷臣工仰承王莽鼻息，群稱王莽德及四夷，不讓周公旦。公旦佐周有功，故稱周公；今大司馬王莽安定漢室，應稱為安漢公，增加食邑，太皇太后當即依議。

王莽假裝固辭不獲，方始受命；且代東平王劉雲伸冤，使其子開明嗣位王爵；王后伍謁既由哀帝封過道號，賜田二百頃，春秋二季，由地方致祭。又立中山王劉宇之孫桃鄉侯之子成都，為中山王，奉中山王劉興祭祀。再封宣帝耳孫三十六人，皆為列侯。此外王侯等無子有孫，或為同產兄弟子，均得立之為嗣，承襲祖爵。

皇族因罪被廢，許復屬籍，官吏年老休致，仍給原俸二分之一，得贍終身；甚至庶民鰥寡孤獨的，也是周恤。這等恩惠，都由王莽作主施行。於是上上下下，無不感戴這位安

漢公，對於王太后小皇帝，直同無人一般。哪知安漢公並不安漢，反把漢室滅了，改作王姓天下。所以後來詩人有「周公恐懼流言日，王莽謙恭下士時；若使當年身早死，一生真偽有誰知」之句。

閒話休提，再說當時王莽又諷示公卿，奏稱太皇太后春秋已高，不宜躬親細故；此後惟有封爵大典，應由安漢公奏聞；其他政事，統歸安漢公裁決等語。太皇太后總道自己內侄既有能耐，又是忠心，自然樂得安享清福，便又准如所請。

一日，忽有一位小臣，姓高名邕，奏稱平帝既已入嗣大統，本生母衛姬，未得封號，不免向隅。王莽見了此奏，雖然惡他多事，但又不好駁斥；若是准他，又懼衛氏一入宮來，必踏傅、丁二后覆轍。想了多日，始命少傅甄豐，持冊至中山，封衛姬為中山王后；帝舅衛寶、衛玄封關內侯，仍然留守中山，不准來京。

復有扶風功曹申屠剛，上書直言道：「嗣皇帝始免襁褓，便使母子分離，有傷慈孝，應將中山太后迎入都中，另居別宮，使嗣皇帝得以樂敘天倫；並召馮、衛二族，選入執戟，親奉宿衛，方是正辦。」

王莽見了此奏，恨得咬牙切齒，忙去攛掇太皇太后出面下詔，斥責申屠剛，違背大義，膽敢妄奏，著即棄市。

又過兩年，忽有黃支國獻入犀牛一頭。廷臣以為黃支國在南海中，去京有三萬里程途，向未入貢，今既臣服來朝，又是安漢公的威德所致，正得上書獻諛，又接得越嶲郡的奏報，說有黃龍出游江中。太師孔光、大司徒馬宮，於是奉表稱瑞，德歸安漢公。獨有大司農孫寶說道：「周公上聖，召公大賢，彼此尚有齟齬；如今無論何事，都是異口同聲，一致無二，難道近人反勝周召不成？」

眾人聽了，個個嚇得變色。不到半天，孫寶已奉去職之旨。

那時匈奴久與漢室和親，未擾邊界，聞得漢朝真的出了聖人，慌忙也來進貢。王莽見了番使，偶然問及：「王嬙的二女，是否尚存？」

番使答稱：「王嬙二女現已適人，平安無恙。」

王莽說道：「王昭君係天朝遣嫁，既有二女，理應令她們入京省視外家。」

番使又答稱：「俟使臣回國，奏知單于，再當奏報。」王莽重賞番使。

番使回去，不到三月，匈奴單于囊知牙斯，果如王莽之意，特遣王嬙長女雲，曾號須卜居次的，入朝謁聖。一至關門，就有關吏飛報上聞。王莽大悅，即令沿途官吏妥送至京。太皇太后一見須卜居次，雖是胡服，面貌極似昭君，已經大樂。

又見她言語禮節，均能大致如儀。這一喜非同小可，命她旁坐，問長問短，賞賜許多珍寶，住了多日，方才送她回國。這件事情，又讚王莽功勞。太皇太后還說，從前小昭君要見乃姊一面，何等繁難，後來僅得乃姊一書了事，現在其女居然來回娘家，這真是我們

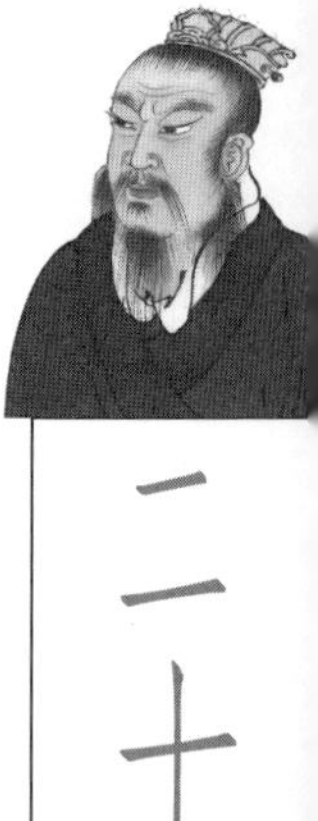

侄兒的德化了。

王莽乘機奏道：「皇上雖僅十二三歲，近來皇室乏嗣，應請早為大婚。」太皇太后笑道：「汝有一女，尚屬美麗，何不配與皇帝，弄個親上加親？」王莽聽了，正中下懷，便不推卻，即日成婚。

成婚以後，太皇太后因見王莽現為國丈，欲將新野田二萬五千六面頃賜與王莽。王莽力辭。王莽之妻私問道：「太后賜田，何故不受？」

適值王莽酒醉，便漏出一句心腹話來道：「天下之田，皆我所有，何必她賜呢！」其妻會意，不再多言。

沒有多時，群臣又請賜給王莽九錫典禮，太皇太后又如所奏。王莽也不遜謝，直受而已。

又過年餘，王莽聞得女兒之言，始知平帝漸有知識，背後怨他不令母子相見。王莽陡然起了毒念，暗用毒酒獻與平帝，不到半日，便已嗚呼。王莽知道駕崩，心裡雖是快話，還要說道：「何不早言，老臣真願替死。」

大家聽了此言，無不匿笑。王莽此時哪管眾人議論，竟自作主，即立宣帝玄孫，名叫嬰的為嗣。年僅兩歲，當然不能治國。王莽便想攝政。

忽有前輝光謝囂奏稱：「武功縣長孟通浚井得白石，上有丹書，文曰：『告安漢公莽為皇帝。』」

前輝光就是長安地名，王莽曾改定官名，及十二洲郡縣界劃分長安為前輝光，後承烈二郡。謝囂本為王莽所薦，因即揣摩迎合，捏造符命，王莽急令王舜轉白太皇太后。

太皇太后聽了此語，也會作色道：「這乃是欺人之談，哪能相信？」

王舜一見太后不允，也作色道：「事已至此，無可奈何！王莽亦不過想借此鎮服天下，並無別意。」

太皇太后聽了，不得已下詔。內中最可笑一句是云：「為皇帝者，乃攝行皇帝之事也。」真是自欺欺人。王政君之罪，卻不容恕了。

當時群臣接了詔書，酌定禮儀。安漢公當服天子袞冕，負扆踐阼，南面受朝，出入用警蹕，皆如天子制度；祭祀贊禮，應稱假皇帝；臣民稱為攝皇帝，自稱臣妾，安漢公自稱曰予，朝見太皇太后、皇帝、皇后，仍自稱臣。這種亙古未有的謬妄禮節，奏了上去，有詔許可。

轉眼已是正月，即改號為居攝元年。王莽戴著冕旒，穿著袞衣，坐著鑾駕，到了南郊，躬祀上帝，然後返宮。又過數月，方立宣帝玄孫嬰為皇太子，號為孺子；尊平帝后為皇太后；使王舜為太傅佐輔，甄豐為太阿右拂，甄邯為太保後承。

王莽親信，得安然升官，誰知劉氏子孫不服，外面已經起兵，前來討伐。此人是誰？

乃是安眾侯劉崇，係長沙定王劉發的六世孫。劉發即景帝之子，聞得王莽為假皇帝，乃與相臣張紹商議道：「王莽必危劉氏，天下雖知莽奸，可是沒人發難。我當為宗族倡義，號召天下，同誅此賊。」

張紹聽了，極端贊可。劉崇只知仗義，不顧利害，於是率兵百人進攻宛城。哪知宛城的守兵倒有數千，已經勝過劉崇人數數十倍之眾，任你劉崇如何有勇，所謂寡不敵眾。一戰之下，劉崇、張紹二人可憐俱死亂軍之中。劉崇族叔劉嘉，張紹從弟張竦，幸而脫逃，留得性命。只恐王莽追究，反去詣闕謝罪。

王莽因欲籠絡人心，下詔特赦。張竦能文，又替劉嘉做了一篇文字，極力稱諛王莽，且願瀦崇宮室，垂為後戒。王莽大喜，立即批准，褒獎劉嘉為率禮侯，張竦為淑禮侯。廷臣上奏，說是劉崇叛逆，乃是攝皇帝權力太輕，應將臣字除去，朝謁兩宮，也稱假皇帝。

太皇太后只得許可。旋有廣饒侯劉京、車騎將軍千人扈雲，上書言瑞，應請假皇帝為真皇帝，倘若不信，但看亭中發現新井，便知天命。王莽大喜，奏知太皇太后，自言天意難違，應改居攝三年為初始元年。

太皇太后此時方知自己眼瞎，引虎傷身，但是權操王莽之手，不能不從。及至初始同年十二月朔，王莽率領群臣至高廟，拜受金匱神禪，還謁太皇太后，又捏造一派胡言，太皇太后正擬駁斥，王莽不管，早已上殿登基去了。當時即改定國號曰新，並改十二月朔日為始建國元年正月朔日，服色旗幟尚黃，犧牲尚白。此詔一出，群臣爭呼新皇帝萬歲。

王莽自思身為天子，也不枉平生的假行仁義，苦力經營。惟傳國御璽尚在太皇太后手中，應該向她取來，方算大功告成。即召王舜入宮，囑咐數語。王舜奉命，直至長信宮中，立向太皇太后索取御璽。

太皇太后跺足大罵王舜道：「汝等父子兄弟受漢厚恩，並未答報，反敢助紂為虐，來索國璽，人面獸心之徒，恐怕狗彘也不肯食爾等之肉。莽賊既托言金匱符命，自作新皇帝，盡可去製新璽，要這亡國璽何用！我是漢家的老寡婦，決與此璽同葬，爾等休得妄想！」邊說，邊已泣涕不止。

旁立侍女無不下淚。王舜見此慘境，也覺欷歔。過了一霎，方申請道：「事已至此，臣等無力挽回，不過新皇帝業已登基，倘若必欲此璽，太后豈能始終不與的麼？」

太皇太后沉吟半晌，竟去取出御璽，狠命地擲在地上，復哭罵道：「我老將死，且看汝輩能不滅族否？」

王舜無暇答言，忙向地上拾起御璽，急去呈與王莽。王莽一見御璽角上碎了一塊，問明王舜，始知被太皇太后擲碎，不得已用金補就，終留缺痕。此璽乃是秦朝遺物，由秦子嬰獻與高祖，高祖傳與子孫，至是暫歸王莽。最奇怪的是，此璽一得一失，都在名嬰的人物手中，難道嬰字，這般不利於皇室的麼？這是空談。

單說當時王莽得璽之後，總算尚有良心，即改稱太皇太后為新室父母皇太后；不久便廢孺子嬰為安定公，號孝平皇后為定安太后。於是西漢遂亡。總計前漢凡十二主，共二百一十年。

至於王莽自幼至壯，由壯至老，蓄心製造名譽，竊得漢室天下，是否能夠久長，以及孝元、孝平兩後，暨孺子嬰等人，如何結局，須在下回敘明。

請續看《新大漢二十八皇朝》（三）宮闈恩仇

新大漢二十八皇朝（二）大漢雄威

作者：徐哲身
發行人：陳曉林
出版所：風雲時代出版股份有限公司
地址：10576台北市民生東路五段178號7樓之3
電話：(02) 2756-0949
傳真：(02) 2765-3799
執行主編：朱墨菲
美術設計：吳宗潔
業務總監：張瑋鳳

新版一刷：2024年10月
ISBN：978-626-7510-05-6

風雲書網：http://www.eastbooks.com.tw
官方部落格：http://eastbooks.pixnet.net/blog
Facebook：http://www.facebook.com/h7560949
E-mail：h7560949@ms15.hinet.net
劃撥帳號：12043291
戶名：風雲時代出版股份有限公司

風雲發行所：33373桃園市龜山區公西村2鄰復興街304巷96號
電話：(03) 318-1378
傳真：(03) 318-1378
法律顧問：永然法律事務所 李永然律師
北辰著作權事務所 蕭雄淋律師

行政院新聞局局版台業字第3595號 營利事業統一編號22759935

定價：380元

國家圖書館出版品預行編目資料

新大漢二十八皇朝 / 徐哲身著. -- 初版. -- 臺北市：風雲時代出版股份有限公司, 2024.08 冊； 公分

ISBN 978-626-7510-05-6 (第2冊：平裝). --

857.452 113010005